U0641388

华语实力科幻作品
群星奖大满贯

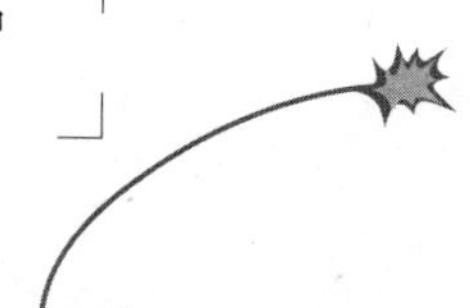

纤维

刘慈欣——著

山东教育出版社

图书在版编目（CIP）数据

纤维 / 刘慈欣著 .— 济南 ：山东教育出版社，2021.7（2021.8 重印）
（科幻文学群星榜）
ISBN 978-7-5701-1507-5

Ⅰ .①纤… Ⅱ .①刘… Ⅲ .①幻想小说－中国－当代
Ⅳ .① I247.5

中国版本图书馆 CIP 数据核字（2021）第 264753 号

XIANWEI
纤维　　刘慈欣　著

主管单位：山东出版传媒股份有限公司
出版发行：山东教育出版社
地址：济南市市中区二环南路 2066 号 4 区 1 号　邮编：250003
电话：（0531）82092600　　网址：www.sjs.com.cn
印　　刷：三河市冠宏印刷装订有限公司
版　　次：2021 年 7 月第 1 版
印　　次：2021 年 8 月第 2 次印刷
开　　本：880 mm × 1300 mm　1/32
印　　张：8.5
印　　数：10001–13000
字　　数：196 千
定　　价：33.80 元

（如印装质量有问题，请与印刷厂联系调换）
印厂电话：0316-3655888

《科幻文学群星榜》编委会

想象新时代

《科幻文学群星榜》是由中国科普作家协会科幻专业委员会联合其他科幻组织，共同推出的一套科幻书系。这是一个规模庞大的工程，目前来看也是独一无二的工程，基本囊括了中华人民共和国成立以来老中青几代具有代表性的科幻作家的佳作。这些作家以年龄看，最早的是20世纪20年代出生的，最晚的是“90后”。

这套书系的出版，恰逢中华民族实现第一个百年目标——全面建成小康社会。因此，它呈现了百年未有之变局中，中国人对一个崭新时代的想象。随后陆续推出的作品，还将伴随中国迈进基本实现现代化的伟大进程。

科幻文学作为一种年轻的文学品类，本身就是现代化的产物。1818年，世界上第一部科幻小说《弗兰肯斯坦》诞生在第一个实现产业革命的国家——英国。此后科幻文学在法国、美国、日本等工业化国家繁荣起来，进入蓬勃发展的黄金时代。科幻作品反映着科技时代人类社会的变迁和走向，反思当代人类面临的多重困境，力图打破所谓世界末日的预言，最终描绘出一个五彩斑斓、生机勃勃的新未来。

如今，地球上正在发生的最具“科幻色彩”的事件之一，便是中国的崛起。这个进程不仅改变了这个文明古国的命运，也影响着全人类的走向。中国奇迹般地成了拉动世界经济增长的有力引擎。人类历史上首次十亿以上人口的国家将要集体迈入现代化的门槛。中国科幻文学正是中华民族伟大复兴进程的见证者、参与者与推动者。

早在20世纪初，中国的一些有识之士便把科幻作品译介进来，掀起了第一次科幻热潮。它承载起“导中国人群以行进”“改变中国人的梦”的使命。20世纪50–60年代，随着中国自己的工业和科技体系的建立，科幻作家们以满腔热情擘画了一个欣欣向荣的新世界。1978年改革开放后，中国再次向现代化进军，科幻迎来新的勃兴。作家们满怀豪情地书写科学技术为实现现代化、为谋求人民的幸福生活所创造出的神奇美景。进入21世纪，尤其是随着新时代的来临，这个文学门类也进入成长的新阶段。随着《三体》等作品的问世，中国科幻迎来了新一轮热潮。作家们描绘着古老的中华民族在实现全面小康和建成现代化强国的过程中所面临的新机遇、新挑战，谱写着中国走向世界、步入太阳系舞台中央并参与宇宙演化的新篇章。

科幻文学的发展折射着中国国运的巨大变迁。当今，海内外不同领域的人们对中国的科幻文学的空前关注，实际上是关注中国的未来，关注世界第二大经济体将如何持续演进，关注14亿人的创造力将怎样影响乃至重塑这个星球。从现实意义上来说，这套书系不但包含这些丰厚的信息，而且集中梳理了新中国科幻文学取得的辉煌成就，整理出新中国科幻文学发展的宽阔脉络；从一个特殊的侧面，还反映了中华民族从站起来、富起来到强起来的进程，见证中国走向更加灿烂辉煌的未来。

这套书系具有以下三个特点：

一是权威性。它由中国科普作家协会科幻专业委员会主持编选，并与国内多个科幻组织合作，其中包括得到了中国科普作家协会科学文艺专业委员会、科幻世界杂志社、南方科技大学科学与人类想象力研究中心、未来事务管理局、八光分文化、重庆钓鱼城科幻中心等的鼎力相助。编者从中华人民共和国成立以来的海量科幻文学作品中，精选出足以体现时代特征的作品。收入书系的作者，涵盖了雨果奖、银河奖、星云奖、晨星奖、光年奖、未来科幻大师奖、引力奖、水滴奖、冷湖奖、原石奖、坐标奖、星空奖等中外各类科幻大奖的获得者。

二是系统性。它收集了中华人民共和国成立以来不同时期作家的代表作。作者中有新中国科幻奠基者和老一代作家如郑文光、童恩正、萧建亨、刘兴诗、潘家铮、金涛、程嘉梓、张静等，也有改革开放后崛起的新生代作家刘慈欣、王晋康、何夕、韩松、星河、杨鹏、杨平、刘维佳、赵海虹、凌晨、潘海天、万象峰年等，以及以“80后”为主体的更新代作家陈楸帆、飞氘、江波、迟卉、宝树、张冉、程婧波、罗隆翔、七月、长铗、梁清散、拉拉、陈茜等，还有在21世纪崛起的全新代作家杨晚晴、刘洋、双翅目、石黑曜、王诺诺、孙望路、滕野、阿缺、顾适等，从而构成比较完整而连续的新中国科幻光谱，是对中国科幻文学发展历史的一次系统检阅。

三是丰富性。它比较全面地展现了广域时空中新中国的科幻生态和创作风格。这里面既有科普型的，也有偏重文学意象的；既有以自然科学为主体的核心科幻，也有侧重社会现象的“软”科幻；既有代表科幻未来主义的，也有反映科幻现实主义的；既有传统风格的写法，也有实验性质的探索。作品的主题涵盖了中国科技、社会、文化和民生的热点。从中可以看到，一个曾经积弱的民族，如今正活跃在地球内外、大洋上下、宇宙太空、虚拟世界、纳米单元、时间航线、大脑意识等各个空间。这里有中国政府和人民引领抗击全球灾难的描述，有脱贫的中国农民以新姿态迈出太阳系的故事，也有星际飞船和机器人在银河系中奏唱国际歌的传奇。

这套书系力求构建起一个灿烂的星空，并以此映射人们敏感而多样的心灵。爱因斯坦说，想象力比知识更重要。科幻是相伴人类发展进步而产生的新兴事物，是一个民族想象力的集中反映，是科技创新的艺术表达，在人们面前呈现出一幅幅奔向明天、憧憬和创建未来的美好画卷。许许多多杰出的科学家、工程师和企业家，在年轻时就受到科幻文学的熏陶和影响，因此走上了创造神奇新世界的道路。中国正在稳步建设创新型国家，需要更多富有创造力的人才脱颖而出。科幻文学也肩负着实现中国梦的责任，在点燃青少年科学梦想、激发民族想象力和创造力方面，起着不可或缺的作用。

这套书系将为广大读者尤其是年轻人打开中国科幻和未来世界的门户，有助于人们拓宽视野、开阔思想、激发灵感、探索未知、明达见识。它也将进一步促进中外科幻、科技、文化和文明的交流，为人类的共同发展做出中国的一份独特贡献。

中国科普作家协会科幻专业委员会

2020年10月1日

重返伊甸园

——科幻创作十年回顾

从事科幻创作已经十年有余，这期间一直感觉自己在坚守着最初的创作理念，走着一条直线。直到为写此文，才对自己的创作历程进行了一番回顾和总结，才发现这十年的路其实是很曲折的。更令我不安的是，自己在走向一个错误的方向。

从思维方式上，我的科幻创作大体可以分三个阶段。

第一个阶段，可以称之为纯科幻阶段。

那时，自己由一名科幻迷成为科幻小说作者，创作理念的最大特点是对人和人的社会完全不感兴趣。按照传统的文学理念，对于一名小说作者来说，这点要么不可思议要么大逆不道，但我的创作之路确实就是这样开始的。

那时创作的核心目标，可以引用当时自己的一篇文章中的一段话：科幻小说的成功，在很大程度上取决于其幻想的奇丽与震撼的程度，这可能也是科幻小说的读者们主要寻找的东西。问题是，这种幻想从什么地方才能找到。世界各个民族都用自己最大胆、最绚丽的幻想来构筑自己的创世神话，但没有一个民族的创世神话如现代宇宙学的大爆炸理论那样壮丽、那样震撼人心；生命进化的漫长故事，其曲折和浪漫，也是上帝和女娲造人的故事无法相比的。还有广义相对论中诗一样的时空观，量子物理中精灵一样的微观世界，这些科学所创造的世界不但超出了我们的想象，而且超出了我们可能的想象。所以，科学是科幻小说力量的源泉。但科学之美同传统的文学之美有着完全不同的表现形式，科学的美感被禁锢在冷酷的方程式中，普通人需经过巨大的努力，才能窥到她的一线光芒。而科幻小说，正是通向科学之美的一座桥梁，把这种美从方程式中释放出来，轻松地展现在大众面前。

体现这种科幻理念的作品，是两篇很短的小说：《微观尽头》和《坍缩》，前者从描写人类对基本粒子微观尽头的作用转而放大到宇宙尺度，后者描写宇宙由膨胀转为坍缩后时间倒流的现象。这是两篇很纯的科幻小说，可以说其中除了科幻构思外再没有其他内容。

这一时期的另外两篇重要的小说是《梦之海》和《诗云》，我认为这两篇作品最能够反映当时自己的创作特色。这两篇小说描述了两个十分空灵的世界，在那里，一切现实的束缚都被抛弃，只剩下在艺术和美的世界里的恣意游戏，只剩下在宇宙尺度上的狂欢。

但这种创作是难以持久的。事实上，我在创作伊始就意识到科幻小说是大众文学，自己的科幻理念必须与众多读者的欣赏取向上取得一定的平衡。在以纯科幻的方式创作上述几篇小说的同时，我已经做着这种努力，具体体现在《鲸歌》和《带上她的眼睛》两个短篇上。但这两篇小说的完成只是对市场的一种被迫妥协，特别是《鲸歌》，完全体现了通俗文学的精神——以故事为主体，在自己以后的创作中再也没有出现过类似的作品。

人和人的社会开始进入我的科幻世界，后来又被迫变成自觉，这就是本人科幻创作的第二个阶段。

第二阶段可以称之为人与自然的阶段。

这期间，自己的科幻创作由对纯科幻意象的描写转而描述人与大自然的关系。这一阶段延续了很长时间，创作了本人的大部分作品，我一直认为自己迄今为止最成功的作品都出自这一阶段。

这一阶段的代表作有短中篇《流浪地球》和《乡村教师》，长篇《球状闪电》和《三体》第一部。

在《流浪地球》中，第一次把宏观的大历史作为细节来描写，即本人后来总结的“宏细节”，使得对历史大框架的叙述成为小说的主体。这是幻想文学独有的叙事模式，在描写现实的主流文学中是不可能出现的。

在《球状闪电》中，塑造了一个非人的科幻形象：球状闪电，并使其成为小说的核心形象。小说集中描写了这个科幻形象与传统的人的文学形象之间的相互作用。

在《三体》第一部中，则尝试以环境和种族整体作为文学形象，描写了拥有三个恒星的不稳定的世界和其中的种族文明，这个外星世界和种族都是作为整体形象描述的。在这样的参照系中，按传统模式描述的人类世界也凝缩为一个整体形象。

这一阶段的共同特点，就是同时描述了两个截然不同的世界：一个是现实世界，灰色的，充满着尘世的喧嚣，为我们所熟悉；另一个是空灵的科幻世界，在最遥远的远方和最微小的尺度中，是我们永远无法到达的地方。这两个世界的接触和碰撞，所造成的强烈反差，构成了故事的主体。与第一阶段相比，科幻的风筝虽然飞得很高，但被拴在了坚实的大地上。

在这一阶段中，我对传统文学以人为本的核心理念进行了思考，发现“文学是人学”这句被奉为金科玉律的话并不确切。在文学史的大部分时间里，人类文学其实一直在描述人与大自然的关系，而不是人与人的关

系。各民族古代神话中神的形象其实是宇宙的象征，而其中的人也不是真实历史意义上社会的人。文学成为人学，只描写了社会意义上人与人的关系，是从文艺复兴以后开始的。这一阶段，在时间上只占全部文学史的十分之一左右。所以，传统文学给我的印象就是一场人类的超级自恋，文学需要超越自恋，而最自觉地做出这种努力的文学就是科幻文学。科幻文学描写的重点应该是人与大自然的关系，科幻给文学一个机会，可以让文学的目光再次宽阔起来。

遗憾的是，我自己并没有尽早看清这条道路，而是在另一条歧路上越走越远，目光从星空收回，变得越来越狭窄了。

本人科幻创作的第三阶段可以称之为社会实验阶段。

这期间，我主要致力于对极端环境下人类行为和社会形态的描写。其实这一尝试早就开始了，最早的这类作品是长篇《超新星纪元》，但那时这样的创作并没有文学上的自觉性，只是由于科幻市场低迷，不得已创作的相对于纯科幻而言比较边缘化的作品。后来的两个短篇《赡养上帝》和《赡养人类》也属此列。

真正的转折源于一个发现，我看到了科幻文学的一个奇特的功能：现实世界中任何一种邪恶，都能在科幻中找到相应的世界设定，使其变成正当甚至正义的，反之亦然。科幻中的正与邪、善与恶，只有在相应的世界形象中才有意义。这个发现令我着迷，且沉溺其中不可自拔，进而产生了一种邪恶的快感。

这种对社会实验的狂热，集中体现在《三体》系列的第二部《黑暗森林》。在这部长篇里，我力图在导致人类文明彻底毁灭的大灾难的背景下，重新审视人类已有的价值和道德体系，并试图描述一个由无数文明构成的零道德的宇宙。在《黑暗森林》中，星空的自然属性被大大弱化，代之以明显的社会属性。不同的文明在遥远的距离上呈点状存在，并以此为单元建立了一个虚构的宇宙社会学。从本质上讲，《黑暗森林》所描述的已经不是人与自然的关系，而是一个宇宙大社会中人与人的关系，这无疑是对自己以前的科幻理念的一个颠覆。

当然，我并不认为自己已经背离了之前的科幻理念，《黑暗森林》中的宇宙社会，其零道德的结构和性质是由宇宙的自然属性决定的，具体来说是由宇宙间的超远距离决定的。所以在这部小说中，大自然仍是一个无所不在的文学形象。但回顾自己的创作历程，感觉这种趋势是不正确的。

如本文开始所述，科幻小说存在和发展的基础，是自然科学所提供的思想和故事资源，这也是科幻小说相对于其他文学体裁独有的优势，正因为如此，大自然已经成为科幻小说中永恒的文学形象，人与自然的关系也是永恒的主题。科幻中的宇宙或大自然永远是一个伊甸园，其中的人类总是处于懵懂之中，处于茫然、恐惧、好奇和敬畏中，并在这种精神状态下面对大自然。科幻小说中的自然形象一旦被弱化，科幻文学便失去了灵魂，失去了存在的依据，变得与其他文学类型没有本质的区别。

在《三体》系列的第三部中，我试图重新找回大自然的形象，试图使其中的人类重新面对大自然而不是人本身。小说开始的描述仍是宇宙社会学层面上的，但社会学的推演却产生了自然科学的结果。

重返伊甸园的路是很难的，但我将努力走下去。

在科幻创作的十年中，我对这一文学种类的其他方面也有了新的认知。与以前作为科幻迷对科幻的美好想象不同，这些新的认知是经过一个痛苦的过程才逐渐被自己接受的。

一个不得不承认的事实是在所有的文学种类中，科幻小说可能是唯一一个具有时效性的，至少我所写的这种传统型科幻是这样的。

要说明这一点，首先要注意到科幻文学的一个重要特性：现代神话性质。与我们想象的不同，古代神话在当时并非幻想文学，而是现实主义文学，因为对那些遥远时代的人们来说，神话是真实的，反映的就是现实，这也是古代神话与现代幻想文学最本质的区别。从这个意义上说，神话在现代早已消失。但现在有一个文学种类却或多或少地具有真正意义上的神话功能，这就是科幻。因为科幻文学是唯一在科学和理性时代能够给读者提供真实感的幻想文学，这种真实感是科幻魅力很重要的一个方面。科学幻想真实感的基础，是幻想中所依据的科学和技术。随着时间的推移，科幻中的科技有两种可能的结局：其一是幻想中的技术变成现实，科学预言被证明为真；其二是幻想中的科技被证伪。不论出现这两种情况中的哪一种，都会令相应的科幻小说的魅力大打折扣，前者会令小说变得平淡无奇，后者则使小说的幻想世界完全失去真实感。正是因为这个原因，科幻文学很难诞生真正意义上的能经受时间考验的经典之作，即使那些被称为经典的老科幻，现在读起来也是遗憾多于震撼，大多只对铁杆科幻迷和专业人士有意义。

认识到这一点多少有些痛苦，但也为自己的创作找到了一个正确的心态。科幻文学的性质，决定了大部分作品会经历一时的闪耀，但会很快过时并被遗忘。但科幻应该不怕遗忘，作为一种创新的文学，它用不断涌现的新创造和新震撼来战胜遗忘，就像一场永恒的焰火，前面的刚化成灰烬，新的又飞升起来爆发出夺目的光焰。而要做到这点，就应永远保持青春的心态，使自己的想象力与时代同步。正如有人说的那样，科幻使人年轻。

这里要说明一下：以上提到的科幻小说和科幻文学，只是我自己在写和想写的那种科幻，那种以技术创意和科学想象为核心的科幻。科幻小说有许多种，它们之间的差别比科幻作为一个文学品种与其他文学类型的差别还要大。并不是所有的科幻作品都有时效性，有的科幻类型并不依赖于现代科学，它所创造的世界就有可能经受住时间的考验而成为经典。在国内，韩松的作品就是一个典型的例子。

十年来，对科幻文学的另一个认识是它所包含的精英思维。大多数的文学类型，如侦探、武侠、言情、惊悚等，都只关注于类型所限定的故事本身，它们的思维方式是大众化和草根化的。科幻可能是唯一一种带有精英思维的大众文学和类型文学，它对人类文明和大自然的各方面的思考，在深度和广度上甚至超过了主流文学。就国内科幻而言，尽管作者大多并非通常意义上的精英，但作品中的精英思维普遍存在。

精英思维对科幻文学本身并不完全是一件好事，至多好坏参半。至于是否存在"精英思维并不是判定文学作品质量的标准"，文学要做的是表现和感受，而不是思考。而精英思维也并不一定意味着思想的深刻，那只是一个特定阶层的思维方式而已。至少在国内，精英思维与大众思维已经渐行渐远，两者的思维方式和利益诉求已经变得很不相同，且差别越来越大。对两者价值观的判断已经超出本文的论题，但具体到科幻，它不是精英文学而是大众文学，科幻中的精英思维与它的草根读者群形成了尖锐的矛盾，这可能是科幻文学日益小众化最深层的原因。

从我本人的创作而言，我长期身处基层，对广大科幻读者所处的草根阶层有较多的了解，知道他们对未来的渴望是什么样子，知道星空在他们眼中是怎样的色彩，自己的想象世界也比较容易与他们产生共鸣。十年来，我一直把自己当作科幻迷中的一员，以科幻迷的方式去思考、去感受、去创作，我自己的想象世界也是为科幻迷而建造。当然，对科幻创作而言，这并不是高层次的思维方式，这种科幻迷思维是我前进的最大动力，也是进入更高层次创作的最大障碍。但对我本人来说，这已经不可能改变。

自己的科幻之路，一切都还在中途，在这里匆匆一回头，然后继续向前走吧。

目
录
Catalogue

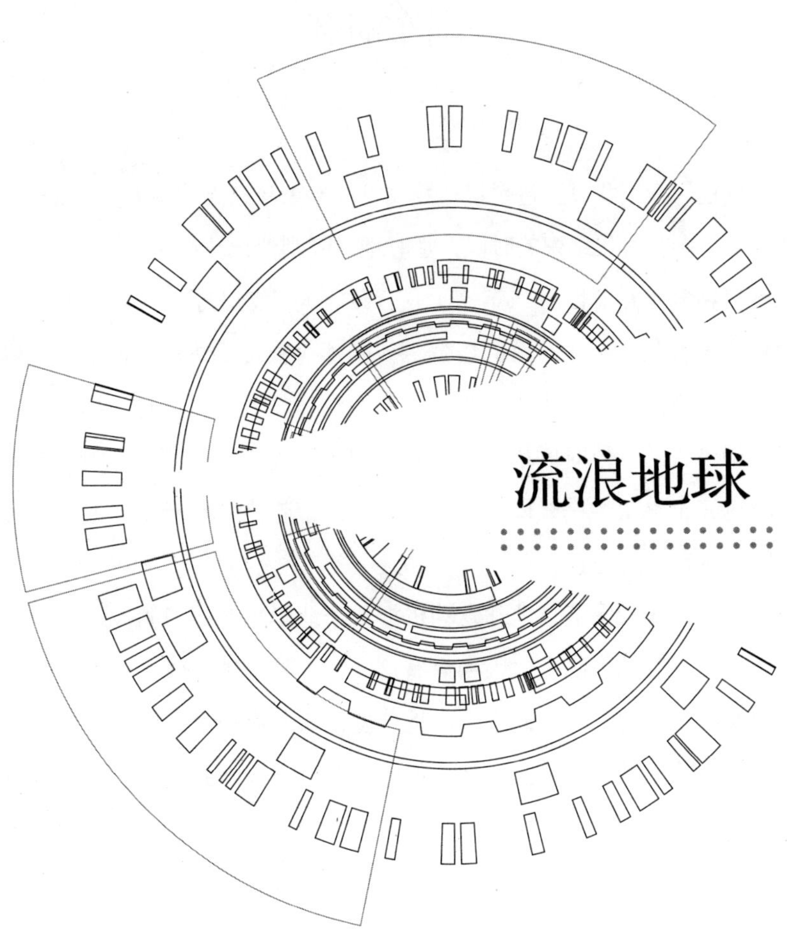

流浪地球

一　刹车时代

我没见过黑夜，我没见过星星，我没见过春天、秋天和冬天。

我出生在刹车时代结束的时候，那时地球刚刚停止转动。

地球自转刹车用了四十二年，比联合政府的计划长了三年。妈妈给我讲过我们全家看最后一个日落的情景，太阳落得很慢，仿佛在地平线上停住了，用了三天三夜才落下去。当然，以后没有“天”也没有“夜”了，东半球在相当长的一段时间里（有十几年吧）将处于永远的黄昏中，因为太阳并没有完全落至地平线以下，还在半边天上映出它的光芒。就在那次漫长的日落中，我出生了。

黄昏并不意味着昏暗，地球发动机把整个北半球照得通明。地球发动机安装在亚洲和美洲大陆上，因为只有这两个大陆完整、坚实的板块结构才能承受发动机对地球巨大的推力。地球发动机共有一万二千台，分布在亚洲和美洲大陆的各个平原上。从我住的地方，可以看到几百台发动机喷出的等离子体光柱。你可以想象一个巨大的宫殿，有雅典卫城上的神殿那么大，殿中有无数根顶天立地的巨柱，每根柱子像一根巨大的日光灯管那样发出蓝白色的强光。而你，是那巨大宫殿地板上的一个细菌，这样，你就可以想象到我所在的世界是什么样子了。其实这样描述还不是太准确，是地球发动机产生的切线推力分量刹住了地球的自转，因此地球发动机的喷射必须有一定的角度，这样天空中的那些巨型光柱是倾斜的，我们处在一个将要倾倒的巨殿中！南半球的人来到北半球后突然置身于这个环境中，有许多人会精神失常。比这景象更可怕的是发动机带来的酷热，户外气温高达七八十摄氏度，必须穿冷却服才能外出。在这样的气温下常常会有暴雨，而发动机光柱穿过乌云时的景象简直是一场噩梦！光柱蓝白色的强光在云中散射，变成由无数种色彩组成的疯狂涌动的光晕，整个天空仿佛被白热的火山岩浆覆盖。爷爷老糊涂了，有一次被酷热折磨得实在受不了，看到下大雨喜出望外，赤膊冲出门去，我们没来得及拦住他。外晒点已被地球发动机超高温的等离子光柱烤热，把他身上烫起了一层皮。

但对于我们这一代在北半球出生的人来说，这一切都很自然，就如同对于刹车时代以前的人们，太阳、星星和月亮是那么自然。我们把那以前人类的历史都叫作前太阳时代，那真是个让人神往的黄金时代啊！

我在小学入学时，在一门课程中，教师带我们班的三十个孩子进行了一次环球旅行。这时地球已经完全停转，地球发动机除了维持这个行星的这种静止状态外，只进行一些姿态调整，所以从我三岁到六岁的这三年中，光柱的光度大为减弱，这使得我们可以在这次旅行中更好地认识我们的世界。

我们首先近距离见到了地球发动机，是在石家庄附近的太行山出口处，那是一座金属的高山，赫然耸立在我们面前，占据了半个天空。同它相比，西边的太行山山脉如同一串小土丘。有的孩子惊叹它如珠峰一样高。我们的班主任小星老师是一位漂亮姑娘，她笑着告诉我们，这座发动机的高度是一万一千米，比珠峰还要高一千多米，人们管它们叫“上帝的喷灯”。我们站在它巨大的阴影中，感受着它通过大地传来的振动。

地球发动机分为两大类，大一些的叫“山”，小一些的叫“峰”。我们登上了“华北794号山”。登“山”比登“峰”花的时间长，因为“峰”

是靠巨型电梯上下的，上“山”则要坐汽车沿盘“山”公路走。我们的汽车混在不见首尾的长车队中，沿着光滑的钢铁公路向上爬行。我们的左边是青色的金属峭壁，右边是万丈深渊。车队是由50吨的巨型自卸卡车组成，车上满载着从太行山上挖下的岩石。汽车很快升到了5000米以上，下面的大地已看不清细节，只能看到反射的地球发动机的一片青光。小星老师让我们戴上氧气面罩。随着我们距喷口越来越近，光度和温度都在剧增，面罩的颜色渐渐变深，冷却服中的微型压缩机也大功率地忙碌起来。在6000米处，我们见到了进料口。一车车的大石块倒进那闪着幽幽红光的大洞中，一点声音都没传出来。我问小星老师地球发动机是如何把岩石做成燃料的。

“重元素聚变是一门很深的学问，现在给你们还讲不明白。你们只需要知道，地球发动机是人类建造的、力量最大的机器，比如我们所在的‘华北794号’，全功率运行时能向大地产生150亿吨的推力。”

我们的汽车终于登上了顶峰，喷口就在我们头顶上。由于光柱的直径太大，我们现在抬头看到的是一堵发着蓝光的等离子体巨墙。这巨墙向上伸延到无限高处。这时，我突然想起不久前的一堂哲学课，那个憔悴的老师给我们出的一个谜语。

“你在平原上走着走着，突然迎面遇到一堵墙。这墙向上无限高，向下无限深，向左无限远，向右无限远。这墙是什么？”

我打了一个寒战，接着把这个谜语告诉了身边的小星老师。她想了好大一会儿，困惑地摇摇头。我把嘴凑到她耳边，把那个可怕的谜底告诉她。

“死亡。”

她默默地看了我几秒钟，突然把我紧紧地抱在怀里。我从她的肩上极目望去，迷蒙的大地上耸立着一片金属的巨峰，从我们周围一直延伸到地平线。巨峰吐出的光柱，如一片倾斜的宇宙森林，刺破了我们摇摇欲坠的天空。

我们很快到达了海边，看到城市摩天大楼的尖顶伸出海面，退潮时，白花花的海水从大楼无数的窗子中流出，形成一道道瀑布。刹车时代刚刚结束，其对地球的影响已触目惊心：地球发动机加速造成的潮汐吞没了北半球三分之二的城市；发动机带来的全球高温融化了极地冰川，更使这大洪水雪上加霜，波及南半球。爷爷在三十年前目睹了百米高的巨浪吞没上海的情景，他现在讲这事的时候眼还直勾勾的。事实上，我们的星球还没启程就已面目全非了，谁知道在以后漫长的外太空流浪中，还有多少苦难在等着我们呢？

我们乘上一种叫船的古老的交通工具在海面上航行。地球发动机的光柱在后面越来越远，一天以后就完全看不见了。这时，大海处在两片霞光之间，一片是西面地球发动机的光柱产生的青蓝色霞光，一片是东方海平面下的太阳产生的粉红色霞光，它们在海面上的反射使大海也分成了闪耀着两色光芒的两部分，我们的船就行驶在这两部分的分界处，这景色真是奇妙。但随着青蓝色霞光渐渐减弱和粉红色霞光渐渐增强，一种不安的气氛在船上弥漫开来。甲板上已经见不到孩子们了，他们都躲在船舱里不出来，舷窗的帘子也被紧紧拉上。一天后，我们最害怕的那一时刻终于到来了，我们在那间被当作教室的大舱中集合。小星老师庄严地宣布：“孩子们，我们要去看日出了。”

没有人动，我们目光呆滞，像突然冻住一样僵在那儿。小星老师又催了几次，还是没人动。

她的一位男同事说：“我早就提过，环球体验课应该放在近代史课前面，学生在心理上就比较容易适应了。”

“没那么简单，在近代史课前，他们早就从社会知道一切了。”小星老师接着对几位班干部说，“你们先走，孩子们，不要怕，我小时候第一次看日出也很紧张的，但看过一次就好了。”

孩子们终于一个个站了起来，朝着舱门挪动脚步。这时，我感到一只湿湿的小手抓住了我的手，回头一看，是灵儿。

“我怕……”她嘤嘤地说。

“我们在电视上也看到过太阳，反正都一样的。”我安慰她说。

“怎么会一样呢，你在电视上看蛇和看真蛇一样吗？”

“……反正我们得上去，要不这门课会扣分的！”

我和灵儿紧紧拉着手，和其他孩子一起战战兢兢地朝甲板走去，去面对我们人生中的第一次日出。

“其实，人类把太阳同恐惧连在一起也只是这三四个世纪的事。在这之前，人类是不怕太阳的，相反，太阳在他们眼中是庄严和壮美的。那时地球还在转动，人们每天都能看到日出和日落。他们对着初升的太阳欢呼，赞颂落日的美丽。”小星老师站在船头对我们说。海风吹动着她的长发，在她身后，海天连线处射出几道光芒，好像海面下的一头大得无法想象的怪兽喷出的鼻息。

终于，我们看到了那令人胆寒的火焰，开始时只是天水连线上的一个亮点，很快增大，渐渐显示出了圆弧的形状。这时，我感到自己的喉咙像是被什么东西掐住了，恐惧使我窒息，脚下的甲板仿佛突然消失，我在向海的深渊坠下去，坠下去……和我一起下坠的还有灵儿，她那蛛丝般柔弱的小身躯紧贴着我颤抖着；还有其他孩子，其他的所有人，甚至整个世界，都在下坠。这时我又想起了那个谜语，我曾问过哲学老师，那堵墙是什么颜色的，他说应该是黑色的。我觉得不对，我想象中的死亡之墙应该是雪亮的，这就是为什么那道等离子体墙让我想起了它。这个时代，死亡不再是黑色的，它是闪电的颜色，当那最后的闪电到来时，世界将在瞬间变成蒸汽。

三个多世纪前，天体物理学家们就发现太阳内部氢转化为氦的速度突然加快，于是他们发射了上万个穿过太阳的探测器，最终建立了这颗恒星完整、精确的数学模型。巨型计算机对这个模型计算的结果表明，太阳的演化已向主星序外偏移，氦元素的聚变将在很短的时间内传遍整个太阳内部，由此产生一次叫氦闪的剧烈爆炸，之后，太阳将变为一颗巨大但暗淡的红巨星，它膨胀到如此之大，地球将在太阳内部运行！事实上在这之前的氦闪爆发中，我们的星球已被汽化了。

这一切将在四百年内发生，现在已过了三百八十年。

太阳的灾变将炸毁和吞没太阳系所有适合居住的类地行星，并使所有类木行星完全改变形态和轨道。自第一次氦闪后，随着重元素在太阳中心的反复聚集，太阳氦闪将在一段时间内反复发生。这“一段时间”是相对于恒星演化来说的，其长度可能相当于上千个人类历史。所以，人类在以后的太阳系中将无法生存下去，唯一的生路是向外太空恒星际移民，而照人类目前的技术力量，全人类移民唯一可行的目标是人马座比邻星，这是距我们最近的恒星，有4.3光年的路程。以上看法人们已达成共识，争论的焦点在移民方式上。

为了加强教学效果，我们的船在太平洋上折返了两次，又给我们制造了两次日出。现在我们已完全适应，也相信了南半球那些每天面对太阳的孩子确实能活下去。

以后我们就在太阳下航行了。太阳在空中越升越高，这几天凉爽下来的天气又热了起来。我正在自己的舱里昏昏欲睡，听到外面有骚乱的声音。灵儿推开门探进头来。

“嗨，飞船派和地球派又打起来了！”

我对这事儿不感兴趣，他们已经打了四个世纪了。但我还是到外面看了看。在打成一团的几个男孩儿中，我一眼就看出了挑起事儿的是阿东，他爸爸是个顽固的飞船派，因参加一次反联合政府的暴动，现在还被关在监狱里，有其父必有其子。

小星老师和几名粗壮的船员好不容易才拉开架，阿东鼻子血糊糊的，振臂高呼：“把地球派扔到海里去！”

“我也是地球派，也要扔到海里去？”小星老师问。

“地球派都扔到海里去！”阿东毫不示弱。现在，全世界飞船派情绪又呈上升趋势，所以他们又狂起来了。

“为什么这么恨我们？”小星老师问。其他几个飞船派小子接着喊了起来。

“我们不和地球派傻瓜在地球上等死！”

“我们要坐飞船走！飞船万岁！”

……

小星老师按了一下手腕上的全息显示器，我们面前的空中立刻显示出一副全息图像。孩子们的注意力立刻被它吸引过去，暂时安静下来。那是一个晶莹透明的密封玻璃球，直径大约有10厘米，球里三分之二的空间充满了水，水中有只小虾、一小枝珊瑚和一些绿色的藻类植物，小虾在水中悠然地游动着。

小星老师说：“这是阿东的自然课的设计作业，玻璃球中除了这几样东西外，还有些看不见的细菌。它们在密封的玻璃球中相互依赖、相互作用。小虾以海藻为食，从水中摄取氧气，然后排出含有机物质的粪便和二氧化碳废气，细菌将这些东西分解成无机物质和二氧化碳，然后海藻利用这些无机物质在人造阳光中进行光合作用，制造营养物质，进行生长和繁殖，同时放出氧气供小虾呼吸。这样的生态循环应该能使玻璃球中的生物在只有阳光供应的情况下生生不息。这是我见过的最好的课程设计，我知道，这里面凝聚了阿东和所有飞船派孩子的梦想，这就是你们梦中飞船的缩影啊！阿东告诉我，他按照计算机中严格的数学模型，对球中每一样生物进行了基因设计，使他们的新陈代谢正好达到平衡。他坚信，球中的生命世界会长期活下去，直到小虾寿命的终点。老师们都很钟爱这份作业，我们把玻璃球放到它所要求强度的人造阳光下，也坚信阿东的预测，默默地祝福他创造的这个小小的世界。但现在，时间只过去了十几天……”

小星老师从随身带来的一个小箱子中小心翼翼地拿出了那个玻璃球，死去的小虾漂浮在水面上，水已混浊不堪，腐烂的藻类植物已失去了绿色，变成一团没有生命的毛状物覆盖在珊瑚上。

“这个小世界死了。孩子们，谁能说出为什么？”小星老师把那个死亡的世界举到孩子们面前。

“它太小了！”

“说得对，太小了，小的生态系统，不管多么精确，都是经不起时间的风浪的。飞船派们想象中的飞船也一样。”

“我们的飞船可以造得像上海或纽约那么大。”阿东说，声音比刚才低了许多。

“是的，按人类目前的技术也只能造这么大，但同地球相比，这样的生态系统还是太小了，太小了。”

“我们会找到新的行星。”

“这连你们自己也不相信。人马座没有行星，最近的有行星的恒星在八百五十光年以外，目前人类能建造的最快的飞船也只能达到光速的百分之零点五，这样就需十七万年时间才能到那儿，而飞船规模的生态系统连这十分之一的时间都维持不了。孩子们，只有像地球这样规模的生态系统，这样气势磅礴的生态循环，才能使生命万代不息！人类在宇宙间离开了地球，就像婴儿在沙漠里离开了母亲！”

“……老师，我们来不及的，地球来不及的，它还来不及加速到足够快，航行到足够远，太阳就爆炸了！”

“时间是够的，要相信联合政府！这我说了多少遍，如果你们还不相信，我们就退一万步说，人类将自豪地去死，因为我们尽了最大的努力！”

人类的逃亡分为五步：第一步，用地球发动机使地球停止转动，使发动机喷口固定在地球运行的反方向；第二步，全功率开动地球发动机，使地球加速到逃逸速度，飞出太阳系；第三步，在外太空继续加速，飞向比邻星；第四步，在中途使地球重新自转，调转发动机方向，开始减速；第五步，地球泊入比邻星轨道，成为这颗恒星的卫星。

人们把这五步分别称为刹车时代，逃逸时代，流浪时代Ⅰ（加速），流浪时代Ⅱ（减速），新太阳时代。

整个移民过程将延续两千五百年，一百代人。

我们的船继续航行，航到了地球黑夜的部分，在这里，阳光和地球发动机的光柱都照不到。在大西洋清凉的海风中，我们这些孩子第一次看到了星空。天啊，那是怎样的景象啊，美得让我们心醉。

小星老师一手搂着我们，一手指着星空，“看，孩子们，那就是人马座，那就是比邻星，那就是我们的新家！”说完她哭了起来，我们都跟着哭了；周围的水手和船长，这些铁打的汉子也流下了眼泪。所有的人都用泪眼探望着老师指的方向，星空在泪水中扭曲抖动，唯有那个星星是不动的，那是黑夜的大海狂浪中远方陆地的灯塔，那是冰雪荒原中快要冻死的孤独旅人前方隐现的火光，那是我们心中的星星，是人类未来一百代人在苦海中唯一的希望和支撑……

在回家的航程中，我们看到了起航的第一个信号：夜空中出现了一个巨大的彗星，那是月球。人类带不走月球，就在月球上也安装了行星发动机，把它推离地球轨道，以免地球在加速时与之相撞。月球上的行星发动机产生的巨大彗尾使大海笼罩在一片蓝光之中，群星看不见了。月球移动产生的引力潮汐使大海巨浪冲天，我们改乘飞机向北半球的家飞去。

起航的日子终于到了！

我们一下飞机，就被地球发动机的光柱照得睁不开眼，这些光柱比以前亮了几倍，而且所有光柱都由倾斜变成笔直。地球发动机开到了最大功率，加速产生的百米巨浪轰鸣着滚上每个大陆，灼热的飓风夹着滚烫的水沫，在林立的顶天立地的等离子光柱间疯狂呼啸，拔起了陆地上所有的大树……这时从宇宙空间看，我们的星球也成了一个巨大的彗星，蓝色的彗尾刺破了黑暗的太空。

地球上路了，人类上路了。

就在起航时，爷爷去世了，他身上的烫伤已经感染。弥留之际他反复念叨着一句话：

“啊，地球，我的流浪地球啊……”

二 逃逸时代

学校要搬入地下城了，我们是第一批入城的居民。校车钻进了一个高大的隧洞，隧洞呈不大的坡度向地下延伸。走了有半个钟头，我们被告知已入城了。可车窗外哪有城市的样子？只看到不断掠过的错综复杂的支洞和洞壁上无数的密封门。在高高洞顶一排泛光灯下，一切都呈单调的金属蓝色。想到后半生的大部分时光都要在这个世界中度过，我们不禁黯然神伤。

“原始人就住洞里，我们又住洞里了。”灵儿低声说，这话还是让小星老师听见了。

“没有办法的，孩子们，地面的环境很快就要变得很可怕很可怕，那时，冷的时候，吐一口唾沫，还没掉到地上呢，就冻成小冰块儿了；热的时候，再吐一口唾沫，还没掉到地上，就变成蒸汽了！”

“冷我知道，因为地球离太阳越来越远了；可为什么还会热呢？”同车的一个低年级的小娃娃问。

“笨，没学过变轨加速吗？”我没好气地说。

“没。”

灵儿耐心地解释起来，好像是为了分散刚才的悲伤。“是这样的，跟你想的不同，地球发动机没那么大劲儿，它只能给地球很小的加速度，不能把地球一下子推出太阳轨道。地球在离开太阳前，还要绕着它转15

个圈呢！在这15个圈中地球慢慢加速。现在，地球绕太阳转着一个挺圆的圈儿，可它的速度越快呢，这圈就越扁，越快越扁越快越扁，太阳逐渐移到这个扁圈的一边儿，所以后来，地球有时离太阳会很远很远，当然冷了……”

“可……还是不对！地球到最远的地方时是很冷，可在扁圈的另一头儿，它离太阳……嗯，我想想，按轨道动力学，还是现在这么近啊，怎么会更热呢？”

真是个小天才，记忆遗传技术使这样的小娃娃成了正常人，这是人类的幸运，否则，像地球发动机这样连神都不敢想的奇迹，是不会在四个世纪内变成现实的。

我说：“可还有地球发动机呢，小傻瓜，现在，一万多台那样的大喷灯全功率开动，地球就成了火箭喷口的护圈了……你们安静点吧，我心里烦！”

我们就这样开始了地下的生活，像这样在地下五百米处，人口超过百万的城市遍布各个大陆。在这样的地下城中，我读完小学并升入中学。学校教育都集中在理工科上，艺术和哲学之类的教育已压缩到最少，人类没有这份闲心了。这是人类最忙的时代，每个人都有做不完的工作。很有意思的是，地球上所有的宗教在一夜之间消失得无影无踪，人们现在终于明白，就算真有上帝，他也是个王八蛋。历史课还是有的，只是课本中前太阳时代的人类历史对我们就像伊甸园中的神话一样。

父亲是空军的一名近地轨道宇航员，在家的时间很少。记得在变轨加速的第五年，地球处于远日点时，我们全家到海边去过一次。运行到远日点顶端那一天，是一个如同新年或圣诞节一样的节日，因为这时地球距太阳最远，人们都有一种虚幻的安全感。像以前到地面上去一样，我们需穿上带有核电池的全密封加热服。外面，地球发动机林立的刺目光柱是主要能看见的东西，地面世界的其他部分都淹没于光柱的强光中，也看不出变化。我们乘飞行汽车飞了很长时间，到了光柱照不到的地方，到了能看见太阳的海边。这时的太阳已成了一个棒球大小，一动不动地悬在天边。它的光芒只在自己周围映出了一圈晨曦似的亮影，天空呈暗暗的深蓝色，星星仍清晰可见。举目望去，哪有海啊，眼前是一片白茫茫的冰原。在这封冻的大海上，有大群狂欢的人。焰火在暗蓝色的空中开放，冰冻海面上的人们以一种不正常的情绪在忘情狂欢着，到处都是喝醉了在冰上打滚的人，更多的人在声嘶力竭地唱着不同的歌，都想用自己的声音压住别人。

“每个人都在不顾一切地过自己想过的生活，这也没有什么不好。”爸爸突然想起了一件事，“呵，忘了告诉你们，我爱上了黎星，我要离开你们和她在一起。”

“她是谁？”妈妈平静地问。

“我的小学老师。”我替爸爸回答。我升入中学已两年，不知道爸爸和小星老师是怎么认识的，也许是在两年前的毕业仪式上？

“那你去吧。”妈妈说。

“过一阵我肯定会厌倦，那时我就回来，你看呢？”

“你要愿意当然行。”妈妈的声音像冰冻的海面一样平稳，但很快激动起来，“啊，这一颗真漂亮，里面一定有全息散射体！”她指着刚在空中开放的一朵焰火，真诚地赞美着。

在这个时代，人们在看四个世纪以前的电影和小说时都感到莫名其妙，他们不明白，前太阳时代的人怎么会在不关生死的事情上倾注那么多的感情。当看到男女主人公为爱情而痛苦或哭泣时，他们的惊奇是难以言表的。在这个时代，死亡的威胁和逃生的欲望压倒了一切，除了当前太阳的状态和地球的位置，没有什么能真正引起他们的注意并打动他们了。这种注意力高度集中的关注，渐渐从本质上改变了人类的心理状态和精神生活，对于爱情这类东西，他们只是用余光瞥一下而已，就像赌徒在盯着轮盘的间隙抓住几秒钟喝口水一样。

过了两个月，爸爸真从小星老师那儿回来了，妈妈没有高兴，也没有不高兴。

爸爸对我说："黎星对你印象很好，她说你是一个有创造力的学生。"

妈妈一脸茫然，"她是谁？"

"小星老师嘛，我的小学老师，爸爸这两个月就是同她在一起的！"

"哦，想起来了！"妈妈摇头笑了，"我还不到四十，记忆力就成了这个样子。"她抬头看看天花板上的全息星空，又看看四壁的全息森林，"你回来挺好，把这些图像换换吧，我和孩子都看腻了，但我们都不会调整这玩意儿。"

当地球再次向太阳跌去的时候，我们全家都把这事忘了。

有一天，新闻报道海在融化，于是我们全家又到海边去。此时是地球通过火星轨道的时候，按照这时太阳的光照量，地球的气温应该仍然是很低的，但受到地球发动机的影响，地面的气温正适宜。能不穿加热服或冷却服去地面，那感觉真令人愉快。地球发动机所在的这个半球的天空还是那个样子，但到达另一个半球时，却真正感到了太阳的临近：天空是明朗的纯蓝色，太阳在空中已同起航前一样明亮了。可我们从空中看到海并没融化，还是一片白色的冰原。当我们失望地走出飞行汽车时，听到了惊天动地的隆隆声，那声音仿佛来自这颗星球的最深处，真像地球要爆炸一样。

“这是大海的声音！”爸爸说，“因为气温骤升，厚厚的海冰层受热不均匀，这很像陆地上的地震。”

突然，一声雷霆般尖利的巨响插进这低沉的隆隆声中，我们后面看海的人们欢呼起来。我看到海面上裂开一道长缝，其开裂速度之快如同广阔的冰原上突然出现了一道黑色的闪电。在接连不断的巨响中，这样的裂缝一条接一条地在海冰上出现，海水从所有的裂缝中喷出，在冰原上形成一条条迅速扩散的急流……

回家的路上，我们看到荒芜已久的大地上，野草在大片大片地钻出地面，各种花朵在怒放，嫩叶给枯死的森林披上绿装……所有的生命都在抓紧时间发泄着活力。

随着地球和太阳的距离越来越近，人们的心也一天天地揪紧了。到地面上来欣赏春色的人越来越少，大部分人都深深地躲进了地下城中，这不是为了躲避即将到来的酷热、暴雨和飓风，而是躲避那随着太阳越来越近的恐惧。有一天我在睡前，听到妈妈低声对爸爸说：“可能真的来不及了。”

爸爸说：“前四个近日点时也有这种谣言。”

“可这次是真的，我是从钱德勒博士夫人口中听说的，她丈夫是航行委员会的那个天文学家，你们都知道他的。他亲口告诉她已观测到氦的聚集在加速。”

“你听着，亲爱的，我们必须抱有希望，这并不是因为希望真的存在，而是因为我们要做高贵的人。在前太阳时代，做一个高贵的人必须拥有金钱、权力或才能，而在今天只需要拥有希望，希望是这个时代的黄金和宝石，不管活多长，我们都要拥有它！明天把这话告诉孩子。”

和所有的人一样，我也随着近日点的到来而心神不定。有一天放学后，我不知不觉地走到了城市中心广场，在广场中央有喷泉的圆形水池边呆立着，时而低头看着蓝莹莹的池水，时而抬头望着广场圆形穹顶上梦幻般的光波纹，那是池水反射上去的。这时我看到了灵儿，她拿着一个小瓶子和一根小管儿，在吹肥皂泡。每吹出一串，她都呆呆地盯着空中飘浮的泡泡，看着它们一个个消失，然后再吹出一串……

“都这么大了还玩这个，这好玩吗？”我走过去问她。

灵儿见了我以后喜出望外，“我们俩去旅行吧！”

“旅行？去哪？”

“当然是地面啦！”她挥手在空中划了一下，从手腕上的计算机中甩出一幅全息景象，显示出一个落日下的海滩，微风吹拂着棕榈树，道道白浪，金黄的沙滩上有一对对的情侣，他们在铺满碎金的海面前呈一对对黑色的剪影。

“这是梦娜和大刚发回来的，他们俩现在还满世界转呢，他们说外面现在还不太热，可好呢，我们去吧！”

“他们因为旷课刚被学校开除了。”

“哼，你根本不是怕这个，你是怕太阳！”

“你不怕吗？别忘了你因为怕太阳还看过精神科医生呢。”

“可我现在不一样了，我受到了启示！你看。”灵儿用小管儿吹出了一串肥皂泡，“盯着它看！”她用手指着一个肥皂泡说。

我盯着那个泡泡，看到它表面上光和色的狂澜，那狂澜以人的感觉无法把握，其中的复杂和精细在涌动，好像那个泡泡知道自己生命的长度，疯狂地把自己渺如烟海的记忆中无数的梦幻和传奇向世界演绎。很快，光和色的狂澜在一次无声的爆炸中消失了，我看到了一小片似有似无的水汽，这水汽也只存在了半秒钟，然后什么都没有了，好像什么都没有存在过。

“看到了吗？地球就是宇宙中的一个小水泡，啪一下，什么都没了，有什么好怕的呢？”

“不是这样的，据计算，在氦闪发生时，地球被完全蒸发掉至少需要一百个小时。”

“这就是最可怕之处了！”灵儿大叫起来，“我们在这地下五百米的深处，就像馅饼里的肉馅一样，先给慢慢烤熟了，再蒸发掉！”

一阵冷战传遍我的全身。

“但在地面就不一样了，那里的一切瞬间被蒸发，地面上的人就像那泡泡一样，啪一下……所以，氦闪时还是在地面上为好。”

不知为什么，我没同她去，她就同阿东去了，我以后再也没见到他们。

氦闪并没有发生，地球高速掠过了近日点，第六次向远日点升去，人们绷紧的神经松弛下来。由于地球自转已停止，在太阳轨道的这一面，亚洲大陆上的地球发动机正对它的运行方向，所以它在通过近日点前都停了下来，只是偶尔做一些调整姿态的运行，我们这儿处于宁静而漫长的黑夜之中。美洲大陆上的发动机则全功率运行，那里成了火箭喷口的护圈。由于太阳这时也处于西半球，那儿的高温更是可怕，草木生烟。

地球的变轨加速就这样年复一年地进行着。每当地球向远日点升去时，人们的心也随着地球与太阳的距离日益拉长而放松，而当它在新的一年向太阳跌去时，人们的心一天天地紧缩起来。每次到达近日点，社会上就谣言四起，说太阳氦闪就要在这时发生了；直到地球再次升向远日点，人们的恐惧才随着天空中渐渐变小的太阳平息下来，但又在酝酿着下一次的恐惧……人类的精神像在荡着一个宇宙秋千，更恰当地说，在经历着一场宇宙俄罗斯轮盘赌：升上远日点和跌向太阳的过程是在转动弹仓，掠过近日点时则是扣动扳机！每扣一次，神经就比上一次更紧，我就是在这种交替的恐惧中度过了自己的少年时代。其实仔细想想，即使在远日点，地球也未脱离太阳氦闪的威力圈，如果那时太阳爆发，地球不是被汽化而是被慢慢液化，那种结果还真不如在近日点。

在逃逸时代，大灾难接踵而至。

由于地球发动机产生的加速度及运行轨道的改变，地核中铁镍核心的平衡被扰动，其影响穿过古登堡不连续面，波及地幔，各个大陆的地热逸出、火山横行，这对于人类的地下城市是致命的威胁。从第六次变轨周期后，在各大陆的地下城中，岩浆渗入的灾难性事件频繁发生。

那天当警报响起来的时候，我正走在放学回家的路上，听到市政厅的广播：

F112市全体市民注意，城市北部屏障已被地应力破坏，岩浆渗入！岩浆渗入！现在岩浆流已到达第四街区！公路出口被封死，全体市民到中心广场集合，通过升降梯向地面撤离。注意，撤离时按《危急法》第五条行事，强调一遍，撤离时按《危急法》第五条行事！

我环视了一下四周迷宫般的通道，地下城现在看上去并没有什么异常。但我知道现在的危险：只有两条通向外部的地下公路，其中一条在去年因加固屏障的需要已被堵死，如果剩下的这条也被堵死了，就只有通过经竖井直通地面的升降梯逃命了。升降梯的载运量很小，要把这座地下城的36万人运出去需要很长时间。但也没有必要去争夺生存的机会，联合政府的《危急法》把一切都安排好了。

古代曾有过一个伦理学问题：当洪水到来时，一个只能救走一个人的男人，是去救他的父亲呢，还是去救他的儿子？在这个时代的人看来，提出这个问题令人无法理解。

当我到达中心广场时，看到人们已按年龄排起了长长的队。最靠近电梯口的是由机器人保育员抱着的婴儿，然后是幼儿园的孩子，再往后是小学生……我排在队伍中间靠前的部分。爸爸现在在近地轨道值班，城里只有我和妈妈，我现在看不到妈妈，就顺着几公里长的队身往后跑，没跑多远就被士兵拦住了。我知道她在最后一段，因为这个城市主要是学校集中地，家庭很少，她已经算年纪大的那批人了。

长队以让人心里着火的慢速度向前移动，三个小时后轮到我跨进升降梯时，我心里一点都不轻松，因为这时在妈妈和生存之间，还隔着两万多名大学生呢！而我已闻到了浓烈的硫黄味……

我到地面两个半小时后，岩浆就在五百米深的地下吞没了整座城市。我心如刀绞地想象着妈妈最后的时刻：她同没能撤出的一万八千人一起，看着岩浆涌进市中心广场。那时已经停电，整个地下城只有岩浆那恐怖的暗红色光芒。广场那高大的白色穹顶在高温中渐渐变黑，所有的遇难者可能还没接触到岩浆，就已被那上千度的高温夺去了生命。

但生活还在继续，在这严酷恐惧的现实中，爱情仍不时闪现出迷人的火花。为了缓解人们的紧张情绪，在第十二次到达远日点时，联合政府居然恢复了中断达两个世纪的奥运会。我作为一名机动雪橇拉力赛的选手参加了奥运会，比赛是驾驶机动雪橇，从上海出发，从冰面上横穿封冻的太平洋，到达终点纽约。

发令枪响过之后，上百只雪橇在冰冻的海洋上以每小时二百公里左右的速度出发了。开始还有几只雪橇相伴，但两天后，他们或前或后，都消失在地平线之外。这时背后地球发动机的光芒已经看不到了，我正处于地球最黑的部分。在我眼中，世界就是由广阔的星空和向四面无限延伸的冰原组成的，这冰原似乎一直延伸到宇宙的尽头，或者它本身就是宇宙的尽头。而在无限的星空和无限的冰原组成的宇宙中，只有我一个人！雪崩般的孤独感压倒了我，我想哭。我拼命地赶路，名次已无关紧要，只是为了在这可怕的孤独感杀死我之前尽早地摆脱它，而那想象中的彼岸似乎根本就不存在。

就在这时，我看到天边出现了一个人影。近了些后，我发现那是一个姑娘，正站在她的雪橇旁，她的长发在冰原上的寒风中飘动着。你知道这时遇见一个姑娘意味着什么，我们的后半生由此决定了。她是日本人，叫山彬加代子。女子组比我们先出发十二个小时，她的雪橇卡在冰缝中，其中一根滑杆被卡断了。我一边帮她修雪橇，一边把自己刚才的感觉告诉她。

“您说得太对了，我也是那样的感觉！是的，好像整个宇宙中就只有你一个人！知道吗，我看到您从远方出现时，就像看到太阳升起一样耶！”

“那你为什么不叫救援飞机？”

“这是一场体现人类精神的比赛，要知道，流浪地球在宇宙中是叫不到救援的！”她挥动着小拳头，以日本人特有的执着说。

“不过现在总得叫了，我们都没有备用滑杆，你的雪橇修不好了。”

“那我坐您的雪橇一起走，好吗？如果您不在意名次的话。”

我当然不在意，于是我和加代子一起在冰冻的太平洋上走完了剩下的漫长路程。经过夏威夷后，我们看到了天边的曙光。在这被那个小小的太阳照亮的无际冰原上，我们向联合政府的民政部发去了结婚申请。

当我们到达纽约时，这个项目的裁判们早等得不耐烦，收摊走了。但有一个民政局的官员在等着我们，他向我们致以新婚的祝贺，然后开始履行他的职责。他挥手在空中划出一个全息图像，上面整齐地排列着几万个圆点，这是这几天全世界向联合政府申请登记结婚的新人的数目。由于环境的严酷，法律规定每三对新婚配偶中只有一对有生育权，由抽签决定。加代子对着半空中那几万个点犹豫了半天，点了中间的一个。当那个点变为绿色时，她高兴得跳了起来。但我的心中却不知是什么滋味，我的孩子出生在这个苦难的时代，是幸运还是不幸呢？那个官员倒是兴高采烈，他说每当一对儿“点绿”的时候他都十分高兴。他拿出了一瓶伏特加，我们三个轮着一人一口地喝着，为人类的延续干杯。我们身后，遥远的太阳用它微弱的光芒给自由女神像镀上了一层金辉；对面，是已无人居住的曼哈顿的摩天大楼群，微弱的阳光把它们的影子长长地投在纽约港寂静的冰面上，醉意朦胧的我，眼泪涌了出来。

地球，我的流浪地球啊！

分手前，官员递给我们一串钥匙，醉醺醺地说：“这是你们在亚洲分到的房子，回家吧，哦，家多好啊！”

“有什么好的？”我漠然地说，“亚洲的地下城充满危险，你们在西半球当然体会不到。”

“我们马上也有你们体会不到的危险了，地球又要穿过小行星带，这次是西半球对着运行方向。”

“上几个变轨周期也经过小行星带，不是没什么大事吗？”

“那只是擦着小行星带的边缘走，太空舰队能应付，他们可以用激光和核弹把地球航线上的那些小石块都清除掉。但这次……你们没看新闻？这次地球要从小行星带正中穿过去！舰队只能对付那些大石块，唉……”

在回亚洲的飞机上，加代子问我：“那些石块很大吗？”

我父亲现在就在太空舰队干那件工作，所以尽管政府为了避免惊慌照例封锁消息，但我还是知道一些情况。我告诉加代子，那些石块大得像一座大山，五千万吨级的热核炸弹只能在上面打出一个小坑。“他们就要使用人类手中威力最大的武器了！”我神秘地告诉加代子。

“你是说反物质炸弹？！”

“还能是什么？”

“太空舰队的巡航范围是多远？”

“现在他们力量有限，我爸说只有一百五十万公里左右。”

“啊，那我们能看到了！”

“最好别看？”

加代子还是看了，而且是没戴护目镜看的。反物质炸弹的第一次闪光是在我们起飞不久后从太空传来的，那时加代子正在欣赏飞机舷窗外空中的星星，这使她的双眼失明了一个多小时，以后的一个多月她的眼睛都红肿流泪。那真是让人心惊肉跳的时刻，反物质炸弹不断地击中小行星，湮灭的强光此起彼伏地在漆黑的太空中闪现，仿佛宇宙中有一群巨人围着地球用闪光灯疯狂拍照似的。

半小时后，我们看到了火流星，它们拖着长长的火尾划破长空，给人一种恐怖的美感。火流星越来越多，每一个在空中划过的距离越来越长。突然，机身在一声巨响中震颤了一下，紧接着又是连续的巨响和震颤。加代子惊叫着扑到我怀中，她显然以为飞机被流星击中了，这时舱里响起了机长的声音。

“请各位乘客不要惊慌，这是流星冲破音障产生的超音速爆音，请大家戴上耳机，否则您的听觉会受到永久的损害。由于飞行安全已无法保证，我们将在夏威夷紧急降落。”

这时我盯住了一个火流星，那个火球的体积比别的大出许多，我不相信它能在大气中烧完。果然，那火球疾驰过大半个天空，越来越小，但还是坠入了冰海。从万米高空看到，海面被击中的位置出现了一个小白点，那白点立刻扩散成一个白色的圆圈，圆圈迅速在海面扩大。

“那是浪吗？”加代子颤着声儿问我。

“是浪，上百米的浪。不过海被封冻了，冰面会很快使它衰减的。”我自我安慰地说，不再看下面。

我们很快在檀香山降落，由当地政府安排去地下城。我们的汽车沿着海岸走，天空中布满了火流星，那些红发恶魔好像是从太空中的某一个点同时迸发出来的。一颗流星在距海岸不远处击中了海面，没有看到水柱，但水蒸气形成的白色蘑菇云高高地升起。涌浪从冰层下传到岸边，厚厚的冰层轰隆隆地破碎了，冰面显出了浪的形状，好像有一群柔软的巨兽在下面排着队游过。

“这块有多大？”我问那位来接应我们的官员。

“不超过五公斤，不会比你的脑袋大的。不过刚接到通知，在北方八百公里的海面上，刚落下一颗二十吨左右的。”

这时他手腕上的通信机响了，他看了一眼后对司机说：“来不及到204号门了，就近找个入口吧！”

汽车拐了个弯，在一个地下城入口前停了下来。我们下车后，看到入口外有几个士兵，他们都一动不动地盯着远方的一个方向，眼里充满了恐惧。我们都顺着他们的目光看去，在天海连线处，我们看到一层黑色的屏障，初一看好像是天边低低的云层，但那“云层”的高度太齐了，像一堵横在天边的长墙，再仔细看，墙头还镶着一线白边。

“那是什么呀？”加代子怯生生地问一个军官，得到的回答让我们毛发直竖。

“浪。”

地下城高大的铁门隆隆地关上了，约莫过了十分钟，我们感到从地面传来的低沉的声音，咕噜噜的，像一个巨人在地面打滚。我们面面相觑，大家都知道，百米高的巨浪正在滚过夏威夷，也将滚过各个大陆。但另一种震动更吓人，仿佛有一只巨拳从太空中不断地击打地球，在地下这震动并不大，只能隐约感到，但每一个震动都直达我们灵魂深处。这是流星在不断地击中地面。

我们的星球所遭到的残酷轰炸断断续续持续了一个星期。

当我们走出地下城时，加代子惊叫：“天啊，天怎么是这样的！”

天空是灰色的，这是因为高层大气弥漫着小行星撞击陆地时产生的灰尘，星星和太阳都消失在这无际的灰色中，仿佛整个宇宙在下着一场大雾。地面上，滔天巨浪留下的海水还没来得及退去就被封冻了，城市幸存的高楼形单影只地立在冰面上，挂着长长的冰凌柱。冰面上落了一层撞击尘，于是这个世界只剩下一种颜色——灰色。

我和加代子继续回亚洲的旅行。在飞机越过早已无意义的国际日期变更线时，我们见到了人类所见过的最黑的黑夜，飞机仿佛潜行在墨汁的海洋中。看着机舱外那没有一丝光线的世界，我们的心情也暗到了极点。

“什么时候到头儿呢？”加代子喃喃地说。我不知道她指的是这个旅程还是这充满苦难和灾难的生活，我现在觉得两者都没有尽头。是啊，即使地球航出了氦闪的威力圈，我们得以逃生，又怎么样呢？我们只是那漫长阶梯的最下一级，当我们的一百代重孙爬上阶梯的顶端，见到新生活的光明时，我们的骨头都变成灰了。我不敢想象未来的苦难和艰辛，更不敢想象要带着爱人和孩子走过这条看不到头的泥泞路，我累了，实在走不动了……就在我被悲伤和绝望包裹至窒息的时候，机舱里响起了一声女人的惊叫：

“啊！不！不能，亲爱的！！”

我循声看去，见那个女人正从旁边的一个男人手中夺下一支手枪，他刚才显然想把枪口凑到自己的太阳穴上。这人很瘦弱，目光呆滞地看着前方无限远处。女人把头埋在他膝上，嘤嘤地哭了起来。

“安静。”男人冷冷地说。

哭声消失了，只有飞机发动机的嗡嗡声在轻响，像不变的哀乐。在我的感觉中，飞机已粘在这巨大的黑暗中，一动不动，而整个宇宙，除了黑暗和飞机，什么都没有了。加代子紧紧钻进我怀里，浑身冰凉。

突然，机舱前部有一阵骚动，有人在兴奋地低语。我向窗外看去，发现飞机前方出现了一片朦胧的光亮，那光亮是蓝色的，没有形状，十分均匀地出现在前方弥漫着撞击尘的夜空中。

那是地球发动机的光芒。

西半球的地球发动机已被陨石击毁了三分之一，但损失比起航前的预测要少；东半球的地球发动机由于背向撞击面，完好无损。从功率上来说，它们是能使地球完成逃逸航行的。

在我眼中，前方朦胧的蓝光，如同从深海中经历漫长的上浮后看到的海面的亮光，我的呼吸又顺畅起来。

我又听到那个女人的声音：“亲爱的，痛苦呀恐惧呀这些东西，也只有在活着时才能感觉到，死了，死了什么也没有了，那边只有黑暗。还是活着好，你说呢？”

那瘦弱的男人没有回答，他盯着前方的蓝光看，眼泪流了下来。我知道他能活下去了，只要那希望的蓝光还亮着，我们就都能活下去，我又想起了父亲说得关于希望的那些话。

一下飞机，我和加代子没有去我们在地下城中的新家，而是到设在地面的太空舰队基地去找父亲，但在基地，我只见到了追授他的一枚冰冷的勋章。这勋章是一名空军少将给我的，他告诉我，在清除地球航线上的小行星的行动中，一块被反物质炸弹炸出的小行星碎片击中了父亲的单座微型飞船。

“当时那个石块和飞船的相对速度有每秒一百公里，撞击使飞船座舱瞬间汽化了，他没有一点痛苦，我向您保证，没有一点痛苦。”将军说。

当地球又向太阳跌回去的时候，我和加代子又到地面上来看春天，但没有看到。世界仍是一片灰色，阴暗的天空下，大地上分布着由残留海水形成的一个个冰冻湖泊，见不到一点绿色。大气中的撞击尘挡住了阳光，使气温难以回升。甚至在近日点，海洋和大地都没有解冻，太阳呈一个朦胧的光晕，仿佛是撞击尘后面的一个幽灵。

三年以后，空中的撞击尘才有所消散，人类终于最后一次通过近日点，向远日点升去。在这个近日点，东半球的人有幸目睹了地球历史上最快的一次日出和日落。太阳从海平面上一跃而起，迅速划过长空，大地上万物的影子在很快地变换着角度，仿佛是无数根钟表的秒针。这也是地球上最短的一个白天，只有不到一个小时。当一小时后太阳跌入地平线，黑暗降临大地时，我感到一阵伤感。这转瞬即逝的一天，仿佛是对地球在太阳系四十五亿年进化史的一个短暂的总结。直到宇宙的末日，它不会再回来了。

“天黑了。”加代子忧伤地说。

“最长的一夜。”我说。东半球的这一夜将延续两千五百年，一百代人后，人马座的曙光才能再次照亮这个大陆。西半球也将面临最长的白天，但比这里的黑夜要短得多。在那里，太阳将很快升到天顶，然后一直静止在那个位置上渐渐变小，在半世纪内，它就会融入星群难以分辨了。

按照预定的航线，地球升至与木星的会合点。航行委员会的计划——地球第15圈的公转轨道是如此之扁，以至于它的远日点能到达木星轨道，地球将与木星在几乎相撞的距离上擦身而过，在木星巨大引力的拉动下，地球将最终达到逃逸速度。

离开近日点后两个月，就能用肉眼看到木星了，它开始只是一个模糊的光点，但很快显出圆盘的形状。又过了一个月，木星在地球上空已有满月大小了，呈暗红色，能隐约看到上面的条纹。这时，十五年来一直垂直的地球发动机光柱中有一些开始摆动，地球在做会合前最后的姿态调整，木星渐渐沉到了地平线下。以后的三个多月，木星一直处在地球的另一面，我们看不到它，但知道两颗行星正在交会之中。

有一天我们突然被告知东半球也能看到木星了。于是人们纷纷从地下城来到地面。当我走出城市的密封门来到地面时，发现开了十五年的地球发动机已经全部关闭了，我再次看到了星空，这表明同木星最后的交会正在进行。人们都在紧张地盯着西方的地平线，地平线上出现了一片暗红色的光，那光区渐渐扩大，伸延到整个地平线的宽度。我现在发现那暗红色的区域上方同漆黑的星空有一道整齐的边界，那边界呈弧形，那巨大的弧形从地平线的一端跨到了另一端，缓缓升起。巨弧下的天空都变成了暗红色，仿佛一块同星空一样大小的暗红色幕布在把地球同整个宇宙隔开。当我回过神来时，不由倒吸一口冷气，那暗红色的幕布就是木星！我早就知道木星的体积是地球的1300倍，现在才真正感觉到它的巨大。这宇宙巨怪在整个地平线上升起时产生的那种恐惧和压抑感是难以用语言描述的。一名记者后来写道："不知是我身处噩梦中，还是这整个宇宙都是一个造物主巨大而变态的头脑中的噩梦！"

木星恐怖地上升着，渐渐占据了半个天空。这时，我们可以清楚地看到它云层中的风暴，那风暴把云层搅动成让人迷茫的混乱线条，我知道那厚厚的云层下是沸腾的液氢和液氦的大洋。著名的大红斑出现了，这个在木星表面维持了几十万年的大漩涡大得可以吞下整个地球。这时木星已占满了整个天空，地球仿佛是浮在木星沸腾的暗红色云海上的一只气球！而木星的大红斑就处在天空正中，如一只红色的巨眼盯着我们的世界，大地被笼罩在它那阴森的红光中……这时，谁都无法相信小小的地球能逃出这巨大怪物的引力场。从地面上看，地球甚至连成为木星的卫星都不可能，我们就要掉进那无边云海覆盖着的地狱中去了！但领航工程师们的计算是精确的，暗红色的迷乱的天空在缓缓移动着，不知过了多长时间，西方的天边露出了黑色的一角，那黑色迅速扩大，其中有星星在闪烁，地球正在冲出木星引力的魔掌。这时警报尖叫起来，木星产生的引力潮汐正在向内陆推进，后来得知，这次大潮百多米高的巨浪再次横扫了整个大陆。在跑进地下城的密封门时，我最后看了一眼仍占据半个天空的木星，发现木星的云海中有一道明显的划痕，后来知道，那是地球引力作用在木星表面的痕迹，我们的星球也在木星表面拉起了如山的液氢和液氦的巨浪。这时，木星巨大的引力正在把地球加速甩向外太空。

离开木星时，地球已达到了逃逸速度，它不再需要返回潜藏着死亡的太阳，向广漠的外太空飞去，漫长的流浪时代开始了。

就在木星暗红色的阴影下，我的儿子在地层深处出生了。

三　叛乱

离开木星后，亚洲大陆上的一万多台地球发动机再次全功率开动，这一次它们要不停地运行五百年，不停地加速地球。这五百年中，发动机将把亚洲大陆上一半的山脉用作燃料消耗掉。

从四个多世纪死亡的恐惧中解脱出来，人们长出了一口气。但预料中的狂欢并没有出现，接下来发生的事情出乎所有人的想象。

在地下城的庆祝集会后，我一个人穿上密封服来到地面。童年时熟悉的群山已被超级挖掘机夷为平地，大地上只有裸露的岩石和坚硬的冻土，冻土上到处有白色的斑块，那是大海潮留下的盐渍。面前那座爷爷和爸爸度过了一生的曾有千万人口的大城市现在已是一片废墟，高楼钢筋外露的残骸在地球发动机光柱的蓝光中拖着长长的影子，好像是史前巨兽的化石……一次次的洪水和小行星的撞击已摧毁了地面上的一切，各大陆上的城市和植被都荡然无存，地球表面已变成如火星地表一样的荒漠。

这一段时间，加代子心神不定。她常常扔下孩子不管，一个人开着飞行汽车出去旅行，回来后，只是说她去了西半球。最后，她拉我一起去了。

我们的飞行汽车以四倍音速飞行了两个小时，终于能够看到太阳了，它刚刚升出太平洋，这时看上去只有棒球大小，给冰封的洋面投下一片微弱的、冷冷的光芒。加代子把飞行汽车悬停在五千米的空中，然后从后面拿出了一个长长的东西，去掉封套后我看到那是一架天文望远镜，业余爱好者用的那种。加代子打开车窗，把望远镜对准太阳，让我看。

从有色镜片中我看到了放大几百倍的太阳，我甚至清楚地看到太阳表面的缓缓移动的明暗斑点，还有太阳边缘隐隐约约的日珥。

加代子把望远镜同车内的计算机连接起来，把一个太阳影像采集下来。然后，她又调出了另一个太阳图像，说："这个是四个世纪前的太阳图像。"

接着，计算机对两个图像进行比较。

"看到了吗？"加代矛指着屏幕说，"它们的光度、像素排列、像素概率、层次统计等参数都完全一样！"

我摇摇头说："这能说明什么？一架玩具望远镜，一个低级图像处理程序，加上你这个无知的外行……别自寻烦恼了，别信那些谣言！"

"你是个白痴。"她说着，收回望远镜，把飞行汽车向回开去。这时，在我们的上方和下方，我又远远地看到了几辆飞行汽车，同我们刚才一样悬在空中，从每辆车的车窗中都伸出一架望远镜对着太阳。

以后的几个月中，一个可怕的说法像野火一样在全世界蔓延开来。越来越多的人自发地用更大型更精密的仪器观测太阳。后来，一个民间组织向太阳发射了一组探测器，它们在三个月后穿过太阳。探测器发回的数据最后证实了那个事实。

同四个世纪前相比，太阳没有任何变化。

现在，各大陆的地下城已成了一座座骚动的火山，局势一触即发。一天，按照联合政府的法令，我和加代子把儿子送进了养育中心。回家的路上我们俩都感到维系我们关系的唯一纽带已不存在了。走到市中心广场，我们看到有人在演讲，另一些人在演讲者周围向市民分发武器。

“公民们！地球被出卖了！人类被出卖了！！文明被出卖了！！！我们都是一个超级骗局的牺牲品！这个骗局非常之巨大和可怕。太阳还是原来的太阳，它不会爆发，过去、现在、将来都不会。它是永恒的象征！爆发的是联合政府中那些人阴险的野心！他们编造了这一切，只是为了建立他们的独裁帝国，他们毁了地球！毁了人类文明！公民们，有良知的公民们！拿起武器，拯救我们的星球，拯救人类文明！我们要推翻联合政府，控制地球发动机，把我们的星球从这寒冷的外太空开回原来的轨道！开回到我们的太阳温暖的怀抱中！！”

加代子默默地走上前去，从分发武器的人手中接过了一支冲锋枪，加入那些拿到武器的市民的队列中，她没有回头，同那支庞大的队列一起消失在地下城的迷雾里。我呆呆地站在那儿，手在衣袋中紧紧攥着父亲用生命和忠诚换来的那枚勋章，它的边角把我的手扎出了血……

三天后，叛乱在各个大陆同时爆发了。

叛军所到之处，人民群起响应，到现在，很少有人怀疑自己受骗了。但我加入了联合政府的军队，这并非是对政府的坚信，而是我三代前辈都有过军旅生涯，他们在我心中种下了忠诚的种子，不论在什么情况下，背叛联合政府对我来说都是一件不可想象的事。

美洲、非洲、大洋洲和南极洲相继沦陷，联合政府收缩防线死守地球发动机所在的东亚和中亚。叛军很快对这里构成了包围态势，他们对政府军有压倒性的优势，之所以在相当长一段时间里攻势没有取得进展，完全是因为地球发动机。叛军不想毁掉地球发动机，所以在这一广阔的战区没有使用重武器，使得联合政府得以苟延残喘。这样双方僵持了三个月，联合政府的十二个集团军相继临阵倒戈，中亚和东亚防线全线崩溃。两个月后，大势已去的联合政府连同不到十万军队在靠近海岸的地球发动机控制中心陷入重围。

我就是这残存军队中的一名少校。控制中心有一座中等城市大小，它的中心是地球驾驶室。我拖着一条被激光束烧焦的手臂，躺在控制中心的伤兵收容站里。就是在这儿，我得知加代子已在澳洲战役中阵亡。我和收容站里所有的人一样，整天喝得烂醉，对外面的战事全然不知，也不感兴趣。不知过了多久，听到有人在高声说话。

"知道你们为什么这样吗？你们在自责，在这场战争中，你们站到了反人类的一边，我也一样。"

我转头一看，发现讲话的人肩上有一颗将星，他接着说："没关系的，我们还有最后的机会拯救自己的灵魂。地球驾驶室距我们这儿只有三个街区，我们去占领它，把它交给外面理智的人类！我们为联合政府已尽到了责任，现在该为人类尽责任了！"

我用那只没受伤的手抽出手枪，随着这群突然狂热起来的受伤和没受伤的人，沿着钢铁的通道，向地球驾驶室冲去。出乎预料，一路上我们几乎没遇到抵抗，倒是有越来越多的人从错综复杂的钢铁通道的各个分支中加入我们。最后，我们来到了一扇巨大的门前，那钢铁大门高得望不到顶。它轰隆隆地打开了，我们冲进了地球驾驶室。

尽管以前无数次在电视中看到过，但所有的人还是被驾驶室的宏伟震惊了。从视觉上看不出这里的大小，因为驾驶室淹没在一幅巨型全息图中，那是一幅太阳系的模拟图。整个图像实际就是一个向所有方向无限伸延的黑色空间，我们一进来，就悬浮在这空间之中。由于尽量模拟真实的比例，太阳和行星都很小很小，小得像远方的萤火虫，但能分辨出来。以那遥远的代表太阳的光点为中心，一条醒目的红色螺旋线扩展开来，像广阔的黑色洋面上迅速扩散的红色波圈。这是地球的航线。在螺旋线最外面

的一点上，航线变成明亮的绿色，那是地球还没有完成的路程。那条绿线从我们的头顶掠过，顺着看去，我们看到了灿烂的星海，绿线消失在星海的深处，我们看不到它的尽头。在这广漠的黑色的空间中，还飘浮着许多闪亮的灰尘，其中几个尘粒飘近，我发现那是一块块虚拟屏幕，上面翻滚着复杂的数字和曲线。

我看到了全人类瞩目的地球驾驶台，它好像是飘浮在黑色空间中的一个银白色的小行星，看到它我更难以想象这里的巨大驾驶台本身就是一个广场，现在上面密密麻麻地站着五千多人，包括联合政府的主要成员、大部分负责实施地球航行计划的星际移民委员会的成员，和那些最后忠于政府的人。这时我听到最高执政官的声音在整个黑色空间响了起来。

“我们本来可以战斗到底的，但这可能导致地球发动机失控，这种情况一旦发生，过量聚变的物质将烧穿地球，或蒸发全部海洋，所以我们决定投降。我们理解所有的人，因为已经进行了四十代人，还要延续一百代人的艰难奋斗中，永远保持理智确实是一个奢求。但也请所有的人记住我们，站在这里的这五千多人，这里有联合政府的最高执政官，也有普通的列兵，是我们把信念坚持到了最后。我们都知道自己看不到真理被证实的那一天，但如果人类得以延续万代，以后所有的人将在我们的墓前洒下自己的眼泪，这颗叫地球的行星，就是我们永恒的纪念碑！”

控制中心巨大的密封门隆隆开启，那五千多名最后的地球派一群群走了出来，在叛军的押送下向海岸走去。一路上两边挤满了人，所有人都冲他们吐唾沫，用冰块和石块砸他们。他们中有人密封服的面罩被砸裂，外面零下一百多度的严寒使那些人的脸麻木了，但他们仍努力地走下去。我看到一个小女孩，举起一大块冰用尽全身力气狠命地向一个老者砸去，她那双眼睛透过面罩射出疯狂的怒火。

当我听到这五千人全部被判处死刑时，觉得太宽容了。难道仅仅一死吗？这一死就能偿清他们的罪恶吗？！能偿清他们用一个离奇变态的想象和骗局毁掉地球、毁掉人类文明的罪恶吗？他们应该死一万次！这时，我想起了那些做出太阳爆发预测的天体物理学家，那些设计和建造地球发动机的工程师，他们在一个世纪前就已作古，我现在真想把他们从坟墓中挖出来，让他们也死一万次。

真感谢死刑的执行者们，他们为这些罪犯找了一种好的死法：他们收走了被判死刑的每个人密封服上加热用的核能电池，然后把他们丢在大海的冰面上，让零下百度的严寒慢慢夺去他们的生命。

这些人类文明史上最险恶最可耻的罪犯在冰海上站了黑压压的一片，在岸上有十几万人在看着他们，十几万人的牙齿咬得嘣嘣响，十几万双眼睛喷出和那个小女孩一样的怒火。

这时，所有的地球发动机都已关闭，壮丽的群星出现在冰原之上。

我能想象出严寒像无数把尖刀刺进他们的身体，他们的血液在凝固，生命从他们的体内一点点流走，这想象中的感觉变成一种快感，传遍我的全身。看到那些在严寒的折磨中慢慢死去的罪犯，岸上的人们快活起来，他们一起唱起了《我的太阳》。我唱着，眼睛看着星空的一个方向，在那个方向上，有一颗稍大些刚刚显出圆盘形状的星星发出黄色的光芒，那就是太阳。

啊，我的太阳，生命之母，万物之父，我的大神！还有什么比您更稳定，还有什么比您更永恒！我们这些渺小的、连灰尘都不如的碳基细菌，拥挤在围着您转的一粒小石头上，竟敢预言您的末日，我们怎么能蠢到这个程度？！

一个小时过去了，海面上那些反人类的罪犯虽然还全都站着，但已没有一个活人，他们的血液已被冻结了。

我的眼睛突然什么都看不见了，几秒钟后，视力渐渐恢复，冰原、海岸和岸上的人群又在眼前慢慢显影，最后完全清晰了，而且比刚才更清晰，因为这个世界现在被笼罩在一片强烈的白光中，刚才我眼睛的失明正是受到了这突然出现的强光的刺激。但星空没有重现，所有的星光都被这强光所淹没，仿佛整个宇宙都被强光融化了。这强光从太空中的一点迸发出来，那一点现在成了宇宙中心，那一点就在我刚才盯着的方向。

太阳氦闪爆发了。

《我的太阳》的合唱戛然而止，岸上的十几万人呆住了，似乎同海面上那些人一样，冻成了一片僵硬的岩石。

太阳最后一次把它的光和热洒向地球。地面上冻结的二氧化碳——干冰经过升华腾起了一阵白色的蒸汽；然后海冰表面也开始融化，受热不均的大海冰层发出惊天动地的巨响；渐渐地，照在地面上的光柔和起来，天空出现了微微的蓝色；后来，强烈的太阳风产生的极光在空中出现，苍穹中飘动着巨大的彩色光幕……

在这突然出现的灿烂阳光下，海面上最后的地球派们仍稳稳地站着，仿佛五千多尊雕像。

太阳爆发只持续了很短的时间，两个小时后强光开始急剧减弱，很快熄灭了。在太阳的位置上出现了一个暗红色球体，它的体积慢慢膨胀，最后从这里看它，已达到了在地球轨道上看到的太阳大小，那么它的实际体积已大到越出火星轨道，而水星、火星和金星这三颗地球的伙伴行星这时已在上亿度的辐射中化为一缕轻烟。但它已不是太阳，它不再发出光和热，看去如同贴在太空中一张冰冷的红纸，它那暗红色的光芒似乎是周围星光的散射。这就是小质量恒星演化的最后归宿：红巨星。

五十亿年的壮丽生涯已成为飘逝的梦幻，太阳死了。

幸运的是，还有人活着。

四　流浪时代

当我回忆这一切时，半个世纪已过去了。二十年前，地球航出了冥王星轨道，航出了太阳系，在寒冷广漠的外太空继续着它孤独的航程。

最近一次去地面是十几年前的事了，那是儿子和儿媳陪我去的，儿媳是一个金发碧眼的姑娘，就要做母亲了。

到地面后，我首先注意到，虽然所有地球发动机仍全功率地运行，巨大的光柱却看不到了，这是因为地球大气已消失，等离子体的光芒没有散射的缘故。我看到地面上布满了奇怪的黄绿相间的半透明晶体块，这是固体氧氮，是已冻结的空气。有趣的是，空气并没有均匀地冻结在地球表面，而是形成了小山丘似的不规则的隆起，在原来平滑的大海冰原上，这些半透明的小山形成了奇特的景观。银河系的星河纹丝不动地横过天穹，也像被冻结了，但星光很亮，看久了还刺眼呢。

地球发动机将不间断地开动五百年，到时地球将加速至光速的千分之五，然后地球将以这个速度滑行一千三百年，之后地球就走完了三分之二的航程，它将调转发动机的方向，开始长达五百年的减速。地球在航行二千四百年后到达比邻星，再过一百年时间，它将泊入这颗恒星的轨道，成为它的一颗卫星。

我知道已被忘却
流浪的航程太长太长
但那一时刻要叫我一声啊
当东方再次出现霞光

我知道已被忘却
起航的时代太远太远
但那一时刻要叫我一声啊
当人类又看到了蓝天

我知道已被忘却
太阳系的往事太久太久
但那一时刻要叫我们一声啊
当鲜花重新挂上枝头
……

每当听到这首歌，一股暖流就涌进我这年迈僵硬的身躯，我干涸的老眼又湿润了。我好像看到人马座三颗金色的太阳在地平线上依次升起，万物沐浴在它温暖的光芒中。固态的空气融化了，变成了碧蓝的天。两千多年前的种子从解冻的土层中复苏，大地绿了。我看到我的第一百代孙子孙女们在绿色的草原上欢笑，草原上有清澈的小溪，溪中有银色的小鱼……我看到了加代子，她从绿色的大地上向我跑来，年轻美丽，像个天使……

啊，地球，我的流浪地球……

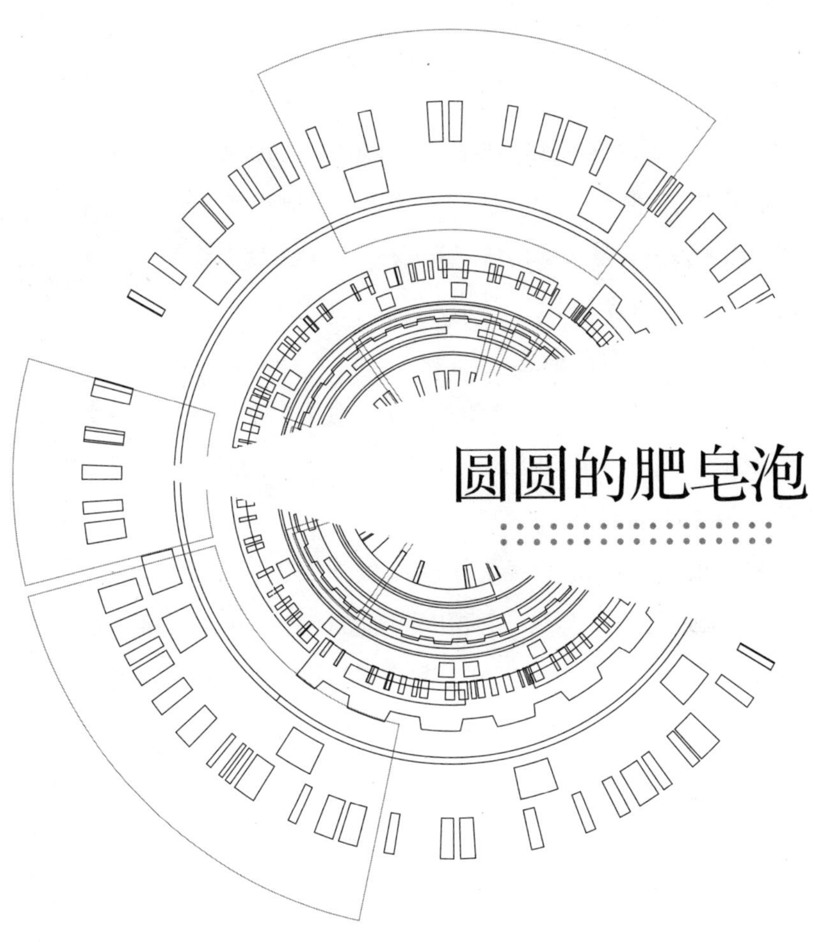

圆圆的肥皂泡

一

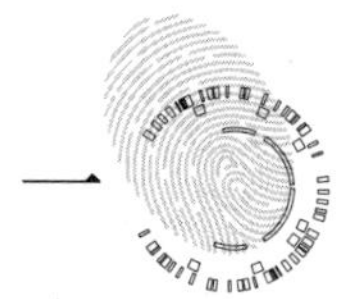

很多人生来就会莫名其妙地迷上一样东西，仿佛他（她）的出生就是为了和这东西约会似的，正是这样，圆圆迷上了肥皂泡。

圆圆出生后一直是一副无精打采的样子，连哭啼都像是在应付差事，显然这个世界让她很失望。

直到她第一次看到肥皂泡。

圆圆第一次看到肥皂泡时才五个月大，便立刻在妈妈怀中手舞足蹈起来，小眼睛中爆发出足以使太阳、星辰都黯然失色的光芒，仿佛这才是第一次真正地看到这个世界。

这是一个西北的正午，已经数月无雨，窗外，烈日下的城市迷漫着沙尘。在这异常干燥的世界中，那飘浮在空中的绚丽的水的精灵确实是绝美的东西，看到小女儿能认识到这种美，为她吹出肥皂泡的爸爸很高兴，抱着她的妈妈也很高兴，圆圆的妈妈提前一个月结束了产假，明天就要回实验室上班了。

二

时光飞逝，圆圆进幼儿园大班了，她仍然热爱肥皂泡。

这个星期天她和爸爸出去玩儿，她的小衣袋中就装着吹泡泡的小瓶儿，爸爸许诺要让妈妈带她坐飞机吹泡泡。这并不是吹牛，他们真的去了近郊的一个简易机场，妈妈做飞播造林研究用的飞机就停在那里。那飞机让圆圆很失望，那是一架破旧的双翼农用飞机，估计是已消失的社会主义联盟制造的。圆圆觉得它是旧木板做的，像童话中的猎人在森林中住的破木屋，真不相信这玩意儿能飞起来。但就这破飞机，妈妈也不让圆圆坐。

“今天是孩子生日，你还加班不回家，要不你让圆圆坐坐飞机，总要给她个惊喜嘛！”爸爸说。

“惊喜什么呀，她这么大分量，我要少带多少树种？”妈妈说着，又把一个沉重的大塑料包吃力地搬进舱门。

圆圆觉得自己没有多少分量，咧嘴大哭起来。妈妈于是赶紧来哄女儿，她从扔放在地上的一堆大塑料袋中的一个里拿出一件奇怪的东西，样子和大小与胡萝卜差不多，头儿尖尖的呈流线型，屁股上还有一对用硬纸板做的尾翼，看上去像个小炸弹，但却是透明的，好像很好玩儿的样子。圆圆伸手去抓，但小手立刻又松开了——那玩意儿是冰做的。

妈妈指着小炸弹中心的一个小黑粒，告诉圆圆那就是树种：“飞机从好高的地方把这些冰炸弹扔下去，它们落到地上时会扎进沙土中。春天来了冰弹就会在沙土里悄悄地化开，化出的水会让种子发芽出苗。把好多好多这样的冰炸弹投下来，沙漠就会变绿，沙子就不会吹到我家圆圆的小脸儿上了……这是妈妈的研究项目，它能使西北干旱地区飞播造林的成活率提高一倍……”

“孩子懂什么成活率，真是的，圆圆，咱们走！”爸爸抱起圆圆，气鼓鼓地走了，妈妈没有留他们，只是赶紧用两手又捧了一下女儿的脸蛋儿。

圆圆感到妈妈的手比爸爸的粗糙多了。

圆圆伏在爸爸的肩膀上看到“猎人木屋”轰鸣着起飞，她对着飞机吹出一串肥皂泡，看着它消失在沙尘迷漫的空中。

爸爸抱着圆圆走出了机场，在公路边的车站等着回市里的汽车时，圆圆感到爸爸的身体突然颤抖了一下。

“爸爸，你冷吗？”

“不……圆圆，你没听到什么吗？”

“嗯……没有呀。”

但他听到了，那是一声沉闷的爆炸声，从飞机飞向的远方传来，隐隐约约，他几乎是用第六感听到的。他猛地回头看着那个方向，在他和女儿面前，大西北干旱的大地冷酷地凝视着苍穹。

三

时光继续飞逝，圆圆上了小学，她仍然热爱肥皂泡。

清明节，她和爸爸来到妈妈墓前时，仍拿着吹泡泡的小瓶，当爸爸把鲜花放到那朴素的墓碑前时，圆圆吹出了一串泡泡。爸爸正要发作，女儿的一句话使他平静下来，双眼湿润了。

“妈妈会看到的！”圆圆指着飘过墓碑的肥皂泡说。

“孩子啊，你要做一个妈妈那样的人，像她那样有责任感和使命感，像她那样有一个远大的人生目标！”爸爸搂着圆圆说。

“我有远大的目标呀！”圆圆喊道。

“说给爸爸听听？”

“吹——”圆圆指着已飞远的肥皂泡，“大——大——的——泡——泡！”

爸爸苦笑着摇摇头，拉着女儿走了。这里距几年前飞机坠毁的地点不远，当年由自天而降的冰弹播下的种子确实都成活了，长成了小树苗，但最后的胜利者仍是无边的干旱，飞播林在干旱少雨的第二年都死光了，沙漠化仍在继续着它不可阻挡的步伐。爸爸回头看去，夕阳将墓碑的影子拉得好长好长，圆圆吹出的肥皂泡已经一个都不见了，像墓中人的理想，像西部大开发美丽的梦幻。

四

时光继续飞逝，圆圆上了中学，仍然喜欢肥皂泡。

这天，圆圆年轻的女班主任老师来家访，递给爸爸一把新奇漂亮的玩具手枪，说是圆圆在课上玩，让物理老师没收的。那把枪有个大肚子，枪管顶部固定着一个天线似的圆圈，爸爸翻来覆去地看着，很迷惑它怎么玩。

“这是泡泡枪。”班主任说着，拿过来一扣扳机，随着一阵嗡嗡的轻响，从枪口的小圆圈中飞出一长串肥皂泡。

班主任告诉爸爸，圆圆的学习成绩一直在同年级的学生中领先，她最大的长处是有很强的创造性思维。班主任说自己还是第一次看到思想这么活跃的学生，告诉爸爸要珍惜这个苗头。

“你不觉得这孩子……怎么说呢，有些轻飘飘的吗？”爸爸手里拿着泡泡枪问。

“现在的孩子嘛，都这样儿……其实在这个新时代，轻松洒脱一些的思想和性格也不一定就是缺点。”

爸爸叹口气，挥挥泡泡枪结束了谈话。他觉得和这个班主任没什么可谈的，她自己还几乎是个孩子呢。

送走了班主任，回到只有他们父女两人的家中，爸爸想和圆圆谈谈泡泡枪的问题，但立刻发生了另一件让他不快的事。

“又换了一个？今年你已经换了一个了！”他指着圆圆挂在胸前的手机问。

“没有呀爸爸，人家只是换了个壳儿嘛！看，这能给我新鲜的感觉。”圆圆说着，拿出了一个扁盒子。爸爸打开它，看到一排鲜艳的色块，最初以为是绘画颜料一类的东西，仔细一看才发现那是十二个手机外壳，十二种色彩。

爸爸摇摇头，把盒子放在一边，“我正想和你谈谈你的这种……嗯，思想倾向。”

圆圆看到了爸爸手中的泡泡枪，一把抢了过来。“爸爸，我保证以后不再带它去学校了！”说完，她对着爸爸射出一串泡泡。

“我要说的不是这个，我要说的问题比这深刻的多，圆圆，你看你这么大了还喜欢吹肥皂泡……”

“不行吗？”

“哦不，这本来不算什么大问题，我是说，你的这种喜好反映出了你的一种，嗯，刚才说过的，思想倾向。”

圆圆不解地看着爸爸。

“这说明你倾向于追求美丽、新奇而虚幻的东西，容易对远离现实的幻影着迷，你的双脚将离开大地，会将你的人生引向一个错误的方向。”

圆圆看着满屋漂浮着的肥皂泡，显得更迷惑了。那些肥皂泡像一群透明金鱼，在空气中幽幽地游着。

“爸爸，咱们还是谈一些更有趣的事吧！”圆圆靠到爸爸的肩膀上，语气变得神秘起来，“爸，我们的班主任漂亮吗？”

“没注意……圆圆，我刚才的意思是……”

“她很漂亮的！”

“也许吧……我刚才要说的是……”

“爸爸，您真没注意到她和您说话时的眼神？她好像被您吸引了耶！”

“我说你这个孩子，就不能少想些无聊的事？！”爸爸生气地把女儿的手从肩上拨开。

圆圆长叹一声：“唉，爸爸呀爸爸，您已经变成了一个对什么都提不起兴趣的人了，您这没有新鲜感、没有新奇、没有激情的日子，有什么劲呢？还好意思当别人的人生导师。”

一个肥皂泡飘到爸爸脸前爆裂了，他隐约感到了一小股弱得不能再弱的湿润水汽，这一场转瞬即逝的微型毛毛雨令他感到片刻的陶醉，不可思议，这竟让他想起了自己遥远的南方故乡。他不为人察觉地叹息了一下。

“我年轻的时候也追逐过缥缈的梦想，和你妈妈从上海来到这里，天真地把大西北看作实现自己人生价值的地方。我们那批建设者用了那么短的时间，就让荒漠上出现了这座崭新的城市；我们曾把它当作一生的骄傲，想到当离开人世之前，这座城市能作为自己没有虚度一生的证明。谁能想到，她不过是我们这一代人用青春甚至生命吹出的一个肥皂泡。”

圆圆很吃惊，“丝路市怎么是肥皂泡呢？它可是实实在在的，总不会‘啪’一下消失吧？”

“它将消失，中央已经认可了省里的报告，停止为丝路市引水的一切规划和努力。”

“那要把我们渴死吗？现在已经是两天来一次水，每次只来一个半小时了！”

“正在制订一个为期十年的拆迁计划，整座城市将全部分散迁移，丝路市将成为现代世界第一座因缺水而消失的城市，一个现代的楼兰……其实，曾让年轻的我们热血沸腾的整个西部大开发，现在已经变成了噩梦般的西部大开矿，谁知道，这是不是一个更大的肥皂泡呢？”

“哇，太棒了！”圆圆欢呼起来，“早就该离开这地方了！一个平淡乏味的地方，我真的不喜欢这里耶！迁移！迁移到一个全新的地方，开始全新的生活，这是多美妙的事啊，爸爸！”

爸爸默默地看了女儿一会儿，站起身来走到窗前，呆呆地看着外面黄沙中的城市，他双肩下垂的背影，看上去一下子老了许多。

“爸——”圆圆轻轻叫了一声，爸爸没有回答。

两天后，圆圆的爸爸成为这即将消失的城市的最后一任市长。

五

高考结束了，圆圆取得了全省理科第二名的成绩。爸爸难得真正高兴了一次，慷慨地问女儿有什么要求，过分些也行，圆圆冲他张开一个手掌。

“五……五个什么？”

“五块透明皂。”说完她又张开另一个手掌，“十袋洗衣粉，”两手翻了一下，“二十瓶洗洁精，”最后拿出一张纸，“最重要的是这些化学药剂，照清单上的分量买。”

那些化学药剂让父亲费了些事，他让一个在北京出差的办公室副主任跑了一天才买齐。

拿到这些东西后，圆圆一头扎进了卫生间，在那里面忙活了三天，配制了整整一浴池的溶液，怪味迷漫在家里的每个房间里。第四天，两个男生送来了她定做的一个直径一米多的圆环，那个圆环是用一根钻了许多小眼的长金属管弯成的。

第五天，家里早早地就有一群人来访，他们中包括两个电视台的摄像师，市长还认出了其中的一位漂亮女士，是省电视台一个娱乐节目的主持人，还有两个穿着花里胡哨的家伙，自称是吉尼斯中国分部的人，昨天刚从上海飞来。

其中一位沙哑着嗓子说："市长先生，您的女儿……咳咳……这地方空气真干燥……您的女儿要创造吉尼斯纪录了！"

市长随着一行人爬到开阔的楼顶上，他发现女儿和她的几个同学已经上来了，圆圆扛着那个大圆环，他们面前放着的那个大澡盆中盛满了她配制的那种溶液。那两个吉尼斯的人开始架设两根有长度刻度的标杆，后来才知道那是用于测量肥皂泡直径的。

一切准备就绪后，圆圆把那个圆环伸进澡盆，再提出来时环面已附着了一层液膜。她小心地把带液膜的圆环固定在一根长杆顶端，然后走到楼顶边缘，挥动长杆使圆环在空中画了一个大圈，吹出了一个巨大的肥皂泡。那个大泡在空中颤颤地变着形状，像是在跳舞。后来知道，那个大泡的直径竟达4.6米，打破了由比利时人凯利斯保持的3.9米的吉尼斯纪录。

"液体的配方是很重要的，但窍门还在这个大环上。"圆圆在回答主持人提问时说，"那个比利时人用的只是一个普通的液膜环圈，而我这个，是由钻了一排洞的铅管弯成的，管里面充满了发泡液体，在大泡的形成过程中，这些液体不断地从管上的小孔中泄出，使尽可能多的液体参与成泡，这样自然就可以形成更大的泡泡了。"

"那么，你还有可能制造出更大的泡泡来吗？"主持人问。

"当然会的！这就要研究肥皂泡形成的几个要素，它包括液体黏度、延展性、蒸发率和表面张力，但对于形成超大的泡泡来说，最需要改进的是后两项。蒸发率必须降低，因为蒸发是泡壁破裂的主要原因之一；表面张力嘛……你知道为什么纯水不能吹出泡泡？"

"当然是它的表面张力太小了。"

"恰恰相反，是因为水的表面张力太大了，形不成气泡。再问一句，你知道肥皂泡形成以后，它的表面张力与直径大小有什么关系？”

“那……照你说的，张力越小泡就越大呗。”

“NO！NO！当泡形成后，随着直径的增大，它反而需要增大自己的表面张力，以维持泡壁的强度。这就出现了一个问题：液体的表面张力是恒定的，那么要想吹出超大的泡泡，我们该解决什么样的问题呢？”

主持人茫然地摇摇头，她属于外形漂亮、口齿伶俐、头脑简单的那一类，圆圆看出了这点。“算了，我们还是给观众们再吹几个大泡吧！”

于是，又有几个直径四五米的大肥皂泡顺风飘到了城市上空，在这沙尘迷漫的干旱世界中，她们显得那么不真实，仿佛是来自另一个世界的幻影。

一个星期后，圆圆离开了这座她出生、长大的西北城市，到中国最好的理工科大学去学习纳米专业了。

六

时光继续飞逝，但圆圆不再吹肥皂泡了。

圆圆读完了学士、硕士和博士，然后以令她父亲头晕目眩的速度开始创业。她以做博士课题时创造的一项技术为基础，开发了一种新的太阳能电池，成本仅为传统的单晶硅电池的几十分之一，可以作为马赛克贴到整个建筑表面上。仅三四年时间，她的公司就发展到几亿元资产的规模，成为纳米技术的东风催生起来的一大批急剧膨胀的奇迹企业之一。

圆圆的父亲由此陷入了一个尴尬的境地。以事业的成功程度而言，女儿现在已经有资格教导父亲了。看来圆圆当年的那个漂亮班主任说的有道理，轻飘洒脱的思想和性格不一定就是缺点。这是一个令父亲这代人恼火的时代，现在的成功需要的是逼人的思想灵气，经验、毅力和使命感之类的已不再起决定作用，凝重和沉重更是显得傻乎乎的。

“很久没有过这种感觉了，这是我听过的最好听的歌声，他们确实比上一代那三个强。”在国家大剧院广阔的出口平台上，市长对女儿说。圆圆知道父亲喜欢听古典美声，这是他不多的爱好之一，就趁他到北京开会之际，请他来听新一代世界三大男高音为即将到来的奥运会举办的演唱会。

“早知道我该买最好座位的票，怕您又嫌我浪费，就买了两张中等的。”

“这样的票多少钱一张？”父亲随口问。

“便宜多了，好像每张两万八吧。”

“嗯……啊，什么？！”

看着父亲目瞪口呆的样子，圆圆笑了起来，“如果您能找回很久没有过的感觉，就是二十八万也值得。看这座大剧院，投资几十个亿，还不是为了人们从艺术中得到或找回某种感觉？”

“也许你有道理，但我还是希望你的钱能花到更有意义的地方。圆圆，我想与你谈谈有关丝路市的事，你能不能进行一项它的市政投资？”

“是什么？”

“一个大型的水处理工程，建成后能够大大提高城市用水的循环利用率，还能够用太阳能淡化一部分盐湖的水。如果这个系统能够实现，丝路市就能在缩小规模后继续存在下去，避免完全消失的命运。”

“投资是多少？”

“初步规划，大约十六个亿吧。大部分资金已有来源，但到位时间很长，怕来不及了，所以现在需要你投入一笔启动资金，约一个亿吧。”

“爸爸，不行，我目前能周转的资金也就这么多了，我想用它搞一个研究项目……”

父亲举起一只手打断了女儿的话，说：“那就算了。圆圆，我丝毫没有想影响你的事业，其实，我本来没打算向你提这个要求的，虽然你的投资能保证收回，但利润回报却微乎其微。”

“呵，那倒无所谓，爸爸，我这个项目更惨，别说赢利，投资都肯定会打水漂！”

“你想搞基础研究吗？”

“不，但也不是应用研究，是好玩儿的研究。”

“……”

“我将研制一种超级表面活性剂，已为它想好了名字，叫飞液。它的溶液黏性和延展性比现有的任何液体都大几个数量级，蒸发速度仅是甘油的千分之一。这种表面活性剂溶液还具有一个魔鬼般的特性——它的表面张力能够随着液层的厚度和液面的曲率自动调节，调节范围从水的张力的百分之一到一万多倍。”

“它是干什么用的？”父亲惊恐地问，他已知道答案，但还是不敢相信。

年轻的亿万富翁搂住父亲的肩膀大声说：“吹——大——大——的——泡——泡！”

“你不是开玩笑吧？”

圆圆看着长安街上的灯火，沉默了好久，“谁知道呢？也许我的整个生活就是一个大玩笑，但，爸爸，我觉得这也没有什么不好，一个人用一生开一个玩笑也是一种使命吧。”

“用一亿元吹泡泡？有什么用吗？”父亲的语气好像觉得自己在做梦。

“没什么用，好玩呗。不过，比起你们当年用几百个亿建起一座很快就拆掉的城市，我的奢侈微不足道。”

“可你现在能救那座城市，它也是你的城市，你在那里出生、长大。可你却用这笔钱吹肥皂泡！你……也太自私了！”

“我在过自己的生活，无私奉献并不一定能推动历史，您的那座城市就是证明！”

直到圆圆把车开上长安街，父女俩都没有再说话。

“对不起，爸爸。”圆圆轻声说。

“这些天我总是想起拉着你小手儿的那些日子，那是多好的时光啊。”灯光中，父亲的双眼一闪一闪的，似乎有些湿润。

“我知道让您失望了。您一直想让我成为妈妈那样的人，如果我能有两次人生的话，其中的一次会照您的做，把自己奉献给责任和使命，可是，爸爸，我只能活一次。”

父亲没有说话。当这沉默的路程快结束时，圆圆拿出一个大纸袋递给父亲。

“什么？”父亲不解地问。

“房产证和钥匙。爸，我给您买了一幢别墅，在太湖边上，您退休后可以回到南方了。”

父亲把纸袋轻轻地推了回来，“不，孩子，我会在丝路市的废墟上度过余生，我和你妈妈的青春和理想都埋在那儿，离不开了。”

北京在夏夜里尽情地闪烁着，看着这绚丽的光海，圆圆和父亲竟同时联想到肥皂泡，这无边的灿烂似乎在极力向他们展示着什么，是生命之重还是生命之轻？

七

两年后的一天，市长在办公室里接到了女儿的电话。

“爸爸，生日快乐！”

“呵，圆圆吗？你在哪儿？”

“离您那儿不远，我给您送生日礼物来了！”

“嗨，我好多年没想起生日这回事儿了，那中午回家吧，我也有一个多月没回家了，就保姆在那儿照看着。”

“不，礼物现在就送给您！”

“我在工作，马上要开市政周例会了。”

“没关系，您打开窗向天上看！”

今天的天空万里无云，蓝得清澈，这种天气在这一地区是很少见的。空中传来引擎的轰鸣声，市长看到有一架飞机在城市上空缓缓地盘旋，在蓝天的背景上很醒目。

“爸爸，我在飞机上呢！”圆圆在电话中喊道。

这是一架老式双翼螺旋桨飞机，在空中像一只懒洋洋的大鸟。时光瞬间闪回，一种熟悉的感觉闪电般出现，市长浑身颤抖了一下，二十多年前他也这样过，那时女儿问他是不是冷了。

“圆圆，你……干什么？！”

“要送礼物啦，爸爸，注意飞机下面！”

市长刚才就发现，飞机机腹下面吊着一个大环，那环的直径比飞机还长，显然是升空以后才展开的。整体看去，飞机和大环组成了一个在空中飞行的戒指。后来知道，那个大环的结构同圆圆破吉尼斯纪录时用的环一样，由轻型金属管制成，管内充满了那种叫飞液的魔鬼液体。环面上罩着一层飞液的液膜，环上有无数的小洞，使飞液能够不断地从围成大圆环的细管中流出。

令人震惊的景象出现了，在那个大环后面，吹出了一个大肥皂泡！它反射着阳光，形状时隐时现。肥皂泡在急剧膨胀，很快，飞机与它相比只是透明西瓜上的一粒小芝麻。

下面的城市广场上所有人都在驻足仰望，市政府办公大楼里也开始有人跑出来看。

飞机拖着巨泡在城市上空缓缓盘旋，肥皂泡的膨胀速度大大减慢，但仍在继续着。最后，它脱离了飞机下的大环，独自在空中飘浮着。虽然巨泡的进气口已经消失，它的膨胀却没有停止，这是由于阳光的热量在泡内聚集使其中的空气膨胀的缘故。渐渐地，巨泡占据了半个天空！

“这就是礼物啦，爸爸！”圆圆在电话中兴奋地喊着。

蓝天上晃动着大片的闪光，仿佛整个天空就是一张平滑的玻璃纸，正被一双无形的大手在阳光下抖动着。细看去，那些闪光勾勒出了一个巨大的球体形状，那个透明球体此时占据了大部分天空，下面的人们得将头转动近一百八十度才能看全它。它仿佛是地球在天空的镜面上投下的一个晶莹的幻影。

城市骚动起来，大街上开始出现交通堵塞。

巨泡缓缓从空中降下来，当它降到足够低时，地面上的人们竟然在泡壁上看到了城市高楼群的镜像。由于泡壁在风中的波动，高楼群扭曲变形，像是海中的植物林。这广阔的泡壁从上方气势磅礴地压下来，人们不由得捂住了脑袋。当巨泡接触地面时，地面上暴露在外的人们在身体穿过泡壁时感到脸上痒了一下。

巨泡没有破碎，而是变成一个直径近十公里的半球形立在大地上。这座城市，连同边缘的一座火力发电厂和一个化工厂，全被巨泡扣在其中！

“我们不是故意的，真的不是故意的！”圆圆对着摄像机说，“本来，按一般的情况，大泡是会顺风飘走，谁想到今天这里的风力竟这么弱，这儿一贯是风很大的！所以它才掉了下来，把城市扣住了！”

市长看着市电视台中断正常节目并插进的一则紧急现场报道，他看到女儿身穿航空皮夹克，拉链敞开着，露出里面的蓝色工作服。她的身后，是那架老式双翼飞机……时光再次闪回，太像了，太像了……市长的心融化了，泪水夺眶而出。

两小时后，市长同刚刚成立的紧急小组一起，驱车来到了城市边缘巨泡泡壁的位置，圆圆和她的几个工程师早已等在那里。

“爸爸，我的肥皂泡很棒吧？！”圆圆没有了刚才的恐慌，不合时宜地一脸兴奋。

市长没理女儿，抬头打量着泡壁，这是一张在阳光下发着多彩霓光的大膜，它表面那些结构极其精细的衍射条纹，令人迷惑地变幻着，构成了一个疯狂展示宇宙间所有色彩的妖艳的海洋。大膜是全透明的，这使得透过它看到的外部世界蒙上了一层霓彩。向上到一定的高度，霓彩消失了，从空中看不出膜的存在。

市长伸出一只手，小心地触摸泡壁，他的手背感到一阵极其轻微的瘙痒，手已在膜的另一面了，这膜可能只有几个分子的厚度。他抽回手来，膜瞬间恢复原状，那一处的霓彩光纹仍是完整的形状，仿佛根本没有中断过。

现在，他一贯认为象征虚幻的肥皂泡已是这样一个实实在在的巨大现实，而透过它看到的现实世界反倒变得虚幻了。

其他人也开始触摸大膜，后来挥手试图撕裂膜面，最后发展成对大膜拳打脚踢。市长的司机从车里拿出一根铁棍，抡得呜呜作响击打膜面……但这一切对大膜没有丝毫影响，所有的打击物都毫无阻碍地穿膜而过，之后膜面完好无损。市长挥手制止了大家的徒劳，接着指向远处的高速公路，人们看到，公路上的车流正在不间断地高速穿过大膜。

“这同肥皂泡形成的膜的性质一样：固体可以穿过，但不透气。”圆圆说。

“正是因为它不透气，现在城市里的空气质量在急剧恶化。”市长瞪了一眼女儿说。

众人抬头看去，发现城市上空出现了一个巨大的半球状白色顶盖。这是由于城市和工厂产生的烟雾被大膜限制在泡内，使大泡的形状显现了出来，这时如果从远处看城市，恐怕只能看到一个顶天立地的乳白色半球了。

“可能需要关闭发电厂和化工厂，以减缓空气污染的速度。”紧急小组组长说，“但最严重的问题是泡内气温的上升，现在城市正处于一个密闭极好的温室内，与外界没有空气流通，阳光的热量在快速聚集，现在正值盛夏，据测算，泡内气温最终将达到六十摄氏度！”

“到现在为止，都进行了哪些方面的尝试来打破它？”市长问。

一名驻军指挥官回答：“一小时前，我们曾调用陆军航空兵的直升机在泡顶反复穿过，试图用螺旋桨撕裂它，没有用；后来又用炸药在泡壁与地面的交接处进行爆破，爆炸只是使大膜波动了一会儿，不能造成任何破坏。更邪乎的是，这张膜居然瞬间延伸到爆炸产生的大坑中，天衣无缝地横穿过炮坑的底部！”

市长问圆圆：“大泡要多长时间才能自然破裂？”

“大泡的破裂主要取决于泡壁液体的蒸发，这种物质的蒸发速度是极慢的，即使日照良好，大泡也得五六天才能破。”圆圆回答，令父亲气恼的是，女儿的语气显得很得意。

“那只有全城紧急疏散了。”紧急小组组长叹了口气说。

市长摇摇头，“不到万不得已，不能走这一步。”

“还有一个办法，”一名环境专家说，“赶造许多长筒，口径越大越好，把这些筒的一头伸出泡外，在筒的底部装上大功率换气扇，以实现与外界的空气交换。”

“哈哈哈哈……”圆圆大笑起来，把大家吓了一跳，她在众人气愤的目光中笑得直不起腰来，“这想法真……真够滑稽的！哈哈……”

“这都是你干的好事！”市长厉声喝道，“你要为此负责的，必须赔偿对本市造成的一切损失！”

圆圆两眼看天止住笑说：“那是，我们会赔的。不过我刚想出一个使大泡破裂的简单方法——烧。在泡壁与地面交接线的内侧，挖一条一百至二百米长的壕沟，沟中灌满燃油并点燃，火焰会大大加速泡壁的蒸发，可以在三个小时左右使大泡破裂。”

市长命令抢险队照圆圆的方案做了。城市的边缘出现了一道一百多米长的火墙，在那一排冲天烈焰的上方，被火舌舔着的泡壁变幻着各种怪异的色彩和图案。从图案的纹路可以看出，大膜上其他部分的飞液正涌过来补充已被火焰蒸发掉的部分，这使得大膜上被烧灼的位置像一个大漩涡，绚丽妖艳的色彩如洪水般从四面八方涌来，消失在火焰中。火焰的黑烟顺着泡壁上升，在天空中形成了一个黑色巨掌，令大泡中的百万市民惊恐不已。

三小时后，大泡破裂了，城市里的人们听到天地间发出一声轻微的破碎声，清脆、悠扬、深远，仿佛宇宙的琴弦被轻轻拨动了一下。

“爸爸，我很奇怪，您并没有像我想象的那样暴跳如雷。”圆圆对父亲说，这时，他们正站在市政府大楼的楼顶看着大泡破裂。

“我一直在思考一件事……圆圆，你认真回答我几个问题。”

“关于大肥皂泡的？”

“是的。我问你，既然泡壁是不透气的，那大泡也能保持住内部的湿润空气了？”

“当然。其实，在飞液的研制即将完成时，我不经意想到了它的一项可能的用途：用大泡作为超大型温室，可以在冬季制造小型气候区，为大片的土地提供适合作物生长的湿度和温度。当然，这还要使大泡更持久些。”

“第二个问题：你能让大泡随风飘很远吗？比如说几千公里？”

“这没问题，阳光的热量在泡内聚集，使其内部空气膨胀，产生类似于热气球的浮力。至于今天这个大泡的坠落，只是因为它生成的位置太低，风也太小了。”

“第三个问题：你能让大泡在确定的时间破裂吗？”

“这也不难，只需调节飞液内的一种成分，改变其溶液的蒸发速度就行了。”

“最后一个问题：如果有足够的资金，你能够吹出几千万甚至上亿个大泡吗？”

圆圆吃惊地瞪大双眼，“上亿个？天啊，干什么！？”

“想象这样一幅图景：在遥远的海洋上空，形成了无数个大肥皂泡，它们在平流层强风的吹送下，飞越了漫长的路程，来到大西北上空，全部破裂了，把它们在海洋上空包裹起来的潮湿的空气，都播散在我们这片干旱的天空中……是的，肥皂泡能为大西北从海洋上运来潮湿空气，也就是运来雨水！”

震惊和激动使圆圆一时间说不出话来，只是呆呆地看着父亲。

“圆圆，你送给了我一件伟大的生日礼物，说不定，这一天也是大西北的生日！”

这时，外界清凉的风吹过城市，上空那个由烟雾构成的巨大白色半球失去了大膜的限制，在风中缓慢地改变着形状。东方的天空中有一道色彩奇异的彩虹，这是大泡破裂后，由构成它的飞液散布到空中形成的。

八

向中国西部空中调水的宏大工程进行了十年。

这十年，在中国南海和孟加拉湾，建成了许多巨大的天网。这些天网是由表面布满小孔的细管构成，每个网眼的直径有几百米甚至上千米，相当于那个十多年前曾吹出超级肥皂泡的大圆环。每张天网有几千个网眼。天网分陆地和空中两种，陆地天网沿海岸线布设，空中天网则由巨型气球悬挂在几千米的高空。在南海和孟加拉湾，天网在海岸线和海洋上空连绵两千多公里，被称作“泡泡长城”。

空中调水系统首次启动的那天，构成天网的细管中充满了飞液，并在每个网眼上形成一层液膜。潮湿而强劲的海风在天网上吹出了无数巨型气泡，它们的直径有几公里，这些气泡相继脱离天网，一群群升上更高的天空，升向平流层，随风而去，同时，更多的气泡从天网上源源不断地被吹出来。大群大群的巨型气泡浩浩荡荡地漂向大陆深处，包裹着海洋的湿气，漂过了喜马拉雅山，飘过了大西南，飘到大西北上空，在南海、孟加拉湾和大西北之间的天空中，形成了两条长达数千公里的气泡长河！

九

在空中调水系统正式启动的两天后，圆圆从孟加拉湾飞到大西北的一座省会城市。当她走下飞机时，看到一轮圆月静静地悬在夜空中，从海上启程的气泡还没有到达。在城市里，月光下挤满了人，圆圆也在中心广场停下车，挤在人群中，同他们一起热切地等待着。一直到午夜，夜空依旧，人群开始同前两天一样散去，但圆圆没走，她知道气泡在今夜一定会到达这里。她坐在一把长椅上，正在睡意蒙眬之际，突然听到有人喊：

“天啊，怎么这么多的月亮！！”

圆圆睁开眼，真的在夜空中看到了一条月亮河！那无数个月亮是由无数个巨型气泡映出的，与真月亮不同，它们都是弯月，有上弦月也有下弦月，每个都是那么晶莹剔透，真正的月亮倒显得平淡无奇了，只有根据其静止状态才能将其从浩浩荡荡流过长空的月亮河中分辨出来。

从此，大西北的天空成了梦的天空。

白天，空中的气泡看不太清楚，只是蓝天上到处出现泡壁的反光，整个天空像阳光下泛起涟漪的湖面，大地上缓缓运行着气泡巨大而清晰的影子。最壮丽的时刻是在清晨和黄昏，地平线上的朝阳或夕阳将天空中的气泡大河镀上灿烂的金色。

但这些美景并不会存在很久，空中的气泡相继破裂。虽然有更多的气泡滚滚而来，天空中的云却多了起来，使气泡看不清了。

接着，在这个往年最干旱的时节，天空飘下了绵绵细雨。

圆圆在雨中来到了自己出生的那座城市。经过十年的搬迁，丝路市已成了一座寂静的空城。一座座空荡的高楼在小雨中静静地立着。圆圆注意到，这些建筑并没有真正被抛弃，它们都被保护得很好，窗上的玻璃还都完整，整座城市仿佛在沉睡中，等待着肯定要到来的复活之日。

小雨掩盖了尘埃，空气清新怡人，雨撒在脸上凉丝丝的很舒服。圆圆慢慢地行走在她熟悉的街道上，那些街道，爸爸曾拉着她的小手儿无数次走过，也曾撒落过她吹出的无数个肥皂泡，圆圆的心里响起了一支童年的歌。

突然她发现，这歌真的在响着。这时天已经黑了，在整座浸没于夜色中的空城里，只有一扇窗户亮着灯，那是一幢普通住宅楼的二楼，是她的家，歌声就是从那里传出的。

圆圆来到楼前，看到周围收拾得很干净，还有一小片菜地，里面的菜长得很好。地边有一辆小工具车，车上装有大铁桶，显然是用来从远处运水浇地的。即使在朦胧的夜色中，也能感觉到一股生活的气息，它在这一片死寂的空城里，像沙漠中的绿洲一样令圆圆向往。

圆圆走上了扫得很干净的楼梯，轻轻地推开家门，看到灯下头发花白的父亲，仰坐在躺椅上，陶醉地哼着那首童年老歌，他手里拿着那个圆圆在孩子时代装肥皂液的小瓶儿，还有那个小小的塑料吹环，正吹出一串五光十色的肥皂泡。

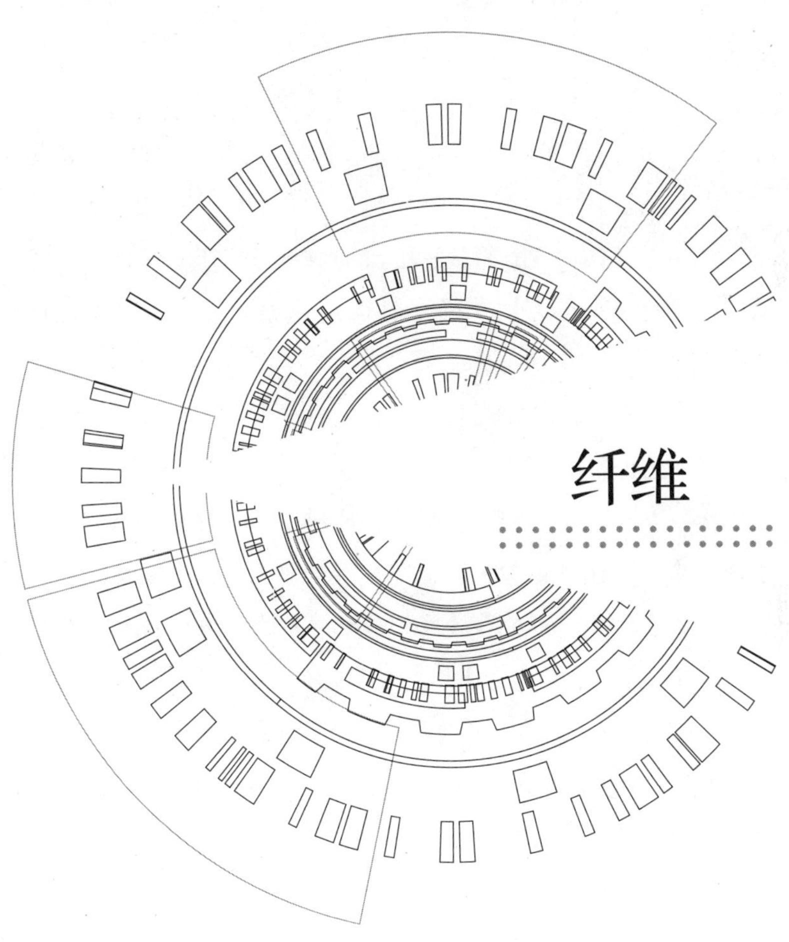

纤维

“喂，你走错纤维了！”

这是我到达这个世界后听到的第一句话。当时我正驾驶着一架F-18返回罗斯福号，这是在大西洋上空的一次正常的巡逻飞行，突然就闯进了这里，尽管我把加力开到最大，我的歼击机仍悬在这巨大的透明穹顶下一动不动，好像被什么看不见的力场固定住了。穹顶的外面有一颗巨大的黄色星球，围绕着星球的像纸一样薄的巨环在它的表面投下了阴影。我不像那些傻瓜，我并不认为自己在做梦，我知道这是现实，理智和冷静是我的长项，正因为如此我才通过了淘汰率高达百分之九十的激烈竞争飞上了F-18。

“请到意外闯入者登记处！当然，你得先下飞机。”那声音又在我的耳机中说。

我看看下面，飞机现在悬停的高度足有50米。

“跳下来，这里重力不大！”

果然如此，我打开舱盖，双腿使劲想站起来，却跳了起来，整个人像乘了弹射座椅似的飞出了座舱，轻轻地飘落在地。我看到在光洁的玻璃地面上有几个人在闲逛，他们让我感到最不寻常的地方就是太寻常了，这些人的穿着和长相，就是走在纽约大街上都不会引起注意，但在这种地方，这种寻常反而让人感觉怪异。然后我就看到了那个登记处，那里除了那个登记员外已经有了三个人，可能都是与我一样的意外闯入者，我走了过去。

“姓名？”登记员问，那人又黑又瘦，一副地球上低级公务员的样子，“如果你听不懂这里的语言，就用翻译器。”他指了指旁边桌子上那一堆形状奇怪的设备，“不过我想用不着，我们的纤维都是相邻的。”

“戴维·斯科特”我回答，接着问，“这是哪儿？”

“这儿是纤维中转站，您不必沮丧，走错纤维是常有的事。您的职业？”

我指着外面那个有环的黄色星球，“那，那是哪儿？”

登记员抬头看了我一眼，我发现他面带倦容，无精打采，显然每天都在处理这类事、见这类人，早已厌烦了。“当然是地球了。”他说。

“那怎么会是地球？！”我惊叫起来，但很快想到了一种可能，“现在是什么时间？”

“您是问今天的日期吗？2001年1月20日，您的职业？”

“您肯定吗？！”

“什么？日期？当然肯定，今天是美国新总统就职的日子。”

听到这里我松了一口气，多少有了些归属感，他们肯定是地球人。

“戈尔那个白痴，怎么能当选总统？”旁边那三位中一个披着棕色大衣的人说。

“您搞错了，当选总统的是布什。”我对他说。

他坚持说是戈尔，我们吵了起来。

“我听不明白你们在说些什么。”后面的一个男人说，他穿着一件很古典的外套。

“他们两个的纤维距离较近。”登记员解释说，又问我，“您的职业，先生？”

“先别扯什么职业，我想知道这是哪儿？外面这个星球绝不是地球，地球怎么会是黄色的？！”

“说的对！地球怎么会是这种颜色？你拿我们当白痴吗？”披棕色大衣的人对登记员说。

登记员无奈地摇摇头，“您最后这句话是蛀洞产生以来我听到的最多的一句话。”

我立刻对披棕色大衣的人产生了亲切感，问他："您也是走错纤维的吗？"尽管我自己也不理解这话的意思。

他点点头，"这两位也都是。"

"您是乘飞机进来的？"

他摇摇头，"早上跑步跑进来的，他们两位的情况有些不同，但都类似。走着走着，突然一切都变了，就到了这儿。"

我理解地点点头，"所以你们一定明白我的话，外面那个星球绝不是地球！"

他们三个都频频点头，我得意地看了登记员一眼。

"地球怎么会是这种颜色？拿我们当白痴？！"披棕色大衣的人重复道。

我也连连点头。"连白痴都知道，地球从太空中看是深紫色的！"

在我发呆的当儿，穿古典外套的人对他说："您可能是色盲吧？"

我又点头，"或者真是个白痴。"

穿古典外套的人接着说："谁都知道地球的色彩是由其大气的散射特性和海洋的反射特性决定的，这就决定了它的色彩应该是……"

我不停地点头，穿古典外套的人说着也对我点头。

"……是深灰色。"

"你们都是白痴吗？"那个姑娘第一次说话了，她身材窈窕、面容姣好，如果我这时不是心烦意乱，肯定会被她吸引住的，"谁都知道地球是粉红色的！它的天空是粉红色的，海洋也是，你们没听过这首歌吗！'我是一个迷人的女孩儿，蓝色的云彩像我的双眸、粉红的晴空像我的脸蛋儿……'"

"您的职业？"登记员又问我。

我冲他大喊起来："别急着问他妈的什么职业，告诉我这是哪儿？！这儿不是地球！就算你们的地球是黄色的，那个环是怎么回事？"

这下我们四个走错纤维的人达成了一致，他们三个都同意说地球没有环，只有土星、天王星和海王星才有环。

姑娘说："地球只不过是有三颗卫星而已。"

"地球只有一颗卫星！！"我冲她大叫。

"那你们谈情说爱时是多么乏味，你们怎么能体会到两人手拉手在海边上，月一、月二和月三给你们在沙滩上投下六个影子的浪漫。"姑娘继续说。

穿古典外套的人说："我觉得那情形除了恐怖外没什么浪漫，谁都知道地球没有卫星。"

姑娘说："那你们谈情说爱就更乏味了。"

"您怎么能这么说？两人在海滩上看着木星升起，乏味？"

我不解地看着他，"木星？木星怎么了？你们谈恋爱时还能看到木星？"

"您是个瞎子吗？！"

"我是个飞行员，我的眼睛比你们谁都好！"

"那您怎么会看不到一颗准恒星呢？您怎么这么看着我？您难道不知道木星的质量已经很大，其引力在八千万年前引发了内部的核反应，变成了一颗准恒星吗？您难道不知道恐龙因此而灭绝吗？！您没有上过学吗？就算如此，您总看到过木星单独升起时那银色的黎明吧？您总看到木星与太阳一同落下时那诗一般的黄昏吧？唉，您这个人啊。"

我感觉像来到了疯人院，便转向登记员，"你刚才问我的职业，好吧，我是美国空军少校飞行员。"

“哇！”姑娘大叫起来，“您是美国人？”

我点点头。

“那您一定是角斗士吧！我早就看您不一般，我叫哇哇妮，印度人，我们会成为朋友的！”

“角斗士？那和美国有什么关系？”我一头雾水。

“我知道美国国会是打算取消角斗士和角斗场的，但现在这个法案不是还没通过吗？再说布什与他老子一样，是个嗜血者，他上台法案就更没希望通过了。您觉得我没有见识是吗？最近一次在亚特兰大举办的奥角会我可是去了的，唉，买不起票，只在最次的座位上看了一场最次的角斗，那叫什么？两人扭成一团，刀都掉了，一点儿血都没见。”

“您说的是古罗马的事吧？”

“古罗马？呸，那个绵软的时代，那个没有男人的时代，那时最重的刑罚就是让罪犯看看杀鸡，他们百分之百会晕过去。”她温情地向我靠过来，“你就是角斗士。”

我不知该说什么了，甚至不知该有什么表情，于是又转向了登记员，“您还想问什么？”

登记员冲我点点头，“这就对了，我们10个人应该互相配合，事情就能快点完。”

我、哇哇妮、披棕色大衣的人和穿古典外套的人都四下看了看，“我们只有5个人啊？”

“‘5’是什么？”登记员一脸茫然，“你们4个加上我不就是10个吗？”

“你真是白痴吗？”穿古典外套的人说，“如果不识数我就教你，达达加1才是10！”

这次轮到我不识数了，“什么是达达？”

“你的手指和脚趾加起来是多少？10个；如果砍去一个，随便手指或脚趾，就剩达达个了。”

我点点头，“达达是19，那你们是20进制，他们，”我指指登记员，“他是5进制。”

“你就是角斗士……”哇哇妮用亲昵地手指触摸着我的脸，我感觉很舒服。

穿古典外套的人轻蔑地看了一眼登记员，“多么愚蠢的数制，你有两只手和两只脚，计数时却只利用了四分之一。”

登记员大声反驳：“你才愚蠢呢！如果你用一只手上的指头就能计数，干吗还要把你的另一个爪子和两个蹄子都伸出来？！”

我问大家：“那你们计算机的进制呢？你们都有电脑吧？”

我们再次达成了一致，他们都说是二进制。

披棕色大衣的人说：“这是很自然的，要不计算机就很难发明出来了。因为只有两种状态：豆子掉进竹片的洞中或没掉进去。”

我又迷惑了，“……竹片？豆子？”

“看来你真的没上过学，不过周文王发明计算机的事应该属于常识。”

“周文王？那个东方的巫师？”

“你说话要有分寸，怎么能这样形容控制论的创始人？”

“那计算机……您是指的中国的算盘吧？”

“什么算盘，那是计算机！占地面积有一个足球场那么大，用竹片和松木制造，以黄豆作为运算介质，要一百多头牛才能启动呢！可它的CPU做得很精致，只有一座小楼那么大，其中竹制的累加器是工艺上的绝活。”

“怎么编程序呢？”

“在竹片上打眼呀？那个出土的青铜钻头现在还保存在北京的博物馆里呢！周文王开发的易经3.2，有上百万行代码，钻出的竹条有上千公里长呢……”

“你就是角斗士……”哇哇妮依偎着我说。

登记员不耐烦地说：“我们先登记好吗？之后我再试着向你们解释这一切。”

我看着外面那黄色的有环的地球沉思了一会儿，说：“我好像明白一些了，我不是没上过学，我知道一些量子力学。”

“我也明白一些了。”穿古典外套的人说，“看来，量子力学的多宇宙解释是正确的。”

披棕色大衣的人是这几个人中看上去最有学问的，他点点头说：“一个量子系统每做出一个选择，宇宙就分裂为两个或几个，包含了这个选择的所有可能，由此产生了众多的平行宇宙，这是量子多态叠加放大到宏观宇宙的结果。”

登记员说：“我们把这些平行宇宙叫纤维，整个宇宙就是这样一个纤维丛，你们都来自临近的纤维，所以你们的世界比较相似。”

我说：“至少我们都能听懂彼此的语言。”刚说完，哇哇妮就否定了我的话。

“莫名其妙！你们都在说些什么？”她最没学问，但最可爱，而且我相信，那个词在她的纤维中就是那个顺序。她又冲我温柔地一笑，“你就是角斗士。”

“你们打通了纤维？”我问登记员。

他点点头，“只是超光速航行的附带效应，那些蛀洞很小，会很快消失，但同时也有新的出现，特别是当你们的纤维都进入超光速宇航时代时，蛀洞就更多了，那时会有更多的人走错门的。”

“那我们怎么办呢？”

“你们不能驻留在我们的纤维，登记后只能把你们送回原纤维。”

哇哇妮对登记员说：“我想让角斗士和我一起回到我的纤维。”

“他要愿意当然行，只要不留在这个纤维就行，”他指了一下黄色地球。

我说：“我要回自己的纤维。”

“你的地球是什么颜色的？”哇哇妮问我。

“蓝色，还点缀着雪白的云。”

“真难看！跟我回粉色的地球吧！”哇哇妮摇着我的手，娇滴滴地说。

“我觉得好看，我要回自己的纤维。”我冷冷地说。

我们很快登记完了，哇哇妮对登记员说：“能给件纪念品吗？”

“拿个纤维镜走吧，你们每人都可以拿一个。”登记员指着远处玻璃地板上散放着的几个球体说，“分别之前把球上的导线互相连接一下，回到你们的纤维后，就可以看到相关纤维的图像。”

哇哇妮惊喜地说：“如果我和角斗士的球联一下，那我回去后可以看到角斗士的纤维了？！”

“不仅如此，我说过是相关纤维，不止一个。”

我对登记员的话不太明白，但还是拿了一个球，把上面的导线与哇哇妮的球连了一下，听到一声表示完成的蜂鸣后，我就回到了我的F-18上，座舱里勉强能放下那个球。几分钟后，纤维中转站和黄色地球都在瞬间消失了，我又回到了大西洋上空，看到了熟悉的蓝天和大海。当我在罗斯福号上降落时，塔台的人说我没有耽误时间，还说无线电联系也没有中断过。

但那个球证明我到过另一个纤维，我设法偷偷从机舱中拿回了球。当天晚上，航母在波士顿靠岸了，我把那个球带到军官宿舍。当我从大袋子中把它拿出来时，球上果然显示出了清晰的图像，我看到了粉色的天空和蓝色的云，哇哇妮正在一座晶莹的水晶山的山脚下闲逛。我转动球体，看到另一个半球在显示着另一幅图像，仍是粉色的天空和蓝色的云，但画面上除了哇哇妮外还有一个人，那人穿着美国空军的飞行夹克，那人是我。

其实事情很简单：当我做出了不随哇哇妮走的决定时，宇宙分裂为二，我看到的是另一种可能的纤维宇宙。

纤维镜伴随了我的一生，我看着我和哇哇妮在粉红色的地球上恩恩爱爱，隐居水晶山，白头到老，生了一大群粉红色的娃娃。

就是在哇哇妮孤身返回的那个纤维，她也没有忘记我。在我们走错纤维30周年那天，我在球体的另一面上看到她挽着一个老头的手，亲密地在海边散步，月一、月二和月三把他们的6个影子投在沙滩上，这时哇哇妮在球体中向我回过头来，她的眸子已不像蓝色的云，脸蛋也不再像粉红色的天空，但笑容还是那么迷人，我分明听见她说：

“你就是角斗士！”

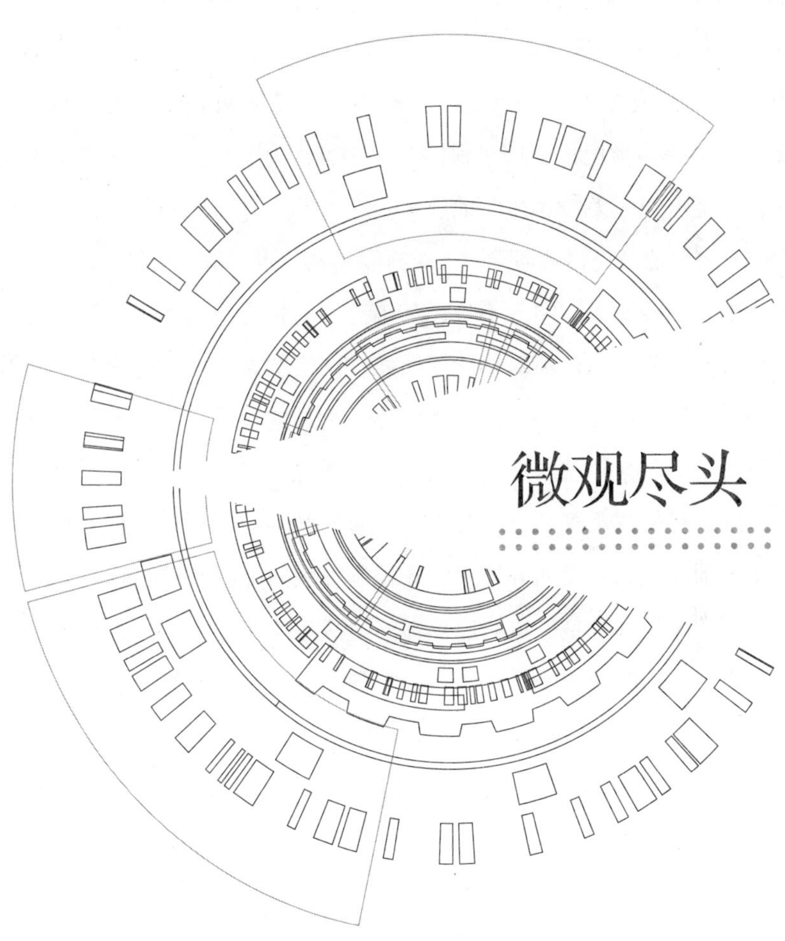

微观尽头

今天夜里，人类将试图击破夸克。

这个壮举将在位于罗布泊的东方核子中心完成。核子中心看上去只是沙漠中一群优雅的白色建筑，巨大的加速器建在沙漠地下深处的隧道中，加速器的周长有150公里。在附近专门建了一座100万千瓦的核电厂为加速器供电，但要完成今天的试验还远远不够，只能从西北电网临时调来电力。今天，加速器将把粒子加速到10的20次方吉电子伏特，这是宇宙大爆炸开始时的能量，是万物创生时的能量，在这难以想象的能量下，目前已知的物质最小单位夸克将被撞碎，人类将窥见物质世界最深层的秘密。

核子中心的控制大厅中人不多，其中有目前世界上最杰出的两位理论物理学家，他们代表着目前对物质深层结构研究的两个不同的学派。其中之一是美国人赫尔曼·琼斯，他认为夸克是物质的最小单位，不可能被击破；另一位是中国人丁仪，他的理论认为物质无限可分。控制大厅中还有负责加速器运行的总工程师，以及为数不多的几名记者。其他众多的工作人员都在地下深处的几十间分控室内，控制大厅只能看到综合后的数据。这里最让人惊奇的人物是一位叫迪夏提的哈萨克族牧羊老人，他的村庄就在核子中心加速器的圆周内，在昨天的野餐中，物理学家们吃了他的烤全羊，并坚持把他请来。他们认为这个物理学上的伟大时刻，也是全人类的伟大时刻，应该有一个最不懂物理学的人到场。

加速器已经启动，大显示屏上的能量曲线像刚苏醒的蚯蚓一样懒洋洋地爬着，向标志着临界能量的红线升去，那就是击碎夸克所需的能量。

“电视为什么不转播？”丁仪指着大厅一角的一台电视机问，电视中正转播着一场人山人海的足球赛。这位物理学家从北京到这儿一直身着一件蓝工作服，很容易被误认为是勤杂工。

“丁博士，我们并非世界中心，试验结果出来后，能出一条三十秒的小新闻就不错了。”总工程师说。

“麻木，难以置信的麻木。”丁仪摇摇头说。

“但这是生存之必须。”琼斯说。他一副颓废派打扮，头发很长，还不时从衣袋中掏出一个银制酒瓶喝一口，“我很不幸地不麻木，所以难以生存下去。”

他说着掏出了一张纸，在空中晃着，“先生们，这是我的遗书。”

语惊四座，记者们立刻围住了琼斯。

“这个试验结束后，物质世界将不再有什么可以探索的秘密。物理学将在一个小时内完结！我是来迎接自己世界的末日的，我的物理学啊，你这个冷酷的情人，你穷尽之后我该如何活下去！”

丁仪不以为然地说：“这话在牛顿时代和爱因斯坦时代都有人说过，比如20世纪的马克斯·玻恩和史蒂芬·霍金，但物理学并没有结束，将来也不会结束。您很快就会看到，夸克将被击破，我们在通向‘无’的阶梯上又踏上一节。我是来迎接自己世界的早晨的！”

“您这是抄袭毛泽东的理论，丁博士，他在20世纪50年代就提出物质无限可分的思想了。”琼斯反唇相讥。

“你们过分沉湎于自己的思想了。”总工程师插进来说，“通过阳光同一时刻在埃及和希腊的干井中不同的投影，可以推测出地球是圆的，甚至由此可以计算出它的直径，但只有麦哲伦的旅行才是真正激动人心的。你们这些理论物理学家以前只是待在井里，今天我们才要在微观世界做真正的环球航行！”

大屏幕上，能量曲线接近了那条红线。外面的世界似乎觉察到了这沙漠深处涌动的巨大能量，一群鸟儿从红柳丛中惊飞，在夜空中久久盘旋，远方传来阵阵狼叫……终于，能量曲线越过了红线，加速器中的粒子已获得了撞击夸克所需的能量，这是人类有史以来所获得的最高能量的粒子。控制计算机立刻把这些超能粒子引出了加速器周长150公里的环道，进入了一条支线，以接近光速的速度向靶标飞去。在这极限能量的轰击下，靶标立刻迸发出一场粒子辐射的暴雨。无数个传感器睁大眼睛盯着这场暴雨，它们能在一瞬间分辨出暴雨中几个颜色稍有不同的雨滴，正是从这几个雨滴的组合中，超级计算机将判断出是否发生了撞击夸克的事件，并进一步判断夸克是否被撞碎。

超能粒子在源源不断地产生，加速器中的撞击在持续，人们在紧张地等待着。

超能粒子击中夸克的概率是很小的，他们不知道要等多长时间。

“哦，来自远方的朋友们，”迪夏提老人打破沉默，“十多年前，这些东西开始修建时我就在这里。那时工地上有上万人，钢铁和水泥堆得像山一样高，还有几百个像大楼一样高的线圈，他们告诉我那是电磁铁……我不明白，这样多的钱和物，这样多的人力，能灌溉多少沙漠，使那里长满葡萄和哈密瓜，可你们干的事情，谁都不明白。”

“迪夏提大爷，我们在寻求物质世界最深的秘密，这比什么都重要！”丁仪说。

“我没有读过多少书，但我知道，你们这些世界上最有学问的人，在找世界上最小的沙粒。”

哈萨克老牧人对粒子物理出色的定义使在场所有的人都兴奋起来。

“妙极了！”琼斯在得到翻译后叫起来，“他认为，”他指指丁仪，“沙粒要多小就有多小；而我认为，存在最小的沙粒，而这粒沙子已经不能再小了，即使用最强有力的锤子都不可能砸碎它。尊敬的迪夏提大爷，您认为我们谁对呢？”

迪夏提在听完翻译后摇了摇头，“我不知道，你们也不可能知道，世界万物究竟是怎么回事，凡人哪能搞得清呢？”

“这么说，您是一位不可知论者？”丁仪问。

老牧人饱经风霜的双眼沉浸在梦幻和回忆中，“世界真让人想不通啊！从小，我就赶着羊群在无边的戈壁沙漠中寻找青草。多少个夜晚，我和羊群躺在野外，看着满天的星星。那些星星密密麻麻的、晶亮晶亮的，像姑娘黑发中的宝石；夜不深时，身下的戈壁还是热的，轻风一阵阵的，像它的呼吸……这时世界是活的，就像一个熟睡的大娃娃。这时不用耳朵，而用心听，你就能听到一个声音，那声音充满天地之间，那是真主的声音，只有他才知道世界究竟是怎么回事。”

这时，蜂鸣器刺耳地响了，这是发生夸克撞击事件的信号，人们都转向大屏幕，物理学的最后审判日到了，人类争论了三千年的问题马上就会有答案。

超级计算机的分析数据如洪水般在屏幕上涌出，两位理论物理学家马上发现事情不对，他们困惑地摇摇头。

结果并没有显示夸克被撞碎，但也没有显示它保持完整，试验数据完全不可理解。

突然，有人惊叫了一声，那是迪夏提，这里只有他对大屏幕上撞击夸克的数据不感兴趣，仍站在窗边。

“天啊，外面怎么了，你们快过来看啊！”

“迪夏提大爷，请别打扰我们！”总工程师不耐烦地说，但迪夏提的另一句话使所有人都转过身来。

“天……天怎么了！！”

一片白光透进窗来，大厅中的人们向外看去，他们不相信自己的眼睛：整个夜空变成了乳白色！人们冲出了大厅。外面，在广阔的戈壁之上，乳白色的苍穹发着柔和的白光，像一片牛奶海洋，地球仿佛处于一个巨大的白色蛋壳的中心！当人们的双眼适应了这些时，他们发现乳白色的天空中有一群群的小黑点，仔细观察了那些黑点的位置后，他们真要发疯了。

"看啊，那些黑点……是星星！！"迪夏提喊出了每个人都看到但又不敢相信的结论。

他们在看着宇宙的负片。

震惊之中，有人从窗外注意到了大厅中那台正在转播球赛的电视机，屏幕上的情形证明了他们不是在做梦：千里之外的体育场也被笼罩在一片白光中，看台上的几万人都惊恐地仰望着天空……

"这事什么时候发生的？"首先镇静下来的总工程师问。

"刚才里面那个鸣声响起来的时候。"迪夏提说。

人们沉默了，他们把目光都集中到琼斯和丁仪身上，希望这两位自爱因斯坦以来最杰出的物理学家，能对眼前这噩梦般的现实做出哪怕一点点的解释。两位物理学家已不看天空，他们在低头沉思着。丁仪首先抬起头来仰望着乳白色的宇宙，长长地出了一口气。

"我们早该想到的。"

琼斯也抬起头来，望着丁仪，"是的，这就是超统一理论方程中那个变量的含义！"

"你们在说什么？！"总工程师喊到。

"工程师，我们的环球航行成功了！"丁仪笑着说。

"你是说，我们的试验导致了这一切？！"

"事实正是！"琼斯说，同时掏出了那个银酒瓶，"现在麦哲伦知道了，地球是圆的。”

“圆……的？！”其他的人都困惑地看着两位物理学家。

“地球是圆的，从其表面任一点一直向前走，都会回到原点。现在我们知道了宇宙的时空形状，很类似，我们一直向微观的深层走，当走到微观尽头时，就回到了整个宏观。加速器刚才击穿了物质最小的结构，于是其力量作用到最大的结构上，把整个宇宙反转了。”琼斯解释说。

丁仪说：“琼斯博士，您可以活下去了，物理学没有完结，才刚刚开始，就像人类知道地球的形状后，地理学刚刚开始一样。我们都错了，要说最接近事实的论述，是迪夏提大爷刚才说出的，我虽不相信真主，但宇宙之深奥、神奇远远超过我们的想象。”

“我想起来了，上世纪，英国人阿瑟·克拉克在科幻小说中提出过宇宙负片的概念，但谁会想到它成为现实呢？”

“可现在怎么办？”总工程师问。

“现在很好，我很乐意生活在负片宇宙中，它和反转前的同样美，不是吗？”

琼斯喝干了瓶中的酒，微醉着伸开双臂，像要拥抱整个新宇宙。

“可你们看……”总工程师从窗口指了指大厅里的电视，体育场里惊恐的骚动在加剧，一种集体的歇斯底里在人海中漫延开来。从这个画面上可以想象，整个人类世界正陷入混乱之中。

“继续轰击靶标。”丁仪对总工程师说。在第一次夸克撞击事件发生后，为了分析结果，控制计算机已中止了超能粒子对靶标的轰击。

“你疯了？！鬼知道第二次夸克撞击事件会产生什么效应？也许会造成宇宙坍缩或大爆炸！”

“不会的！眼前的现象已证明了超统一方程的正确，我们知道下一次撞击会发生什么。”琼斯说。

加速器中的超能粒子再次被引向靶标，人们期待着粒子的暴雨中那几滴不同颜色的雨点出现。

1分钟，2分钟……10分钟……

各种曲线和数据在大屏幕上懒洋洋地滚动着，什么都没发生。

电视屏幕上，体育场中的人海已失去了控制。在乳白色的天空下，人们无目标地乱撞，互相践踏……图像抖动了一下，电视信号中断了，屏幕上只有一片荒漠一样的雪花。宇宙的突变超出了人类所有的知识和想象，超出了他们的精神承受力，世界处于疯狂的边缘。

蜂鸣器第二次响了，夸克第二次被击中。

没有任何预兆，比眨眼的速度更快，宇宙再次被反转，漆黑的夜空、晶莹的星群，人类的宇宙又回来了。

“天啊，你们在干真主的事！”迪夏提大爷说。核子中心的人们这时都聚集在外面的戈壁滩上，聚集在醉人的星空下。

“是的，对物质本原的不懈探索使我们拥有了上帝的力量，这真是做梦都想不到的。”琼斯说。

“但我们仍是人，谁知道以后还会发生什么呢？”丁仪说。

夜空中，群星灿烂，那听不见的乐曲充满了整个宇宙。

“真主啊……”迪夏提大爷对着星空伏下身来。

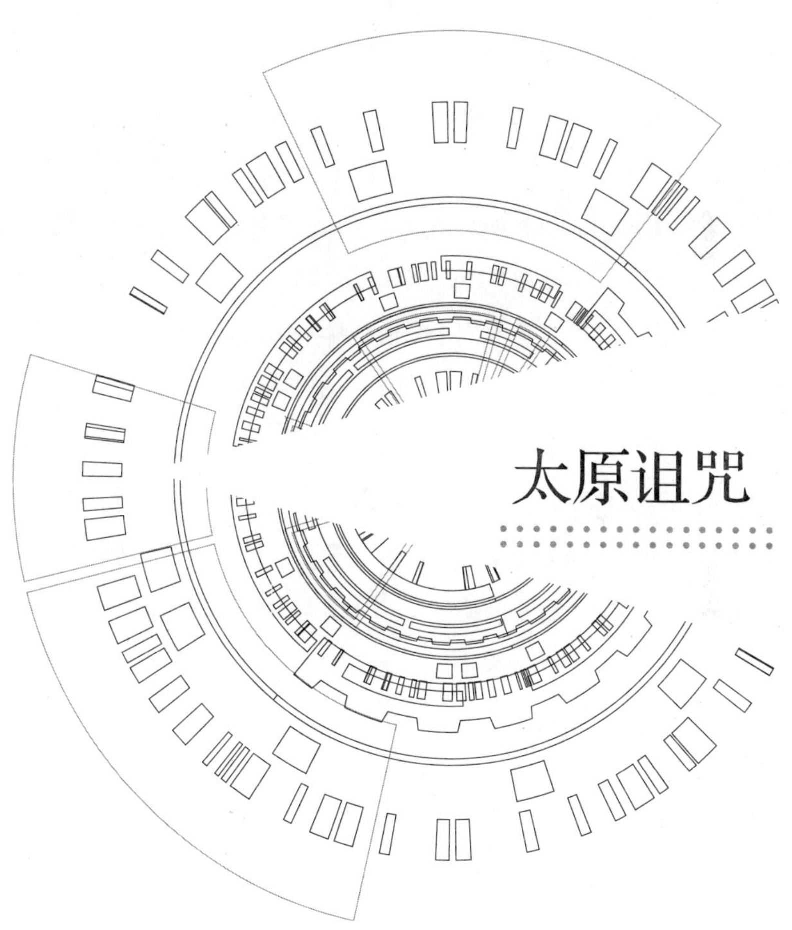

太原诅咒

诅咒1.0诞生于2009年12月8日。

这是金融危机的第二年，人们本来以为危机已快要结束了，没想到只是开始，所以社会处于一种焦躁的情绪中，每个人都需要发泄，并积极创造发泄的方式，诅咒的诞生也许与这种氛围有关。诅咒的作者是一个女孩儿，18岁至28岁之间，关于她，后来的IT考古学家们能知道的就这么多。诅咒的对象是一个男孩儿，20岁，他的情况却记载得很清楚，他叫撒碧，在太原××大学上大四。他和那女孩儿之间发生的事儿没什么特别的，也就是少男少女之间每天都在发生的那些事儿，后来有上千个版本，这里面可能有一个版本是真实的，但人们不知道是哪一个。反正他们之间的事情都结束后，那女孩儿对那男孩儿是恨透了，于是编写了诅咒1.0。

女孩儿是个编程高手，真不知道她是怎样学来的这个本事。在这个IT从业者人数急剧膨胀的年代，真正精通系统底层编程的人却并未增加，因为能用的工具太多了，也太方便了，没必要像苦力似的一行行编代码，大部分都可以用工具直接生成。即使像女孩儿要做的编写病毒这样的活计也是一样，有众多功能强大的黑客工具。所谓编写病毒不过是把几个现成模块组装起来，或更简单，对单个模块修改一下即可。在诅咒之前大规模流行的最后一个病毒“××烧香”就是这么弄出来的。但这个女孩儿却是从头做起，没有借助任何工具，自己一行一行地写代码，像勤劳的农家女用原始的织布机把棉线一根一根织成布。想象她伏在电脑前咬牙切齿敲键盘的样子，我不由想起海涅的《西里西亚织工之歌》中两句诗：“德意志，我们织你的裹尸布……我们织，我们织！”

诅咒1.0是历史上在传播方面最成功的计算机病毒，它成功的主要原因在两个方面。首先，诅咒不对感染者进行任何破坏（其实其他的病毒大部分也没有破坏企图，所造成的破坏是由其低劣的传播或表现技术所至，诅咒在避免传播中的副作用方面做得很完善）；它的表现也很克制，在大部分被感染的电脑上都没有任何表现，只有当系统条件组合符合某一条件时（大约占总感染数的十分之一）才进行表现，且每台机只表现一次。具体的表现方式是在被感染的电脑上弹出一个显示：

撒碧去死吧！！！！！！！！！！

如果点击这个显示，就会出现关于撒碧更详细的信息，告诉你这个被诅咒者是中国山西省太原市太原××大学××系××专业××班××宿舍楼××寝室。如果不点击，这个显示将在3秒内消失，且永不在这台电脑上重新出现，因为被记忆的有硬件信息，所以即使重装系统后也一样。

诅咒1.0成功传播的第二个原因在于系统拟态技术。这倒不是女孩儿的发明，但这项技术被她熟练地用到了极致。系统拟态就是把病毒代码的很多部分做成与系统代码相同，且采用与系统进程类似的行为方式；杀毒软件在杀灭该病毒时，极有可能把系统也破坏掉，最后不得不投鼠忌器。其实，瑞新、NORTTON等都曾盯上诅咒1.0，但他们随后发现惹上了越来越多的麻烦，甚至发生过比NORTTON在2007年误删WINDOWS XP系统文件更恶劣的后果；加上诅咒1.0在传播中没出现任何破坏行为，且所占系统资源也微不足道，就先后把它从病毒特征库中删掉了。

诅咒诞生之日，正是写科幻的刘慈欣第264次因公来太原之时，尽管这是他最讨厌的一座城市，因为每次来时他都要去逛街，到柳巷的一个小店去为他那老掉牙的ZIPPO打火机买一瓶专用汽油，这是目前极少数不能从

TB或Ebay邮购的东西。前两天刚下过雪，像每次下雪一样，这时的雪地被压成了黑乎乎的冰，他摔了一跤，屁股的疼让他忘了在进火车站时把那一小瓶汽油从旅行包中拿出来装到衣袋中，结果过安检时被查了出来，被没收后又罚款200元。

他更讨厌这座城市了。

诅咒1.0流传下去，5年，10年，它仍然在日益扩展的网络世界静悄悄地繁衍生息。

这期间，金融危机过去了，繁荣再次到来。随着石油资源的渐渐枯竭，煤炭在世界能源中的比重迅速增加，地下的黑金为山西带来滚滚财源，使其成为亚洲的阿拉伯，省会太原自然也就成了新的“迪拜”。这是一个具有煤老板性格的城市，过去穷怕了，即使在21世纪初仍处于贫寒的日子里，也是下面穿露屁股的破裤子，上身着名牌西装，在下岗工人成天堵大街的情况下建起国内最豪华的歌厅和洗浴中心。现在这座城市成了真正的暴发户，更是在歇斯底里的狂笑中穷奢极侈。迎泽大街两旁的超高建筑群令上海浦东相形见绌，而这条除长安街外全国最宽直的大街则成了终日难见阳光的深谷。有钱和没钱的人怀着梦想和欲望拥入这座城市，立刻忘记了自己是谁，忘记了自己想要什么，只是跌入繁华喧闹的旋涡旋转着，一年转365圈。

这天，第397次来太原的刘慈欣又到柳巷去买汽油，忽见街上有一位飘逸帅哥，他长发中的那一缕雪白格外引人注目，他就是先写科幻后写奇幻再后来科奇都写的潘大角。被太原的繁荣所吸引，大角抛弃上海移居太原。大刘和大角当初分别处于科幻的硬软两头儿，此时相见不亦乐乎。他们在一家头脑店（头脑是本地的一种传统美食）酒酣耳热之时，刘慈欣眉飞色舞地说出了自己下一步的宏伟创作计划：计划写一部十卷，共300万字的科幻史诗，描写200个文明的2000次毁灭和多次因真空衰变而发生的宇宙格式化，最后以整个已知宇宙漏入一个抽水马桶般的超级黑洞结束。大角很受感染，认为两人有合作的可能：同一个史诗构思，刘慈欣写硬得不能再硬的科幻版，面向男读者；大角写软得不能再软的奇幻版，面向MM们。大刘和大角一拍即合，立刻抛弃一切俗务投身创作。

在诅咒1.0十岁生日时，它的末日也快到了。VISTA以后，微软实在难以找到对操作系统频繁升级的理由，这多少延长了诅咒1.0的寿命，但操作系统就像暴发户的老婆，升级总是不可避免的，诅咒1.0代码的兼容性越来越差，很快就将沉入网络海洋的底部，成为死亡的沙子销声匿迹。但正在这时，诞生了一门新的学科：IT考古学。按说网络世界的历史还不到半个世纪，没什么古可考，仍然有很多怀旧的人热衷此道。IT考古主要是发掘那些仍活在网络世界某些犄角旮旯的东西，比如十年来都没有点击过但仍能点开的网页，二十年没有人光顾但仍能注册发帖的BBS等等，在这些虚拟古董中，来自“远古”的病毒是IT考古学家们最热衷寻找的，如果能找到一个十多年前诞生的仍在网上活着的病毒，他们就有了在天池中发现恐龙一般的感觉。

诅咒1.0被发现了，发现者把病毒的全部代码升级到新的操作系统下，这样就能保证它再存活十年。这人并没有张扬，也许这是为了他（她）所珍爱的这件古董更顺利地存活下去。这就是诅咒2.0。人们把十年前诅咒1.0的创造者叫诅咒始祖，把这个IT考古学家叫诅咒升级者。

诅咒2.0在网上出现的那一刻，在太原火车站附近的一个垃圾桶旁，大刘和大角正争抢着刚从垃圾桶中翻找到的半袋方便面。他们卧薪尝胆五六

年，写出了两部300万字的十卷本科幻和奇幻史诗，书名分别为《三千体》和《九万洲》。两人对这两部巨作充满信心，但找不到出版商，于是一起变卖了包括房子在内的全部家产并预支了所有退休金自费出版，最后，《三千体》和《九万洲》的销量分别是15本和27本，总数42本，科幻迷都知道这是个吉利的数字。在太原举行的同样是自费的隆重签售仪式后，两人就开始了流浪生涯。

太原是一个最适合流浪的城市，在这个穷奢极侈的大都市里，垃圾桶里的食品是取之不尽的，最次也能找到几粒被丢弃的工作丸（见后文）。至于住的地方也问题不大，太原模仿迪拜，在每一个公交候车亭里都装上了冷暖空调。如果暂时厌倦街头，还可以去救助站待几天，那里有吃有住，待遇不错。在城市各阶层幸福指数调查中，盲流乞丐位列榜首，所以大刘和大角都后悔没有早些投入这种生活。

两人最惬意的时候是《科幻大王》编辑部每周一次的请客，一般都是去唐都这样的高级地方。太原的《科幻大王》深得科幻杂志的精髓，知道这种文学体裁的灵魂就是神奇感和疏离感，而现在高技术幻想已经没有这种感觉了，技术奇迹是最平淡不过的事儿，每天都在发生；倒是低技术幻想更具有神奇和疏离感，于是他们创立了幻想未来低技术时代的反浪潮科幻，取得巨大成功，迎来了世界科幻的第二个黄金时代。为了彰显反浪潮科幻的理念，《科幻大王》编辑部拒绝一切电脑和网络，只接收手写稿件，用铅字排版印刷，还用每匹相当于一辆宝马车的价格买回几十匹蒙古马，并在编辑部旁建设豪华的马厩。杂志社人员出行一律骑着绝对没有上网的骏马，城市某处如果听到“哒哒哒”的清脆马蹄声，那就是SFK的人来了。他们常请刘慈欣和大角吃饭，除了他们以前写过科幻外，还因为虽然他们现在写的科幻已经很不科幻了，但他们的反浪潮科幻的理念却是十分科幻的，因为他们上不起网，也很低技术。

SFK、大刘和大角都不知道，他们的这个共同的特点将救他们的命。

诅咒2.0又流传了7年，这时，一个后来被称为诅咒武装者的女人发现了它。她仔细研究了诅咒2.0的代码，即使经过升级，她仍能感受到17年前诅咒始祖的仇恨和怨念，她与始祖有着相同的经历，也处于每天像牙痛般咒恨某个男人的阶段，但她觉得那个17年前的女孩儿既可怜又可笑：这么做有何意义？真能动那个臭男人撒碧一根汗毛吗？这就像百年前的怨女们在写了名字的小布人儿上扎针的愚蠢游戏一样，解决不了任何问题，结果只是使自己更郁闷。还是让姐姐来帮帮你吧。（正常情况下诅咒始祖应该活着，但诅咒武装者肯定要叫她阿姨了。）

17年后的今天已经完全是一个新时代了，这时，世界上的一切都落网了。这么说是因为，在17年前网络上的东西只有电脑，但今天的网络就像一棵超级圣诞树，这世界上的几乎所有东西都挂在上面闪闪发光。以家庭为例，家里所有通电的东西都联上了网并受其控制，甚至连指甲刀和开瓶器也不例外，前者可通过剪下来的指甲判断你是否缺钙并通过短信或EMAIL的形式告知，后者可判断酒是否为真品并发来中奖通知，而对于过度酗酒者，则间隔很长时间才能开一次瓶……在这种情况下，通过诅咒病毒直接操纵硬件世界成为可能。

诅咒武装者给诅咒2.0增加了一个功能：如果撒碧坐出租车，就撞死他！

其实对于这个时代的一个AI编程高手来说，这点并不难做到。现在的汽车已经全部无人驾驶，网络就是驾驶员，乘客上出租车时要刷卡，这时新的诅咒就可通过信用卡识别他的身份。只要上了车并被识别，杀他的方法数不胜数，最简单的就是径直撞向路边的建筑物，或从桥上开下去。但诅咒武装者想了想，并不愿简单地撞死撒碧，而是为他选择了一个更为浪漫的死法，完全配得上他对17年前的那个妹妹做的事。（其实诅咒武装者和别人一样，根本不知道撒碧对始祖做错了什么，也可能错根本不在这男孩儿。）经她升级的诅咒在得知目标上车后，就不再理会他设定的目的地，疯狂猛开，从太原一直开到张家口，再向前便是一片沙漠了。车会停在沙漠深处，并切断与外界的一切通讯联系（这时诅咒已经驻留在车内电脑中，不需网络了）。这辆出租车被发现的可能性很小，即使偶尔有人或车靠近，它就立刻躲到沙漠的另一处。无论过去多长时间，车门从内部是绝对打不开的。这样，如果在冬天，撒碧将被冻死；如果在夏天，撒碧将被热死；如果在春秋，撒碧将被渴死、饿死。

就这样，诅咒3.0诞生了，这是真正的诅咒。

诅咒武装者是一名AI艺术家，这也是一族新新人类，他们通过操纵网络做出一些没有实际意义但具有美感（当然这个时代的美感与十几年前不是一回事了）的行为艺术，比如让全城的汽车同时鸣笛并奏出某种旋律、让大酒店的亮灯窗口组成某个图形等等。诅咒3.0就是一件这样的作品，不管其是否真能实现其功能，它本身就构成了一件卓越的艺术品，因而在2026年上海现代艺术双年展上得到好评，虽然因其人身伤害的内容被警方宣布为非法，但仍在网上进一步流传开来，众多的AI艺术家加入了对这一作品的集体创作，诅咒3.0飞快进化，越来越多的功能被添加进来：

如果撒碧在家，煤气熏死他！这也比较容易，因为每家的厨房都由网络控制，这样户主们就可以在外面遥控厨房做饭，当然包括打开煤气的功能，而诅咒3.0当然可以使房间里的有害气体报警器失效。

如果撒碧在家，放火烧死他！很容易，包括煤气在内，家里有很多可以点火的东西，如魔丝发胶什么的，都联在网上（可通过网络由专业发型师做头发），火焰报警器和灭火器当然也可以失效。

如果撒碧洗澡，放开水烫死他！如上，很容易。

如果撒碧去医院看病，开药毒死他！这个稍有些复杂，给目标开特定的药是很容易的，因为现在医院的药房全部是自动取药，且药库系统都联网，关键是药品的包装问题，撒碧不是傻子，要让他拿到药后愿意吃才行，要做到这点，诅咒3.0需要追溯到制药厂的生产包装和销售环节，要有一盒表里不一的药只卖给目标，真的有些复杂，但依旧能做到，而且对于AI艺术来说，越复杂，作品的观赏价值就越高。

如果撒碧坐飞机，摔死他！这不容易，比出租车操作难多了，因为被诅咒的只有撒碧一人，诅咒3.0不能杀死其他人，而撒碧大概没有专机，所以摔死他是不可能的。但可以这样：目标所乘的飞机舱内突然在高空失压（用开舱门或别的什么办法），这时，在所有乘客都戴上的氧气面罩中，只有撒碧的面罩中没有氧气。

如果撒碧吃饭，噎死他！这个看似荒唐，其实十分简单。现代社会的超快节奏催生了超快餐食品，就是一粒小小的药丸，名叫工作丸。工作丸密度很大，拿在手中沉甸甸的像一颗子弹头，服下去后会在胃中膨化，类似于以前的压缩饼干。关键在生产过程中，工作丸的膨化速度是可以控制的，诅咒3.0可以用与开药类似的方式在生产过程中做手脚，生产出一粒超快速膨化的工作丸，再控制销售过程专卖给撒碧，他在进食工作餐，喝水把工作丸送下去时，工作丸在嗓子眼就快速膨化了。

……

但诅咒3.0从来没有找到目标，也没有杀死过任何人。早在诅咒1.0诞生时，撒碧受到了不小的骚扰，还有媒体记者因此采访过他，使他不得不改了名，甚至连姓也改了。姓撒的人本来就很少，加上这个名字不雅的谐音，在这个城市里面没有重名。同时，病毒中记录的撒碧的工作单位和住址仍在他十几年前所上的大学，使得定位他更不可能。诅咒曾经拥有进入公安厅电脑追溯目标改名记录的功能，但没有成功。所以在以后的4年中，诅咒3.0仍然只是一件AI艺术品。

但诅咒通配者出现了，他们是大刘和大角。

通配符是一个古老的概念，源自导师时代（这是对操作系统的上古时代——DOS操作系统时代的称呼），最常见的通配符有“*”和“？”两种，用于泛指字符串中的一切字符，其中“？”指代单一字串，“*”指代的字符数量不限，也最常用。比如：刘*，指姓刘的所有人；山西*，指以山西打头的所有字串；而如果只有一个*，则指代一切。所以在导师时代，del*.*是一个邪恶的命令（del是删除命令，而DOS系统下的文件全名分为文件名和扩展名两部分，用.隔开）。在以后的操作系统演进中，通配符功能一直存在，只是系统进入图形界面后人们很少使用命令行操作，一般人就渐渐地把它淡忘了，但在包括诅咒3.0在内的各种软件中，它是可用的。

这天是中秋节，明月在太原城的璀璨灯火中却像个脏兮兮的烧饼。大刘和大角在五一广场的一个长椅子上坐下来，摆开他们下午从垃圾桶中翻出的五瓶半瓶酒、两半袋平遥牛肉、几乎一整袋晋祠驴肉和三粒工作丸，准备庆祝一番。天刚黑的时候，大刘还从一个垃圾桶中翻出一台破笔记本电脑，他声称自己能把它修好，否则这一辈子计算机工作就算是白干了。他蹲在长椅旁紧张地鼓捣起来。大刘热情地请大角把三粒工作丸都吃了，这样可为自己省下不少酒肉，但大角并不上当，一粒也没吃，只是喝酒吃肉。

电脑很快能用了，屏幕发出幽幽的蓝光，大角发现无线上网功能竟然也恢复了，就立刻抢过电脑，先上QQ，他的号已经不能用了；再上九州网站、天空之城、豆瓣、水木清华、大江东去……那些链接都早已消失，最后扔下电脑长叹一声："唉——昔人已乘黄鹤去。"

大刘拿过半瓶酒喝起来，看了看屏幕，"此地连黄鹤楼也没留下。"

然后大刘便细细查看电脑中的东西，发现里面安装了大量的黑客工具和病毒样本，这可能是一个黑客的本本，也许是在逃避AI警察的追捕时匆忙扔到垃圾桶中的。他顺手打开了桌面上的一个文件，是一个已经反编译出来的C程序，他认出了，这正是诅咒3.0。他随意翻阅着代码，回忆着自己编写电子诗人的时光，酒劲上来时翻到了目标识别参数那部分。

大角在一边喋喋不休地回忆着当年的峥嵘科幻岁月，大刘很快也受了感染，推开本本一同回忆起来。想当年，自己那上帝视角的充满阳刚之气的毁灭史诗曾引起多少男人的共鸣啊，曾让他们中的多少人心中充满了军国主义和恐怖分子的万丈激情！可现在，15本，仅仅卖出15本！他又灌下去一大口，那还是一瓶老白汾，这酒的味道在这个年代已经面目全非，有点儿像威士忌了，但酒精度一点没减。他开始恨男读者，进而恨所有的男人，他两眼直勾勾地看着屏幕上诅咒3.0的目标参数，说："很拽的圆润木妖怪……胡东奇（现在的男人没一个好东西）。"顺手把姓名由"撒碧"

换成“*”、工作单位和住址也由“太原××大学，××系，××专业，××宿舍楼，××寝室”换成了“*，*，*，*，*”，只有性别参数仍为“男”。

大角也处于一把鼻涕一把泪的感慨中。想当初，自己那色彩绚烂、意境悠远的美文如诗如梦，曾经迷倒多少少女。可现在，看看旁边经过的那些妙龄少女，居然没一个人朝自己这边看一眼，这太让人失落了！他扔出一个已空的酒瓶，喃喃说道：“圆润木素胡东奇，雨润豆素？（男人不是好东西，女人就是？）”说着，把目标参数中的性别由“男”改成“女”。

大刘不干了，觉得这没女人什么事，自己那些粗陋的小说从来也不指望获得女读者的青睐，就又把性别参数改回“男”，大角再改成“女”，两人为惩罚那些忘恩负义的读者群争执起来，太原也在成为寡妇城市和光棍城市的可能性之间摇摆不定。大刘和大角最后抡起酒瓶打了起来，直到一个巡警制止了他们。两人摸着脑袋上的鼓包，达成了一个妥协，把目标的性别参数改成了“*”，完成了诅咒3.0的通配。也许是因为打架的干扰，或由于已经烂醉，他们谁也没动“太原市、山西省、中国”这三个参数。这样，诅咒4.0诞生了。

太原被诅咒了。

新版诅咒诞生之际，立刻意识到了自己肩负的宏伟使命，由于这个操作太宏大了，诅咒4.0们没有立刻行动，而是留下足够的时间让自己充分繁殖，以达到操作所需的足够的数量，同时互相联系，慢慢生成一个统一行动的总体规划，计划的总原则是：对诅咒目标的清除首先从软性操作开始，然后过渡到硬性操作并逐步升级。

10小时后晨曦初露时，操作开始。

软操作主要针对敏感的、神经脆弱的和冲动型的目标，特别是那些患有抑郁症和狂躁症的男人女人。在这个心理病和心理咨询泛滥的时代，诅咒4.0很容易找到这类人。在第一批操作中，有3万名刚从医院完成检查的人被告之患有肝癌、胃癌、肺癌、脑癌、肠癌、淋巴癌、白血病，最多的是食道癌（本地区高发癌症），另有2万名刚化验过血的人被告之HIV阳性。这些结果并非来自简单的伪造诊断结果，而是由诅咒4.0直接操纵B超、CT、核磁共振仪、血液化验仪等医疗检查设备得出的“真实”结果，即使去不同医院复查，结果也一样。这5万人中，大部分都选择了治疗，但有400多人本来就活腻歪了，在得知诊断结果后立刻一了百了，陆续还有做此选择的人。随后，5万名敏感的、抑郁的或狂躁的男女都接到了配偶或情人的电话。

男人们听到他们的女人说：你看你那个熊样，屁本事没有，你还像个男人吗？我已经和××好了，我们很和谐、很幸福，你去死吧。男人们对他们的女人说：你已人老珠黄，其实你当初就是恐龙，我瞎了眼怎么看上你的？现在我和小三在一起，我们很和谐、很幸福，你去死吧。

这个诅咒4.0编造的情敌大都是目标本来就最讨厌的人。这5万人中，大部分都通过直接找对方质问而消除了误会，但也有约1%的人选择了他杀和自杀，其中的一部分两者同时做了。还有另外一些软性操作，比如在已经势不两立、剑拔弩张的几大黑帮之间挑起大规模械斗，或把被判无期或有期徒刑的罪犯的判决书改成死刑并立即执行等等。但总的来说，软性操作效率很低，总共清除的目标也就是几千人。不过诅咒4.0有着正确的心态，知道大事情是从一点一滴做起的，不以恶小而不为，所有的手段一定要都试到。

在软性操作中，诅咒4.0清除了自己最初的创造者。在创造诅咒以后的岁月中，诅咒始祖一直对男人倍加提防，二十年来一直用最现代化的手段监视老公，几乎成为谍报专家。但突然接到一直安分守己的老公的一个电话，致使心脏病突发，送医院后又被输入进一步加剧心肌梗死的药物，死于自己的诅咒下。

五天后，硬性操作开始了。之前的软性操作在城市中激发的超常的自杀率和他杀率已经引起了高度恐慌，但诅咒4.0仍需避免政府的分析走上正确的轨道，所以硬性操作的第一阶段仍进行得很隐蔽。首先，吃错药的病人数量急剧增加，这些药的包装都正常，但吃下去大部分一剂致命。同时，吃饭噎死的人也大量出现，都是工作丸在嗓子眼快速膨化所致；还有少部分是撑死的，因为工作丸的压缩密度大大超标，那些食客掂着沉甸甸的小丸，还以为物超所值呢。

第一次大规模清除操作是对自来水系统的操作。即使对于一切受控于网络人工智能的城市，把氰化物或介子气加入自来水也是不可能的，诅咒4.0选择了两种无害的转基因细菌，它们混合后则产生毒性。这两种细菌并不是同时加入自来水系统中，而是先加一种，待其基本排净后再加第二种，两种物质的混合其实是在人体内进行的，后一种细菌与前一种在胃和血液中的残留物发生作用产生毒性，如果这时仍不致命，那目标去医院取到的药物再与体内已有的两种细菌发生反应，做完最后的事。

这时，省公安厅和国家AI安全部已经定位了灾难的来源，针对诅咒4.0的专杀工具正在紧急开发中，于是，诅咒操作急剧加速和升级，由隐藏的暗流变为惊天动地的噩梦。

这天早晨的交通高峰时段，从城市的地下传来一连串的沉闷的爆炸声，这是地铁相撞的声音。太原市的地铁建成较晚，设计时正值城市成为暴发户的时候，所以十分先进，磁悬浮在真空隧道中运行，以高速闻名，被称为准时空门，意思是从起点进去后很快就能从终点走出。因此它们的相撞也格外惨烈，地面因爆炸隆起一座座冒出浓烟的小山包，像城市突然长出的恶疮。

这时，城市中的大部分汽车已被诅咒控制（这个时代，所有的汽车都能在网络AI的控制下自动行驶），成为进行诅咒操作的最有力的工具。一时间，全城的上百万辆汽车像做布朗运动的分子那样横冲直撞，但这种撞击并非杂乱无章，而是遵循着经过严密优化计算的规律和顺序，每辆车首先尽可能多地清除车外行走的目标，所以在混乱的开始，发生撞击的车辆并不多，每辆车都在追逐并冲撞行人，车与车之间密切配合，对行人围追堵截，并在空地和广场上形成包围圈，最大的包围圈在五一广场，几千辆汽车围成一圈向中心撞击，一下子就清除了上万个目标。当外面的行人几乎都被清除或躲入建筑物时，汽车开始撞向附近的建筑物，以清除车内的目标。这种撞击同样是经过精密组织的，对于人口密集的大型建筑物，车辆会集中撞击，后面冲来的车会窜到前面已撞毁的车上面，就这样一层层堆起来，在市里最高建筑三百层的煤交会大厦下面，撞来的车辆堆到十多层楼高，疯狂燃烧着，像是堆在大厦周围的一圈火化的柴堆。在大撞击的前夜，市里出现出租车集体排长队加油的奇观，在撞击时它们的油箱都是满的。与此同时，从城市两个机场强行起飞的上百架民航飞机也纷纷在市区着陆，像一堆巨型燃烧弹，加剧了火势。

政府发出紧急通告，宣布城市处于危机状态，呼吁人们待在家中。这个决定最初看来是正确的，因为与大型建筑相比，居民楼遭到的袭击并不严重，这是因为居民区的道路显然不像城市主要街道那么宽敞，大撞击开始后不久就堵塞了。但很快，诅咒4.0把每一户人家都变成了死亡的陷阱，煤气和液化气全部开放，达到爆燃浓度后即点火引爆，一座座居民楼在爆炸中被火焰吞没，有的建筑整座都被炸飞了。

政府的下一步措施是全城断电，但这时城市中已经没电了，诅咒4.0失去了作用，但它们已经成功了。

整座城市陷入一片火海，火势迅速增大，其猛烈程度产生了二战时期德累斯顿大轰炸的效应：城内的氧气被火焰耗尽，人即使逃离火区也难逃一死。

由于很少接触网上的东西，同其他盲流哥们儿一样，大刘和大角逃过了诅咒最初的操作。在后期操作开始后，他们凭着在城市中长期步行练就的技巧，以与其高龄不相称的灵活躲过了多次汽车的冲撞，又凭着对市区道路的熟悉，在大火的初期幸存下来。但情况很快变得险恶了，整座城市变成火海时，他们正在还算宽阔的大营盘十字路口中心，窒息的热浪开始笼罩一切，周围高层建筑中的火焰像巨型蜥蜴的长舌般舔过来。描写过无数次宇宙毁灭的大刘此时惊慌失措，而作品充满人文主义温情的大角却镇定自若。

大角拂须环视着周围的火海，用悠长的语调说：“早知毁灭如此壮观，当初何不写之？”

大刘两腿一软坐到地上，“早知毁灭这么恐怖，当初写它真是吃饱撑的！唉，俺这个乌鸦嘴，这下可好……”

最后他们达成了一致，只有牵涉到自个儿的毁灭才是最刺激的毁灭。

这时，他们听到一个银铃般的声音，像这火海中的一块晶冰：“大刘、大角，快走！！”

循声望去，只见两匹快马如精灵般穿出火海，马上是SFK编辑部最漂亮的两个长发姑娘，她们把大刘、大角拉上马背，骏马在火海的间隙中闪电般穿行，飞越过一排排燃烧的汽车残骸。不一会儿，眼前豁然开阔，马已奔上了汾河大桥。大刘和大角深吸着清凉的空气，抱着她们的纤腰，脸上感受着她们长发的轻拂，觉得这逃生之路还是太短了。

过了桥就基本进入了安全地带，很快和SFK编辑部的其他人会合，他们都骑着高头大马，这威武的马队向晋祠方向奔去，吸引着路边步行逃生者们惊羡的目光。大刘、大角和SFK们都看到，幸存者的队伍中还有一名骑自行车的人，之所以注意到他，是因为这年代自行车也都由网络控制，诅咒早就把所有的自行车完全锁死了。骑车的是一个上了年纪的男人，他就是撒碧。

由于早年被诅咒病毒骚扰，撒碧对网络产生了本能的恐惧和厌恶，在生活中尽可能地减少与网络的接触，比如他骑的自行车就是一辆二十年前的老古董。他住的地方在汾河岸边，靠近城市边缘，在大撞击开始时，他就骑着这辆绝对没有上网的自行车逃了出来。其实，撒碧是这个时代少有的知足的人，对自己艳遇不断的一生很满足，这时就是死了也无怨无悔。

马队和撒碧最后上了山，大家站在山顶呆呆地看着下面燃烧的城市，这里狂风呼啸，风掠过周围的群山，从四面八方刮向太原盆地，补充那里因热力而上升的空气。

距他们不远，省政府和市政府的主要成员正走下载着他们逃离火海的直升机。市长的口袋里还装着一份发言稿，那是即将到来的城庆日的发言。确定太原城的诞生日期颇费了番周折，专家们称：公元前497年前古晋阳城问世，历经春秋、战国至唐、五代等十数个朝代，太原一直是中国北方的一个军事重镇。从公元979年赵宋毁太原，新兴的太原又先后在宋、

金、元、明、清等数朝中崛起，不仅是军事重镇，而且发展成为著名的文化古城和商业都会。于是提出了城庆口号：热烈庆祝太原建市2500年！现在，历经了25个世纪的城市正在火海中化为灰烬。

这时，同行的军用电台终于接通了与中央的联系，得知救援大军正在从全国四面八方赶来，但通信很快又中断了，只听到一片干扰声。一小时后接到报告，各救援队伍停止前进，空中的救援机群也转向或返回。

省AI安全局的一名负责人打开笔记本电脑，上面显示着最新编译的诅咒5.0的代码。在目标参数中，其中的“太原市”“山西省”“中国”也换成了“*”“*”“*”。

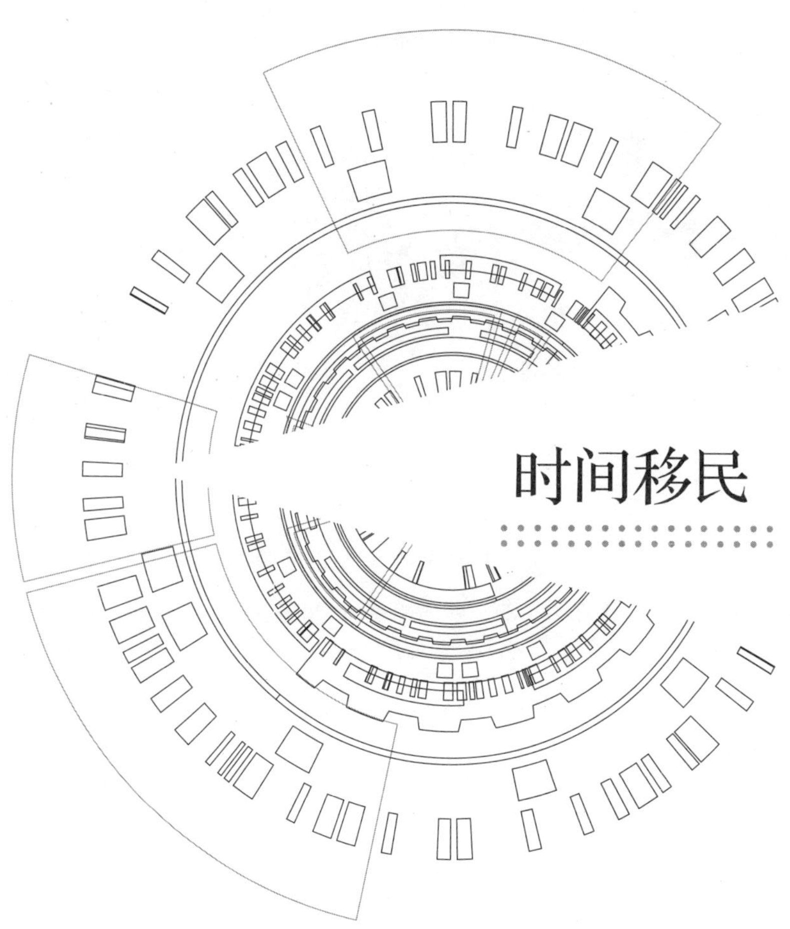

时间移民

前不见古人，

后不见来者。

念天地之悠悠，

独怆然而涕下。

——题记

移民

告全民书

迫于环境和人口已无法承受的压力，政府决定进行时间移民，首批移民人数为8000万，移民距离为120年。

要走的只剩下大使一个人了，他脚下的大地是空的，那是一个巨大的冷库，里面冷冻着40万人，在这个世界的其地方，还有200个这样的冷库，其实它们更像，大使打了一个寒战，坟墓。

桦，不同他走，她完全符合移民条件，并拿到了让人羡慕的移民卡。但与那些向往未来新生活的人不同，她认为现世和现实是最值得留恋的。她留了下，让大使一个人走向120年之后的未来。

1小时之后，大使走了，接近绝对零度的液氦淹没了他，凝固了他的生命。他率领着这个时代的8000万人，沿着时间踏上了逃荒之路。

跋涉

无知觉中，时光流逝，太阳如流星般划过长空，出生、爱情、死亡，狂喜、悲伤、失落，追求、奋斗、失败，一切的一切，如迎面而来的列车，在外部世界中呼啸着掠过……

……10年……20年……40年……60年……80年……100年……120年。

第一站：黑色时代

绝对零度下的超睡中，意识随机体完全凝固，完全感觉不到时间的存在，以至于大使醒来时，以为是低温系统出现故障——出发后不久临时解了冻。但对面原子钟上巨大的等离子显示告诉他，120年过去了，一个半人生过去了，他们已是时代的流放者。

100人的先遣队在一星期前醒来并主动与这个时代取得了联系。队长这时站在大使旁边，大使的体力还没有恢复到能说话的程度，在他探询的目光下，先遣队长摇摇头，苦笑了一下。

国家元首在冷冻室大厅里迎接他们，他看上去是一个饱经风霜的人，同他一起来的人也一样。在120年之后，这很奇怪。大使把自己时代政府的信交给他，并转达自己时代人民对未来的问候。元首没说太多的话，只是紧紧握住大使的手，元首的手同他的脸一样粗糙，使大使感到一切的变化并不像他想象的那么大，他有一种温暖的感觉。

但这种感觉在走出冷冻室后立刻消失了。外面是黑色的：黑色的大地、黑色的树林、黑色的河流、黑色的流云。他们乘坐的悬浮车吹起了黑色的尘土。路上向反方向行驶的坦克纵队已成了一排行驶的黑块，空中低低掠过的直升机群也像一群黑色的幽灵，特别是现在的直升机听不到一点声音。一切像被天火遍烧了一样。他们驶过了一个大坑，那个坑太大了，像大使时代的露天煤矿。

“弹坑。”元首说。

“……弹坑？”大使没说出那个骇人的字。

“是的，这颗弹药量大约为15000吨级。”元首淡淡地说，苦难对他来说已平淡无奇了。

在两个时代的会面中，空气凝固了。

“战争什么时候开始的？”

“这次是两年前。”

“这次？”

“你们走后还有过几次。”

接着元首避开了这个话题。他不像是120年后的晚辈，倒像大使时代的长辈，这样的长辈出现在那个时代的工地和农场里，他们用自己宽阔的胸怀包容着一切苦难，不让一点溢出。“我们将接收所有的移民，并且保证他们在和平环境中生活。”

“这可能吗，在现在这种情况下？”大使的一个随员问道，他本人则沉默着。

“这届政府和全体人民将不惜一切代价做到这点，这是责任。”元首说。“当然，移民还要努力适应这个时代，这有些困难，120年来变化很大。”

“有什么变化？”大使说，“一样的没有理智，一样的战争，一样的屠杀……”

“您只看到了表面。”一位穿迷彩服的将军说，“以战争为例，现在两个国家是这样交战的：首先公布自己的各类战术和战略武器的数量和型号，根据双方各种武器的对毁率，计算机可以给出战争的结果。武器是纯威慑性质的，从来不会动用。战争就是计算机中数学模型的演算，以结果决定战争的胜负。”

“如何知道对毁率呢？”

“有一个国际武器试验组织，他们就像你们那个时代的……国际贸易组织。”

“战争已经像经济一样正规和有序了？”

“战争就是经济。”

大使看了一眼车窗外的黑色世界，“但现在，世界好像不仅仅在演算。”

元首用深沉的目光看着大使，“算过了，但我们不相信结果真能决定胜败。”

“所以我们发起了你们那样的战争，流血的战争，‘真’的战争。”将军说。

“我们现在去首都，研究一下移民解冻的问题。”元首再次避开了这个话题。

“返回。”大使说。

“什么？！”

“返回。你们已无法承受更多的负担了，这个时代不适合移民，我们再向前走一段吧。”

悬浮车返回了一号冷冻室。告别前，元首递给了大使一本精装的书。“这120年的编年史。”他说。

这时，一位政府官员带来一位123岁的老人，他是现在能找到的唯一一位与移民同时代生活过的人，他坚持要见见大使。“好多的事，你们走后，好多的事啊！”老人拿出两个碗，大使那个时代的碗，又给碗里满上了酒，“我的父母是移民，这酒是我3岁时他们走前留给我的，让我存到他们解冻时喝。我见不到他们了！我也是你们见到的最后一个同时代的人了。”

喝了酒后，大使望着老人平静干涸的双眼，正想着这个时代的人似乎已不会流泪了，老人的眼泪便流了下来。他跪了下来，抓住大使的双手。

“前辈保重，西出阳关无故人啊！”

大使在被液氦的超低温凝固之前，桦突然出现在他残存的意识中，他看到她站在秋日的落叶上，后来落叶变黑，出现了一块墓碑，那是她的墓碑吗？

跋涉

无知觉中，太阳如流星般划过长空，时光在外部世界飞速掠过……

……120年……130年……150年……180年……200年……250年……300年……350年……400年……500年……600年。

第二站：大厅时代

“怎么这么久才叫醒我？！”大使吃惊地看着原子钟。

“先遣队已以百年为间隔醒来并出动了5 次，最长我们曾在一个时代生活了10年，但每次都无法实现移民，所以没有唤醒您，这个原则是您自己制定的。”先遣队长说。大使这才发现他比上次见面老了许多。

“又遇到战争了？”

“没有，战争永远消失了。前三个时代生态环境不断恶化，直到200年前才开始好转，但后两个时代拒绝接收移民。只有现在这个时代同意接收，最后还需要您和委员会来决定。”

冷冻室大厅里没有人。在巨大的密封门“隆隆”开启时，先遣队长低声对大使说：“变化远远超出您的想象，要有思想准备。”

大使踏进这个时代的第一步，脚下响起了一阵乐声，梦幻般，像过去时代的风铃声。他低头，看到自己踏在水晶状的地面上，水晶的深处有彩色的光影在变幻，水晶看上去十分坚硬，踏上去却像地毯般柔软。踏到的位置响起那风铃般的乐声，同时有一圈圈同心的彩色光环以踏点为中心扩散开来，如同踏在平静的水面上激起的水波。大使抬头望去，发现目力所及之处，整个平原都是水晶状了。

“全球所有的陆地都铺上了这种材料，以至于整个世界都像人造的一样。”先遣队长说，看着大使惊愕的目光，他笑了，好像说：这才是吃惊开始呢！ 大使又注意到自己在水晶地面上的影子，有好几个，以他为中心向四面散开。他抬起头来……

六个太阳。

“现在是深夜，但二百年前就没有夜晚了，您看到的是同步轨道上的六个反射镜把阳光反射了到地球夜晚的一面，每个镜面有几百平方公里的面积。”

“山呢？”大使发现，地平线处连绵的群山不见了，大地与蓝天的相接处如尺子划出的那样平直。

“没有山了，全被平掉了，全球各大洲都是这样的平原。”

“为什么？！”

“不知道。”

大使觉得那六个太阳如大厅里的六盏灯。大厅！ 对了，他有了一个朦胧的感觉。进一步，他发现这是一个干净得出奇的时代，整个世界没有尘土，令人难以置信的是，一点都没有。大地如同一个巨大的桌面一样干净。天空同样一尘不染，呈干净的纯蓝色，但由于六个太阳的存在，天空已失去了过去时代的那种广阔和深邃，像大厅的拱顶。大厅！ 他的感觉更确定了，整个世界变成了一个大厅！这里铺着柔软的发出风铃声的水晶地毯，有着六个吊灯的大厅！ 这是个精致的、干净的时代，同上次的黑色时代形成了鲜明对比。以后的移民编年史中，他们把它叫大厅时代。

“他们不来迎接我们吗？”大使看着眼前空旷的平原问道。

“我们得自己去首都见他们。虽然这个时代有精致的外表，但却是个没有礼仪的时代，甚至连好奇心也没有了。”

“他们对移民是什么态度？”

“同意接收，但移民只能在与社会隔绝的保留区生活。至于保留区的位置，在地球还是其他行星上，或在太空专建一个城市，由我们决定。”

“这绝对不能接受！”大使愤怒地说，“全体移民必须融入现在的社会，融入现在的生活，移民不是二等公民，这是时间移民最基本的原则！”

“这不可能。”先遣队长摇摇头。

“是他们的看法？”

“也是我的。哦，请听我把话说完。您刚解冻，而这之前我已在这个时代生活了半年多。请相信我，现实远比您看到的更离奇，就是发挥最疯狂的想象力，您也无法想象出这个时代的十分之一，与此相比，旧石器时代的原始人理解我们的时代倒容易多了！”

“移民开始时已经考虑了适应的问题，所以移民的年龄都在25岁以下。我们会努力学习，努力适应这一切的！”大使说。

“学习？”先遣队长笑着摇摇头，“您有书吗？”他指着大使的手提箱问，“什么书都行。”大使不解地拿出一本冈察洛夫在19世纪末写的《环球航海游记》，这是他出发前看到一半的书。

先遣队长看了一眼书名说：“随便翻到一页，告诉我页数。”大使照办了，翻到239页。先遣队长流利地背诵起航海家在非洲的见闻，令人难以置信的是，一字不差。

“看到了吗，根本不需要学习，这就像我们往磁盘上拷贝数据一样向大脑中输入知识！人的大脑能达到记忆的极限。如果这还不够，看这个，”先遣队长从耳后取下一个助听器大小的东西，“这是量子级的存储器，人类有史以来所有的书籍都可以存在里面，愿意的话可以连一个账本都不放过！大脑可以像计算机访问内存一样提取它的信息，比大脑本身的记忆还快。看到了吗，我自己就是人类全部知识的载体，如果愿意，您在不到一小时的时间内也能做到。对他们来说，学习是一种古老的不可理解的神秘仪式。”

“他们的孩子一出生就马上得到一切知识？”

“孩子？”先遣队长又笑了，“他们没有孩子。”

“那孩子呢？”

“我说过没有。家庭在更早的时候就没有了。”

“就是说，他们是最后一代人了。”

“也没有代，代的概念不存在了。”

大使的惊奇现在变成了茫然。但他还是努力去理解，并多少理解了一些。“你是说，他们永远活着？！”

“身体的一个器官失效，就更换一个新的，大脑失效，就把其中的信息拷贝出来，再拷到一个新培植的大脑中去。当这种更换进行了几百年后，每人唯一能留下的是自己的记忆。你能说清他们是孩子还是老人吗？也许他们倾向于把自己当老人，所以不来接我们。当然，愿意的话，也会有孩子的，克隆或是更传统的方法，但不多了。这一代长生者现在已生存了三百多年，并且还会继续生存下去。这一切会产生出一个什么样的社会形态，您能想象得出吗？我们所梦想的东西：博学、美貌、长生，是这个时代轻而易举能得到的东西。”

“那么这是理想社会了？他们还有想要而得不到的东西吗？”

“没有，但正因为他们能得到一切，同时也就失去了一切。对我们来说这很难理解，对他们来说却是真实的感受。所以现在远不是理想的社会。”

大使的茫然又变成了沉思。天空中的六个太阳已斜向西方，很快落到地平线下。当西天只剩下两个太阳时，启明星出现了，接着，真正的太阳在东方映出霞光。那柔和的霞光使大使感到了一丝慰藉，宇宙间总有永恒不变的东西。

“500年，时间不算长，怎么会有这么大的变化呢？”大使像在问先遣队长，又像在问整个世界。

“人类的发展是一个加速器，我们那个时代50年的发展，可与过去500年相比，而现在的500年，也许与过去的50000年相当了！ 您还认为移民能适应这一切吗？”

“加速到最后会是什么？”大使半闭起双眼。

“不知道。”

“你所拥有的全人类的知识也不能回答这个问题吗？”

“我游历这几个时代最深的感受是：知识能解释一切的时代过去了。”

……

“我们继续朝前走！ ”大使作出了决定，“带上那块芯片，还有他们向人脑输入知识的机器。”

在进入超睡前的朦胧中，大使又见到了桦，桦越过620年的漫漫长夜看了他一眼，那让人心醉又心碎的眼神，使大使在孤独的时间流浪中有了家园的感觉。大使梦见水晶大地上出现了一阵缥缈的飞尘，那是桦的骨骼变成的吗？

跋涉

无知觉中，太阳如流星般划过长空，时光在外部世界飞速掠过……

……600年……620年……650年……700年……750年……800年……850年……900年……950年……1000年。

第三站：无形时代

冷冻室巨大的密封门“隆隆”开启，大使第三次站在未知时代的门槛前，这次他做好了对看到一个全新时代的思想准备，但出门后发现，变化没有他想象的那么大。

水晶地毯仍然存在，铺满大地；六个太阳也在天空中发着光。但这个世界给人的感觉与大厅时代全然不同。首先，水晶地毯似乎已经 “死”了，深处的光影还有，但暗了许多，在上面走动时不再发出风铃声，也没有美丽的波纹出现了。太空中的六个太阳，有四个已暗淡无光，它们发出的暗红色光只能标明自己的位置，而不能照亮下面的世界。最引人注意的变化是：这个世界有尘土了！尘土在水晶地面上薄薄地落了一层。天空不再纯净，有了灰色的流云。地平线也不是那么清晰笔直了。所有的一切给人这样一个感觉：大厅时代的大厅已人去屋空，外部的大自然慢慢渗透了进来。

“两个世界都拒绝接收移民。”先遣队长说。

“两个世界？”

“有形世界和无形世界。有形世界就是我们熟知的世界，尽管已很不相同。有同我们一样的人，但对很大一部分人来说，有机物已不是他们的主要组成部分了。”

“同上次一样，平原上还是看不到一个人。”大使极目远望。

“有几百年了，人们不用那么费力地在地面上行走了。您看，”先遣队长指指空中的某个位置，大使透过尘土和流云，隐约看到一些飞行物，距离很远，看上去只是一群小黑点。“那些东西，也许是一架飞机，也许就是一个人。任何机器都可能是一个人的身体，比如海上的一艘巨轮，可能就是一个人的身体，操纵巨轮的电脑的存储器是这个人大脑的拷贝。一般来说每个人有几个身体，这些身体中总有一个是同我们一样的有机体，这是人们最重视的一个身体，虽然也是最脆弱的，这也许来自过去的情感吧。”

“我是在做梦吗？”大使喃喃地问。

“与有形世界相比，无形世界更像一个梦。”

“我已经能想象出那是什么，人们连机器的身体也不要了。”

“是的。无形世界就是一台超级电脑的内存，每个人是内存中的一个软件。”

先遣队长指了指前方，地平线上有一座山峰，孤独地立在那里，在阳光下闪着蓝色的金属光泽。“那就是无形世界中的一个大陆。您还记得上次我们带回的那些小小的量子芯片吧，而您看到的正是量子芯片堆成的高山！由此可以想象，或根本无法想象，这台超级电脑的容量。”

“在它里面，是一种什么样的生活呢？在内存里人们什么都不是，只是一些量子脉冲的组合罢了。”大使说。

“正因为如此，您可以真正随心所欲，创造您想要的一切。您可以创造一个有千亿人口的帝国，在那里您是国王；您可以经历一千次各不相同的浪漫史；在一万次战争中死十万次。那里每个人都是一个世界的主宰，比神更有力量。您甚至可以为自己创造一个宇宙，那里有上亿个星系，每个星系有上亿个星球，每个星球都是各不相同的您渴望或不敢渴望的世界！不要担心没有时间享受这些，超级电脑的速度使那里的一秒钟有外面的几个世纪那么长。在那里，唯一的限制就是想象力。无形世界中，想象与现实是一个东西，当您的想象出现时，想象同时也就变为现实了。当然，是量子芯片内的现实，用您的说法，脉冲的组合。这个时代的人们正在渐渐转向无形世界，现在生活在无形世界中的人数已超过了有形世界。虽然可以在两个世界都有一份大脑的拷贝，但无形世界的生活如毒品一样，一旦经历过那生活，谁也无法再回到有形世界里来，我们充满烦恼的世界对他们如同地狱一般。现在，无形世界已掌握了立法权，正在渐渐控制整个世界。”

跨过1000年的两个人，梦游似的看着那座由量子芯片堆积而成的高山，忘记了时间，直到真正的太阳像过去亿万年的每一天开始的那样点亮了东方，他们才回到了现实。

“再以后会是什么呢？”大使问。

“无形世界中，作为一个软件，您可以轻易地拷贝多个自我，如果对自己性格的某些方面不喜欢，比如您认为在受着感情和责任心的折磨，您也可以把这两种感情都去掉，或把他们拷贝一个备份，需要时再连接到您的自我上。您也可以把一个自我分裂成多个，分别代表您个性的某个方面。进一步，您可以和别人合为一体，形成一个由两者精神和记忆组合而成的新自我。再进一步，还可以组合几个、几十个或几百个人……够了，我不想让您发疯，但这一切在无形世界中随时都在发生。”

“再以后呢？”

“只能猜测，现在最明显的迹象是，无形世界中的个体可能会消失，最终所有人合为一个软件。”

“再以后？”

“不知道。这已是个哲学问题了。经过了这几次解冻，我已经害怕哲学了。”

“我则相反，已是个哲学家了。你说得对，这是个哲学问题，必须从哲学的角度来思考。对这次移民，我们早就该这样思考，但现在也不晚。哲学是一层纸，现在至少对于我来说，这层纸被捅破了，突然间，几乎突然间，我知道我们以后的路了。”

“我们必须在这时代结束移民，再走下去，移民将更难适应目的时代的环境了。”先遣队长说，“我们应该起义，争得自己的权力。”

“这不可能，也没必要。”

“我们难道还有别的选择？”

“当然有，而且这个选择就像前面正在升起的太阳一样清晰和光明。请把叫总工程师叫来。”

总工程师同大使一起解冻，现在正在冷冻室中检查和维护设备。由于他的解冻很频繁，已由出发时的青年变成老人了。

当茫然的先遣队长把他叫来后，大使问：“冷冻还能维持多少长时间？”

“现在绝热层良好，聚变堆的工作情况也正常。在大厅时代，我们按当时的技术更换了全部的制冷设备，并补充了聚变燃料，现在看来，200个冷冻室，即使以后不更换任何设备、不进行任何维护，也可维持12000年。”

“好极了。立刻在原子钟上设定最终目的地，全体人员进入超睡，在到达最终目的地之前，不再有任何人解冻。”

“最终目的地定在……”

“11000年。”

……

桦又进入了大使超睡前的残存意识中，这一次最真实。她的长发在寒风中飘动，大眼睛里含着泪，她在呼唤他。在进入无知觉的冥冥中之前，大使对她喊：“桦，我们要回家了！我们要回家了！！”

跋涉

无知觉中，太阳如流星般划过长空，时光在外部世界飞速掠过……

……1000年……2000年……3500年……5500年……7000年……9000年……10000年……11000年。

第四站：回家

这一次，甚至在超睡中也能感觉到时光的漫长了。在10000年的漫漫长夜中，在100个世纪的超长等待中，连忠实地控制着全球200个超级冷冻室的电脑都要睡着了。在最后的1000年中，它的部件开始损坏，无数只由传感器构成的眼睛一只只地闭上，集成块构成的神经一根根瘫痪，聚变堆的能量相继耗尽。在最后的几十年中，冷冻室仅靠着绝热层维持着绝对零度。后来，温度开始上升，很快到了危险的程度，液氦开始蒸发，超睡容器内的压力急剧增高，11000年的跋涉似乎都将在一声爆破中无知觉地完结。但就在这时，电脑唯一还睁着的那双眼看到了原子钟的时间，这最后1秒钟的流逝唤醒了它古老的记忆，它发出了一个微弱的信号，苏醒系统启动了。在核磁脉冲的作用下，先遣队长和100名先遣队员的身体中接近绝对零度的细胞液在不到百分之一秒的时间内溶化，然后升到正常体温。一天后，他们走出了冷冻室。一个星期后，大使和移民委员会的全体委员都苏醒了。

当冷冻室的巨门刚刚开启一条缝时，一股外面的风吹了进来。大使闻到了外面的气息，这气息同前三个时代不同，它带着嫩芽的芳香，这是春天的气息，家的气息。大使现在已几乎肯定，他在一万年前的决定是正确的。

大使同委员会的所有人一起跨进了他们最后到达的时代。

大地是土的，但土是看不见的，因为上面长满了一望无际的绿草。冷冻室的门前有一条小河，河水清澈，可以看到河底美丽的花石和几条悠闲的小鱼。几个年轻的先遣队员在小河边洗脸，他们光着脚，脚上有泥，轻风隐隐传来了他们的笑声。蓝天上只有一个太阳，有雪白的云朵。一只鹰在懒洋洋地在天空盘旋，有小鸟的叫声。远远望去，一万年前大厅时代消失了的山脉又出现在天边，山上盖满了森林……

对经历过前三个时代的大使来说，眼前的世界太平淡了，他为这种平淡流下热泪。经过11000年流浪的他和所有人需要这平淡的一切，这平淡的世界是一张温暖而柔软的天鹅绒，他们把自己疲惫破碎的心轻轻放上去。

平原上没有人类活动的迹象。

先遣队长走过来，大使和委员们的目光集中在他脸上，那是最后审判日里人类的目光。

“都结束了。”先遣队长说。

谁都明白这话的含义。在神圣的蓝天绿草之间，人类沉默着，平静地接受了这个现实。

“知道原因吗？”大使问。

先遣队长摇摇头。

“由于环境？”

“不，不是由于环境，也不是战争，不是我们能想到的任何原因。”

“有遗迹吗？”大使问。

“没有，什么都没留下。”

委员们围过来，开始急促有发问。

“有星际移民的迹象吗？”

“没有，近地行星都恢复到未开发状态，也没有恒星际移民的迹象。”

“什么都没留下？一点点，一点点都没有？”

“是的，什么都没有。以前的山脉都被恢复了，是从海洋中部取的岩石和土壤。植被和生态也恢复得很好，但都看不到人工的痕迹。古迹只保留到公元前一世纪，以后的时代痕迹全无。生态系统自行运转估计有五千多年了，现在的自然环境类似于新石器时代，但物种不如那时丰富。”

“什么都没留下，怎么可能？！”

“他们没什么话要说了。”

最后这句话使大家再次陷入沉默。

“这一切您都预料到了，是吗？”先遣队长问大使，“那么，您应该想到原因了？”

“我们能想到，但永远无法理解。原因要在哲学的深度上找。在对存在思考到终极时，他们认为不存在是最合理的并选择了它。”

“我说过，我怕哲学！”

“那好，我们暂时离开哲学吧。”大使走远几步，面向委员们。

“移民到达，全体解冻！”

200个聚变堆发出最后的强大能量，核磁脉冲在熔化着8000万人。一天后，人类从冷冻室中走出，并在沉寂了几千年的各个大陆上扩散开来。在一号冷冻室所在的平原上，聚集了几十万人，大使站在冷冻室门前巨大的台阶上面对他们，只有很少一部分人能听到他的讲话，但他们把听到的话像水波一样传开去。

“公民们，本来计划走120年的我们，走了11000年，最后到达这里。现在的一切你们都看到了，他们消失了，我们是仅存的人类。他们什么都没有留下，但又留下了一切。这几天，所有的人一直在努力寻找，渴望找到他们留下的只言片语，但没有，什么都没有。他们真没什么可说的吗？不！他们有，而且说了！看这蓝天，这草地，这山脉，这森林，这整个重新创造的大自然，就是他们要说的话！看看这绿色的大地，这是我们的母亲！是我们力量的源泉！是我们存在的依据和永恒的归宿！以后人类还会犯错误，还会在苦难和失望的荒漠中跋涉，但只要我们的根不离开我们的大地母亲，我们就不会像他们那样消失。不管多么艰难，人类和生活将永远延续！公民们，现在这个世界是我们的了，我们开始了人类新的轮回。我们现在一无所有，但又拥有人类有过的一切！”

大使把那个来自大厅时代的量子芯片高高举起，把全人类的知识高高举起。突然，他像石像一样凝固了，他的眼睛盯着人海中一个飞快移动的小黑点，近了，他看清了那束在梦中无数次出现的长发，那双他认为在

一百个世纪前已化为尘土的眼睛。桦没留在11000年前，她最后还是跟他来了，跟他跨越了这漫长的时间沙漠！ 当他们拥抱在一起时，天、地、人合为一体了。

“新生活万岁！”有人高呼。

“新生活万岁！！”这呼声响彻了整个平原，群鸟欢唱着从人海上空飞过。

在一切都结束之后，一切都开始了。

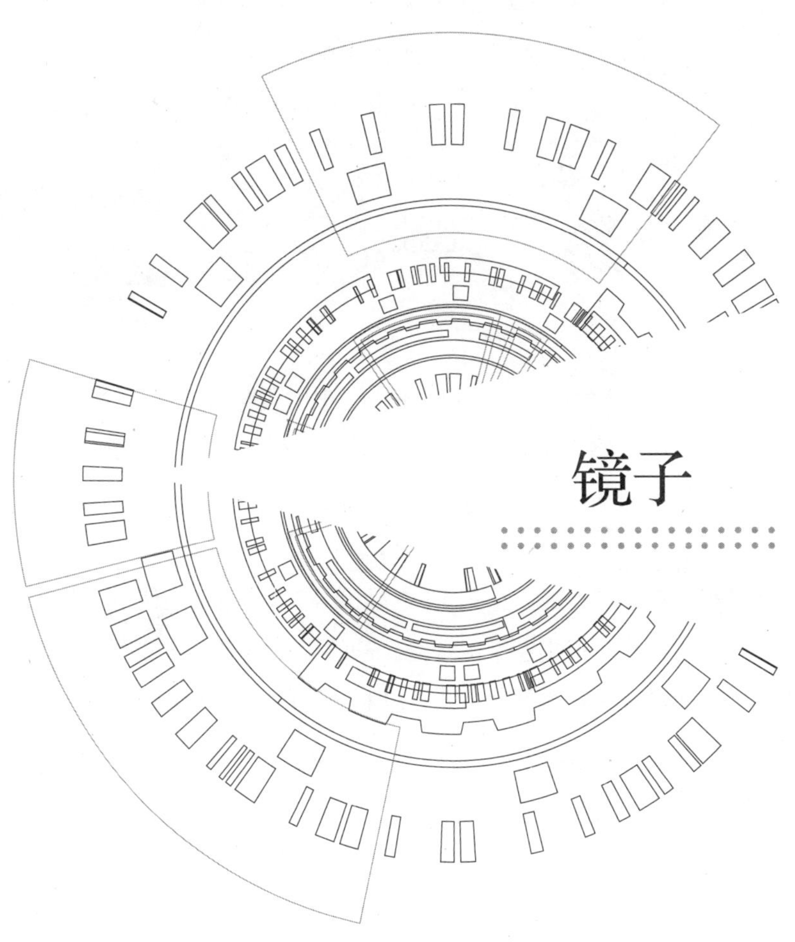

镜子

随着探索的深入，人们发现量子效应只是物质之海表面的涟漪，是物质更深层规律扰动的影子。当这些规律渐渐明朗时，在量子力学中飘忽不定的实在性图像再次稳定下来，确定值重新代替了概率值。新的宇宙模型中，本认为已经消失了的因果链再次浮现并清晰起来。

追捕

办公室中竖立着国旗和党旗，宽大的办公桌两旁有两个人。

“我知道首长很忙，但这事必须汇报，说真的，我从来没遇到过这种事。”桌前一位身着二级警监警服的人说。他年近五十，但身躯挺拔，脸上线条刚劲。

“继锋啊，我清楚你最后这句话的分量，三十年的老刑侦了。”首长说。他说话的时候看着一支在手中缓缓转动的红蓝铅笔，仿佛在专心评价笔尖削出的形状。大多数时间他都是这样将自己的目光隐藏起来，在过去的岁月中，陈继锋能记起的首长直视自己的次数不超过三次，但每一次都是自己一生的关键时刻。

“每次采取行动之前目标总能逃脱，他肯定预先知道。”

“这事，你不会没遇到过吧。”

“当然，要只是这个倒没什么，我们首先能想到的就是内部问题。”

“你手下的这套班子，不太可能。”

“是不可能，按您的吩咐，这个案子的参与范围已经被压缩到最小，组里只有四个人，真正知道全部情况的人只有两个。不过我还是怕万一，就计划召开一次会议，对参加人员逐个盘查。我让沉兵召集会议，您认识的，十一处很可靠的那个，宋诚的事就是他办的……但这邪门的事出现了……您，可别以为我是在胡扯，我下面说的绝对是真的。”陈继峰笑了笑，好像对自己的辩解很不好意思似的，“就在我让沉兵召集会议时，他来了电话，我们追捕的目标给我来了电话！我在手机里听到他说：‘你们不用开这个会，你们没有内奸。’而这个时刻，距我向沉兵说出开会的打算不到三十秒！”

首长手中的铅笔停止了转动。

“您可能想到了窃听，但不可能，我们的谈话地点是随意选的，在一个机关礼堂中央，礼堂里正在排演国庆合唱，说话凑到耳根才能听清。后来这样的怪事接连发生，他给我们来过八次电话，每次都谈到我们刚刚说过的话或做过的事。最可怕是，他不仅能听到一切，还能看到一切！有一次，沉兵决定对他父母家进行搜查，组里的两个人刚起身，还没走出局里的办公室呢，就接到了他的电话，他在电话里说：‘你们搜查证拿错了，我的父母都是细心人，可能以为你们是骗子呢。’沉兵掏出搜查证一看……首长，他真的拿错了。”

首长轻轻地将铅笔放在桌上，沉默着等陈继锋继续说下去，但后者好像已经说不出什么了。首长拿出一支烟，陈继峰忙拍拍衣袋找打火机，但没有找到。

桌上两部电话中的一部响了。

“是他……”陈继峰扫了一眼来电显示后低声说。首长沉着地示意了一下，他按下免提键，立刻有话音响起，声音听上去很年轻，有一种疲惫无力感：“您的打火机放在公文包里。”

陈继峰和首长对视了一下，拿起桌上的公文包翻找起来，一时找不到。

“夹在一份文件中了，就是那份关于城市户籍制度改革的文件。”目标在电话中说。

陈继峰拿出那份文件，啪的一下，打火机掉到了桌面上。

“好东西，法国都彭牌的，两面各镶有30颗钻石，整体用钯金制成，价格……我查查，是三万九千九百六十元。”

首长没动，陈继峰却抬头打量了一下办公室，这不是首长的办公室，而是事先在这座大办公楼上任意选的一间。

目标在继续显示着自己的能力，“首长，您那盒中华烟还剩五根，您上衣袋中降血脂的麦非奇罗片只剩一片了，再让秘书拿些吧。”

陈继峰从桌上拿起烟盒，首长则从衣袋中掏出药的包装片，都证实了目标所说的。

“你们别再追捕我了，我现在也很难，不知道该怎么办。”目标继续说。

“我们能见面谈谈吗？”首长问。

“请您相信，那对我们双方都是一场灾难。”说完电话挂断了。

陈继峰松了一口气，现在他的话得到了证实，而让首长认为他在胡扯，比这个对手的诡异更令他不安。“见了鬼了……”他摇摇头说。

“我不相信鬼，但看到了危险。”首长说。这是有生以来第四次，陈继峰看到那双眼睛直视着自己。

犯人和被追捕者

市近郊第二看守所。

宋诚在押解下走进这间已有六个犯人的监室中，这里大部分是待审期较长的犯人。宋诚面对着一双双冷眼，看守人员出去后刚关上门，有一个瘦小的家伙就站起来走到他面前。

“板油！”他冲宋诚喊，看到后者迷惑的样子，他解释道，“这儿按规矩分成大油、二油、三油……板油，你就是最板的那个。喂，别以为是爷们欺负你来得晚，”他用大拇指向后指了指斜靠在墙根的一个满脸胡子的人，“鲍哥刚来三天，已经是大油了。像你这种烂货，虽然以前官儿不小，但现在是最板的！”

他转向那人，恭敬地问：“鲍哥，怎么接待？”

“立体声。”那人懒洋洋地说。

几个躺着的犯人呼啦一下站了起来，抓住宋诚将他头朝下倒提起来，悬在马桶的上方，慢慢下降，使他的脑袋大部分伸进了马桶里。

“唱歌儿，”瘦猴命令道，“这就是立体声，就来一首同志歌曲，《左右手》什么的！”

宋诚不唱，那几个人松了手，他的脑袋完全扎进了马桶中。

宋诚挣扎着将头从恶臭的马桶中抽出来，紧接着大口呕吐起来，他现在知道，诬陷者给予他的这个角色，在犯人中是最受鄙夷的。

周围兴高采烈的犯人们突然散开，飞快地闪回到自己的铺位上去。门开了，刚才那名看守警察又走了进来，他厌恶地看着蹲在马桶前的宋诚说：“到水龙头那儿把脑袋冲冲，有人探视你。”

宋诚冲完头后跟着看守来到了一间宽大的办公室，探视者在那里等着他。来人很年轻，面容清瘦、头发纷乱，戴着一副宽边眼镜，拎着一个很大的手提箱。宋诚冷冷地坐下了，没有看来人一眼，被获准在这个时候探视他，而且不去有玻璃隔断的探视室，直接到这里面对面，宋诚已基本猜出了来人是哪一方面的。但对方的第一句话让他吃惊地抬起头，大感意外。

“我叫白冰，气象模拟中心的工程师，他们在到处追捕我，和你一样的原因。”来人说。

宋诚看了来人一眼，觉得他此时的说话方式有问题：这种话应该是低声说出的，而他的声音正常高低，好像他所谈的事根本不用避开人。

白冰似乎看出了他的疑惑，说：“两小时前我给首长打了电话，他约我谈谈我没答应。然后他们就跟踪上了我，一直跟到看守所前，之所以没有抓我，是对我们的会面很好奇，想知道我要对你说些什么，现在，我们的谈话都在被窃听。”

宋诚将目光从白冰身上移开，又看着天花板，他很难相信这人，同时对这事也不感兴趣，即使他在法律上能侥幸免于一死，在精神上的死刑却已经执行，他的心已死了，此时不可能再对什么感兴趣了。

“我知道事情的全部真相。”白冰说。

宋诚的嘴角隐现一丝冷笑，没人知道真相，除了他们，但他懒得说出来了。

“你是七年前到省纪委工作的，提拔到这个位置还不到一年。”

宋诚仍沉默着，他很恼火，白冰的话又将他拉回到他好不容易躲开的回忆中。

大案

自21世纪初，郑州市政府开辟先河，以一批副处级岗位招聘博士，而后很多城市都效仿这种做法，后来这种招聘上升到一些省份的省政府一级，而且不限毕业年限，招聘的职位也更高。这种做法确实向外界显示了对招聘者的大度和远见，但实质上只是一种华而不实的政绩工程。招聘者确实深谋远虑，他们清楚地知道，这些只会谋事不会谋人的年轻高知没有任何从政经验，一旦进入陌生险恶的政界，就会陷在极其复杂的官场迷宫中不知所措，根本不可能立足，这样到最后在职缺上不会有什么损失，产生的政绩效益却是可观的。就是这个机会使当时已是法学教授的宋诚离开平静的校园和书斋投身了政界。与他一同来的那几位不到一年就全军覆没，垂头丧气地离去，唯一的收获就是对现实的幻灭。但宋诚是个例外，他不但在政界待了下来，而且走得很好。这应归功于两个人，其一是他的大学同学吕文明。本科毕业那年宋诚考研时，吕文明则考上了公务员，依靠优越的家庭背景和自己的奋斗，十多年后他成为国内最年轻的省纪委书记。是他力劝宋诚弃学从政的，这位单纯的学者刚来时，他不是手把手，而是手把脚地教他走路，每一步踏在哪儿都细心指点，终于使宋诚绕过只凭自己绝对看不出来的处处雷区，一路走到今天。他要感谢的另一个人就是首长……想到这里，宋诚的心抽搐了一下。

“得承认，这一切都是你自己的选择，不能说人家没给你退路。”白冰说。

宋诚点点头，是的，人家给退路了，而且是一条光明的康庄大道。

白冰接着说：“首长和你在几个月前有过一次会面，你一定记得很清楚。那是在远郊阳河边的一幢别墅里，首长一般是不在那里接见外人的。你一下车就发现他在门口迎接，这是很高的礼遇了。他热情地同你握手，并拉着你的手走进客厅。别墅客厅的布置给你的第一印象一定是简单和简朴，但你错了。那套看上去有些旧的红木家具价值百万；墙上唯一的一幅不起眼的字画更陈旧，细看还有虫蛀的痕迹，那是明朝吴彬的《宕壑奇姿》，从香港‘佳士得’拍卖行以八百万港币购得；还有首长亲自给你泡的那杯茶，那是中国星级茶王赛评出的五星级茶王，五百克的价格是九十万元。”

宋诚确实想起了白冰说的那杯茶，碧绿的茶液晶莹透明，几根精致的茶叶在这小小的清纯空间中缓缓飘行，仿佛一首古筝奏出的悠扬仙乐……他甚至回忆起自己当时的感受：要是外面的世界也这么纯净该多好啊。宋诚意识中那层麻木的帷帐一下子被掀去了，模糊的意识又焦聚起来，他震惊得瞪大双眼盯着白冰。

他怎么知道这些？！这件事处于秘密之井的最底端，是隐秘中的隐秘，这个世界上知道的人加上自己不超过四个！

“你是谁？！”他第一次开口了。

白冰笑笑说：“我刚才自我介绍过，只是个普通人，但坦率地告诉你，我不仅仅是知道得很多，我什么都知道，或者说什么都能知道，正因为这个他们也要除掉我，就像除掉你一样。”

白冰接着讲下去：“首长当时坐得离你很近，一只手放在你的膝盖上，他看着你的慈祥目光能令任何一个晚辈感动，据我所知（记住，我什么都知道），他从未与谁表现得这样亲近。他对你说：‘年轻人，不要紧张，大家都是同志，有什么事情，只要真诚地以心换心，总是谈得开的……你有思想、有能力、有责任感和使命感，特别是后两项，在现在的年轻干部里面真如沙漠中的清泉一样珍贵啊，这也是我看重你的原因，从你身上，我看到了自己年轻时的影子啊……’这里要说明一下，首长的这番话可能是真诚的，以前在工作中你与他交往的机会不是太多，但有好几次，在机关大楼的走廊上偶然相遇，或在散会后，他都主动与你攀谈几句，他很少与下级，特别是年轻的下级这样的，这些人们都看在眼里。虽然在组织会议上他从没有为你说过什么话，但他的那些姿态对你的仕途是起了很大作用的。”

宋诚又点点头，他知道这些，并曾经感激万分，一直想找机会报答。

“首长抬手向后示意了一下，立刻进来一个人，将一大摞文件材料轻轻地放到桌子上。你一定注意到，那个人不是首长平时的秘书。首长抚着那摞材料说：‘就说你刚刚完成的这项工作吧，充分证明你的那些宝贵素质。如此巨量而艰难的调查取证，资料充分而翔实，结论深刻，很难相信这些只用半年时间就完成了。你这样出类拔萃的纪检干部要多一些，真是党的事业之大幸啊……’你当时的感觉，我就不用说了吧。”

当然不用说，那是宋诚一生中最惊恐的时刻，那份材料先是令他如触电似的颤抖了一下，然后像石化般僵住了。

“这一切都是从对一宗中纪委委托调查的非法审批国有土地案的调查开始的，嗯……我记得你童年的时候，曾与两个小伙伴一起到一个溶洞探险，当地人把它叫老君洞。那洞口只有半米高，弯着腰才能进去，但里面却是一个宏伟的黑暗大厅，手电光照不到高高的穹顶，只有纷飞的蝙蝠不断掠过光柱，每一个小小的响动都能激起宏远的回声，阴森的寒气浸入你的骨髓……这就是这次调查的生动写照。你沿着那条看似平常的线索向前走，它把你引到的地方令你越来越不敢相信自己的眼睛。随着调查的深入，一张全省范围的腐败网络气势磅礴地展现在了你的面前，这张网上的每一根经络都通向一个地方，一个人，现在，这份本来要上报中纪委的绝密纪检材料，竟拿在这个人的手中！对这项调查，你设想过各种最坏的情况，但眼前发生的事是你万万没有想到的。你当时完全乱了方寸，结结巴巴地问：‘这……这怎么到了您手里？！’首长从容地一笑，又轻轻抬手示意了一下，你立刻得到了答案：纪委书记吕文明走进了客厅。

你站起身，怒视着吕文明说：‘你，你怎么能这样？！你怎么能这样违反组织原则和纪律？’吕文明挥手打断你，用同样的愤怒质问道：‘这事为什么不向我打个招呼？’你回答说：‘你到中央党校学习的一年期间，是我主持纪委工作，当然不能打招呼，这是组织纪律！’吕文明伤心地摇摇头，好像要难过得流出泪似的，‘如果不是我及时截下了这份材料，那……那是什么后果啊！宋诚啊，你这个人最要命的缺陷就是总要分出个黑和白，但现实全是灰色的！’”

宋诚长长地叹息了一声，他记得当时他呆呆地看着同学，不相信这话是从他嘴里说出的，因为以前他从未表露过这样的思想。难道那一次次深夜的促膝长谈中表现出地对党内腐败的痛恨，那一次次触动雷区时面对上下左右压力时的坚定不移，那一次次彻夜工作后面对朝阳发出的对党和国家前途充满使命感的忧虑，都是伪装？

“不能说吕文明以前欺骗了你，只能说他的心灵从来没有向你敞开到那么深，他就像那道著名的叫火焙阿拉斯加的菜，那道爆炒冰激凌，其中的火热和冰冷都是真实的……首长没有看吕文明，而是猛拍了一下桌子，说：‘什么灰色？文明啊，我就看不惯你这一点！宋诚做得非常优秀，无可指责，在这点上他比你强！’接着他转向你说，‘小宋啊，就应该这样，一个人，特别是年轻人，失去信念和使命感就完了，我看不起那样的人。’”

宋诚当时感触最深的是虽然他和吕文明同岁，但首长只称他为年轻人，而且反复强调，其含意很明显：跟我斗，你还是个孩子。而宋诚现在也不得不承认这一点。

“首长接着说：‘但，年轻人，我们也应该成熟起来。举个例子来说，你这份材料中关于恒宇电解铝基地的问题，确实存在，而且比你已调查出来的还严重，除了国内，还涉及外资方伙同政府官员的严重违法行为。一旦处理，外资肯定撤走，这个国内最大的电解铝企业就会瘫痪。为恒宇提供氧化铝原料的桐山铝矾土矿也要陷入困境；然后是橙林核电厂，由于前几年电力紧张时期建设口子放得太大，现在国内电力严重过剩，这座新建核电厂发出的电主要供电解铝基地使用，恒宇一倒，橙林核电厂也将面临破产；接下来，为橙林核电提供浓缩铀的照西口化工厂也将陷入困境……这些，将使近七百亿的国家投资无法收回，三四万人失业。这些企业就在省城近郊，这个中心城市将立刻陷入不稳定之中……上面说的恒宇的问题还只是这个案件的一小部分，这个庞大的案情涉及正省级一人、副省级三人、厅局级二百一十五人、处级六百一十四人，再往下不计其数。省内近一半经营出色的大型企业和最有希望的投资建设项目都被划到了圈子里，盖子一旦揭开，这就意味着全省政治经济的全面瘫痪！而涉及如此之广的巨大动作，会产生什么其他更可怕的后果还不得而知，也无法预测。省里好不容易得到的政治稳定和经济良性增长的局面将荡然无存，这难道对党和国家就有利？年轻人，你现在不能延续法学家的思维——只要法律正义得到伸张，哪管它洪水滔天！这是不负责任的。平衡，历史都是在各种因素间建立的某种平衡中发展到今天的，不顾平衡一味走极端，在政治上是极其幼稚的表现。’

首长沉默后，吕文明接着说：‘这个事情，中纪委那边我去办，你，关键要做好项目组那几个干部的工作，下星期我会中断党校学习，回来协助你……’

‘混账！’首长再次猛拍桌子，把吕文明吓得一抖，‘你是怎么理解我的话的？你竟认为我是让小宋放弃原则和责任？！文明啊，这么多年了，你从心里讲，我是这么一个没有党性、没有原则的人吗？你什么时候变得这么圆滑，让人伤心啊。’然后首长转向你，‘年轻人，在这件事上，你们的工作做得十分出色，一定要顶住干扰和压力坚持下去，让腐败分子得到应有的惩罚！案情触目惊心啊，放过他们，无法向人民交代，天理也不容！我刚才讲的你绝不能当成负担，我只是以一个老党员的身份提醒你，要慎重，避免出现不可预测的严重后果，但有一点十分明确，那就是这个腐败大案必须一查到底！’首长说着，拿出了一张纸，郑重地递给你，‘这个范围，你看够吗？’”

宋诚当时知道，他们已设下了祭坛，就差往上放牺牲品了。他看了一眼那个名单，够了，真的够了，无论从级别上还是从人数上，都真的够了。这将是一个震惊全国的腐败大案，而他宋诚，将随着这个案件的最终告破而成为国家级反腐英雄，将作为正义和良知的化身而被人民敬仰。但他心里清楚，这只是蜥蜴在危急时刻自断的一条尾巴，蜥蜴跑了，尾巴很快还会长出来。他当时看着首长盯着自己的样子，一时间真想到了蜥蜴，浑身一颤。但宋诚也知道他害怕了，自己使他害怕了，这让宋诚感到自豪。正是这种自豪，一时间使他大大高估了自己的力量，更是由于一个理想主义学者血液中固有的某种东西，他作出了致命的选择。

“你站起身来，伸出双手拿起了那摞材料，对首长说：‘根据党内监督条例规定，纪委有权对同级党委的领导人进行监督，按组织纪律，这材料不能放在您那里，我先拿走了。’吕文明想拦你，但首长轻轻地制止了他，你走到门口时听到同学在后面阴沉地说：‘宋诚，过分了。’首长一直送你到车上，临别时他握着你的手慢慢地说：‘年轻人，慢走。’”

宋诚后来才真正理解这句话的深长意味：慢走，你的路不多了。

宇宙大爆炸

“你到底是谁？！”宋诚充满惊恐地看着白冰，他怎么知道这么多？绝对没人能知道这么多！

“好了，我们不回忆那些事了。”白冰一挥手中断了讲述，“我说说事情的来龙去脉吧，以解开你的疑问——你……你知道宇宙大爆炸吗？”

宋诚呆呆地看着白冰，他的大脑一时还难以理解白冰最后那句话，后来，他终于做出了一般人的正常反应，笑了笑。

“是的是的，我知道太突兀了，但请相信我没有毛病，要想把事情讲清楚，真的得从宇宙诞生的大爆炸讲起！这……妈的，怎么才能向你说清楚呢？还是回到大爆炸吧。你可能多少知道一些，我们的宇宙诞生于二百亿年前的一次大爆炸，在一般人的想象中，那次创世爆炸像漆黑空间中一团怒放的烟火，但这个图像是完全错误的！大爆炸之前什么都没有，包括时间和空间，都没有，只有一个奇点，一个没有大小的点。这个奇点急剧扩张开来，形成了我们今天的宇宙，现在一切的一切，包括我们自己，都来自这个奇点的扩张，它是万物的种子！这理论很深，我也搞不太清楚，与我们这事有关的是这一点：随着物理学的进步，随着弦论之类的超级理论的出现，物理学家们渐渐搞清了那个奇点的结构，并且给出了它的数学模型。这与这之前量子力学的模型不同，如果奇点爆炸前的基本参数确定，所生成的宇宙中的一切也就都确定了，一条永不中断的因果链贯穿了

宇宙中的一切过程……嗨，真是，这些怎么讲得清呢。”

白冰看到宋诚摇摇头，那意思或是听不懂或是根本不想听下去。

白冰说：“我说，还是暂时不要想你那些痛苦的经历吧。其实，我的命运比你好不到哪里去，刚才介绍过，我是一个普通人，但现在被追杀，下场可能比你还惨，就因为我什么都知道。如果说你是为使命和信念而献身，我……我他妈的纯粹是倒霉！倒了八辈子霉！！所以比你更惨。”

宋诚悲哀的目光表达了一个明确的意思：没有人会比我惨。

诬陷

在与首长会面一个星期后，宋诚被捕了，罪名是故意杀人。

其实，宋诚知道他们会采用非常规手段对付自己，对于一个知道的这样多又在行动中的人，一般的行政和政治手段就不保险了，但他没有想到对手行动这样快，出手又这样狠。

死者罗罗是一个夜总会的舞男，死在宋诚的汽车里，车门锁着，从内部无法打开，车内扔着两罐打火机用的丙烷气，罐皮都被割开了口子，里面的气体全部蒸发，受害人就是在车里的高浓度丙烷气里中毒而死的。死者被发现时，手中握着已经破碎的手机，显然是试图用它来砸破车窗玻璃。

警方提供的证据很充分，有长达两个小时的录像证明宋诚与罗罗已有三个多月的不正常交往，最为有力的证据是罗罗死前给110打的一个报警电话。

罗罗："……快！快来！！我打不开车门！我喘不上气，我头疼……"

110："你在哪里？把情况再说清楚些？！"

罗罗："……宋……宋诚要杀我……"

……

事后在死者手机上发现一小段通话录音，录下了宋诚和受害人的三句对话。

宋诚："我们既然已走到了这一步，你就和许雪萍断了吧。"

罗罗："宋哥，这何必呢？我和许姐只是男女关系嘛，影响不了咱们的事，说不定还有帮助呢。"

宋诚："我心里觉得别扭，你别逼我采取行动。"

罗罗："宋哥，我有我的活法儿。"

……

这是十分专业的诬陷，其高明之处就在于，警方掌握的证据几乎百分之百是真实的。

宋诚确实与罗罗有长时间的交往，这种交往是秘密的，要说不正常也可以，那两段录音都不是伪造的，只是后面那段被曲解了。

宋诚认识罗罗是因为许雪萍。许是昌通集团的总裁，与腐败网络的许多结点都有着密切的经济关系，并对他们的背景和内幕了解很深。宋诚当然不可能直接从她嘴里得到任何东西，但他发现了罗罗这个突破口。

罗罗向宋诚提供情况绝不是出于正义感，在他眼里，世界早就是一块擦屁股纸了，他是为了报复。

这个笼罩在工业烟尘中的内地都市，虽然人均收入排在全国同等城市的最后，却拥有多家国内最豪华的夜总会。首都的那些高干子弟，在京城多少要注意一些影响，不可能像民间富豪那样随意享乐。于是他们会在每个周末驱车沿高速公路疾驶四五个小时，来到这座城市渡过荒淫奢靡的两天一夜，在星期天晚上驱车赶回北京。罗罗所在的蓝浪夜总会就是最豪华的一处，这里点一首歌最低三千元，几千元一瓶的马爹利和轩尼诗一夜能卖出两三打。但蓝浪出名的真正原因并不在于此，而是因为它是一个只接待女客的夜总会。

与其他的同伴不同，罗罗并不在意服务对象给的多少，而在意给的比例。如果是一个年收入仅二三十万的外资白领（在蓝浪她们是罕见的穷人），给个几百他也能收下。但许姐不同，她那几十亿的财富在过去的几年中威震江南，现在到北方来发展也势如破竹，但在交往几个月后只扔给他四十万就把他打发了。让许姐看上不容易，要放到同伴们身上，用罗罗的话说他们要美得肝儿疼了。但罗罗不行，他对许雪萍充满了仇恨。那名高级纪检官员的到来让他看到了报复的希望，他施展自己的能力，又和许姐联系上了。平时许雪萍对罗罗嘴也很严，但他们在一起喝多或吸多了时就不一样了。同时，罗罗是个很有心计的人。在许多个黎明前最黑暗的时候，他会从熟睡的许姐身边无声地爬起来，在她随身的公文包和抽屉里寻找自己和宋诚需要的东西，用数码相机拍下来。

警方手中那些证明宋诚和罗罗交往的录像，大都是在蓝浪的大舞厅拍的，往往首先拍的是舞台，上面一群妖艳的年轻男孩在疯狂地摇滚着，镜头移动，显示出那些服饰华贵的女客人们，在幽暗中凑在一起，对着台上指指点点，不时发出暧昧地低笑。最后镜头总会落到宋诚和罗罗身上，他们往往坐在最后面的角落里，头凑在一起密谈着，显得很亲密。作为唯一的男客，宋诚自然显得很突出……宋诚实在没有办法，大多数时间他只能在蓝浪找到罗罗。舞厅的光线总是很暗，但这些录像十分清晰，显然使用了高级的微光镜头，这种设备不是一般人能拥有的。这么说，他们从一开始就注意到自己了，这令宋诚看到与对手相比自己是何等的不成熟。

这天罗罗约宋诚通报最新的情况，宋诚在夜总会见到罗罗时，他一反常态，要到他的车里谈，谈完后，他说现在身体不舒服，不想上去了，上去后老板肯定要派事儿，想在宋诚的车里休息一会儿。宋诚以为他的毒瘾又来了，但也没有办法，只好将车开回机关，到办公室去处理一些白天没干完的工作。他把车停在机关大楼外面，罗罗就待在车里。四十多分钟后他下来时，已经有人发现罗罗死在充满丙烷气味的车里。车门只有宋诚能从外面打开。后来，公安系统参与此案侦察的一位密友告诉宋诚，他的车门锁没有任何被破坏的痕迹，从其他方面也确实能够排除还有其他凶手的可能性。这样，人们理所当然地认为是宋诚杀了罗罗，而宋诚则知道只有一个可能：那两个丙烷罐是罗罗自己带进车里的。

这让宋诚彻底绝望了，他放弃洗清自己，因为如果一个人以自己的生命为武器来诬陷他，那他是绝对逃不掉的。

其实罗罗的自杀并没有让宋诚觉得意外，他的HIV化验呈阳性。但罗罗以一死来陷害自己，显然是受人指使的，那么罗罗得到了什么样的报酬？那些钱对他还有什么意义？他是为谁挣那些钱？也许报酬根本就不是钱，那是什么？除了报复许雪萍，还有什么更强烈的诱惑或恐惧能征服他吗？这些宋诚永远不可能知道了，但他由此进一步看到了对手的强大和自己的稚嫩。

这就是他为人所知的一生了：一个高级纪检干部，生活腐化变态，因杀害同性恋人被捕。他以前在男女交往方面的洁身自好在人们眼里反倒成了证据之一……像一只被人群踏死的臭虫，他的一切很快就将消失得干干净净，即使偶尔有人想起他，也不过是想起了一只臭虫。

现在宋诚知道，他以前之所以做好了为信念和使命牺牲的准备，是因为根本就不明白牺牲意味着什么。他想当然地把死作为一条底线，现在才发现，牺牲的残酷远在这条底线之下。在进行搜查时他被带回家一次，当时妻子和女儿都在家，他向女儿伸出手去，孩子厌恶地惊叫了一声，扑在妈妈的怀里。她们投向自己的那种目光他只见过一次，那是一天早晨，他发现放在衣柜下的捕鼠夹夹住了一只老鼠，他拿起夹子让她们看那只死鼠……

“好了，我们暂时把大爆炸和奇点这些抽象的东西放到一边，”白冰打断了宋诚痛苦的回忆，将那个大手提箱提到桌面上，“看看这个。”

超弦计算机、终极容量和镜像模拟

“这是一台超弦计算机，是我从气象模拟中心带出来的，你说偷出来的也行，我全凭它摆脱追捕了。”白冰拍着那个箱子说。

宋诚将目光移到箱子上，显得很迷惑。

“这是很贵的东西，目前在省里只有两台。根据超弦理论，物质的基本粒子不是点状物，而是无限细的一维弦，在十一维空间中振动。现在，我们可以操纵这根弦，沿其一维长度存贮和处理信息，这就是超弦计算机的原理。

在传统的电子计算机中的一块CPU，或一条内存，在超弦机中只是一个原子！超弦电路是基于粒子的十一维微观空间结构运行的，这种超空间微观矩阵，使人类拥有了几乎无限的运算和存贮能力。将过去的巨型计算机同超弦机相比，就如我们的十根手指头同那台巨型机相比一般。超弦计算器具有终极容量，终极容量就是说，它可以将已知宇宙中的每一个基本粒子的状态都存贮起来并进行运算，就是说，基于三维空间和一维时间，超弦机能够在原子级别上模拟整个宇宙……”

宋诚交替地看着箱子和白冰，与刚才不同，他似乎很注意地听着白冰的话，其实他是在努力寻找一种解脱，用这个神秘人的这番不着边际的话，将自己从那痛苦的回忆中解脱出来。

白冰说：“很抱歉我说了这么多莫名其妙的话，大爆炸奇点、超弦计算机什么的，与我们面对的现实好像八竿子打不着，但要把事情解释清楚，就绕不开这些东西。下面谈谈我的专业吧。我是个软件工程师，主要搞模拟软件，也就是建立一个数学模型，在计算机里让它运行，模拟现实世界中的某种事物或过程。我是学数学的，所以建模和编程都搞，以前搞过沙尘暴模拟、黄土高原水土流失模拟、东北能源经济发展趋势模拟等等，现在搞大范围天气模拟。我很喜欢这个工作，看着现实世界的某一部分在计算机内存中运动演化，真是一件很有意思的事。”

白冰看看宋诚，后者的双眼一动不动地盯着他，似乎仍在注意听着，于是他接着说下去。

“你知道，物理学在近年来连续获得大突破，很像20世纪初那阵儿，现在，只要给定边界条件，我们就可以拨开量子效应的迷雾，准确地预测单个或一群基本粒子的运动和演化。注意我说的一群，如果群里粒子的数量足够大，它就会构成一个宏观物体，也就是说，我们现在可以在原子级别上建立一个宏观物体的数学模型。这种模拟被称为镜像模拟，因为它能以百分之百的准确率再现模拟对象的宏观过程，如同为宏观模拟对象建立了一个数字镜像。打个比方吧，如果用镜像模拟为一个鸡蛋建立数学模型，也就是将组成鸡蛋的每一个原子的状态都输入模型的数据库。当这个模型在计算机中运行时，如果给出的边界条件合适，内存中的那个虚拟鸡蛋就会孵出小鸡来，而且那只内存中的虚拟小鸡，与现实中的那个鸡蛋孵出的小鸡一模一样，连每一根毛尖都不会差一丝一毫！你往下想，如果这个模拟目标比鸡蛋再大些呢？大到一棵树，一个人，很多人；大到一座城市，一个国家，甚至大到整个地球？”白冰说到这里激动起来，开始手舞足蹈，“我是一个狂想爱好者，热衷于在想象中把一切都推向终极，这就让我想到，如果镜像模拟的对象是整个宇宙会怎么样？！”白冰进入一种不能自已的亢奋中，“想想，整个宇宙！奶奶的，在一个计算机内存中运行的宇宙！从诞生到毁灭……”

白冰突然中断了兴奋的讲述，警觉地站了起来，这时门无声地开了，走进来两个神色阴沉的男人，其中一位稍年长些的对着白冰抬抬双手，示意他照着做，白冰和宋诚都看到了他敞开的夹克中的手枪皮套，白冰顺从地举起双手，年轻的那位上前在他的身上十分仔细地上下轻拍了一遍，然后对年长者摇摇头，同时将那个大手提箱从桌上提开，放到离白冰远一些的地方。

年长者走到门口，对外面做了一个请的手势，又进来三个人，第一个人是市公安局局长陈继峰，第二个人是省纪委书记吕文明，最后进来的是首长。

年轻人拿出了一副手铐，但吕文明冲他摇了摇头；陈继峰则将头向门的方向微微偏了一下，两个便衣警察走了出去；其中的一人走前从办公桌桌腿上取下一个小东西放进了衣袋，那显然是窃听器。

初始条件

白冰脸上丝毫没有意外的表情，他淡淡一笑说：“你们终于抓到我了。”

“准确地说是自投罗网，得承认，如果你真想逃，我们是很难抓到你的。”陈继峰说。

吕文明表情复杂地看了宋诚一眼，欲言又止。首长则缓缓地摇摇头，语气沉重地沉吟道：“宋诚啊，你，怎么堕落到这一步呢……”他双手撑着桌沿长久地默立着，眼睛有些湿润，谁看到都不会怀疑他的悲哀是真诚的。

“首长，在这儿就不必演戏了吧。”白冰冷眼看着这一切说。

首长没有动。

“诬陷他是您策划的。”

“证据？”首长仍没有动，从容地问。

“那次会面后，关于宋诚您只说过一句话，是对他说的。”白冰指指陈继峰，“继峰啊，宋诚的事你当然知道意味着什么，还是认真办一办吧。”

“这能证明什么？”

“从法律意义上当然证明不了什么，这是您的精明和老练之处，即使是密谈都深藏不露。但他，”白冰又指了指陈继峰，“领会得很准确，他对您的意思一直领会得很准确，对宋诚的诬陷是他指示刚才那两个人中的一个具体干的，那人叫沉兵，是他最得力的手下，整个过程可是一个复杂的大工程，我就不用细说了吧。”

首长缓缓转过身来，在办公桌边的一把椅子上坐下，两眼看着地板说：“年轻人，必须承认，你的突然出现有许多令人吃惊的地方，用陈局长的话说叫见鬼了。”他沉默了一会儿后，语气变得真诚起来，“说明你的真实身份吧，如果你真是上级派来的，请相信，我们是会协助工作的。”

“不是，我多次声明自己是个普通人，身份就是你们已经查明的那样。”

首长点点头，看不出白冰的话让他感到欣慰还是更加忧虑?

“坐，都坐吧。”首长对仍站着的吕陈二人挥挥手，然后附身靠近白冰，郑重地说，“年轻人，今天，我们把一切都彻底讲清楚，好吗？”

白冰点点头，“这也是我的打算。我，从头说起吧。”

“不，不用，你刚才对宋诚说的那些我们都听到了，就从中断处接着说吧。”

白冰语塞，一时想不起刚才说到哪儿了。

“在原子级别模拟整个宇宙。”首长提醒他，但看到白冰仍然不知如何说起，他便自己接着说下去，“年轻人，我认为你这个想法是不可能实现的。不错，超弦计算机具有终极容量，为这种模拟运算提供了硬件基础，但，你想过初始状态的问题吗？对宇宙的镜像模拟必须从某个初始状态开始，也就是说，要在模拟开始时的某个时间断面上，将宇宙的全部原子的状态一个一个地输入计算机，以在原子级别上构建一个初始宇宙模型，这可能吗？别说是宇宙了，就是你说的那个鸡蛋都不可能，构成它的原子数比有史以来出现过的所有鸡蛋的数量都要大几个数量级；甚至一个细菌都不可能，它的原子数也是令人望而生畏的。退一步说，就算动用了难以想象的人力和物力，将细菌甚至鸡蛋这类小物体的初始状态从原子级别上输入计算机，那么它们运动和演化所需要的边界条件呢？比如鸡蛋孵出小鸡所需要的温度、湿度等等，这些边界条件在原子级别上的资料量同样大得不可想象，甚至可能要大于模拟对象本身。”

“您能对技术问题进行如此描述，我很敬佩。”白冰由衷地说。

“首长是高能物理专业的高材生，是改革开放恢复学位后国内的第一批物理学硕士之一。”吕文明说。

白冰对吕文明点点头，又转向首长，“但您忘了，存在着那样一个时间断面，宇宙是十分简单的，甚至比鸡蛋和细菌都简单，比现实中最简单的东西都简单，因为它那时的原子数是零，没有大小，没有结构。”

“大爆炸奇点？”首长飞快接上话，几乎没有空隙，显示出他沉稳迟缓的外表下灵敏快捷的思维。

“是的，大爆炸奇点。超弦理论已经建立了完善的奇点模型，我们只需要将这个模型用软件实现，输入计算机运算就可以了。”

“是这样，年轻人，真是这样。”首长站起身，走到白冰身边拍拍他的肩膀，显出了少有的兴奋，对刚才的那番对话不甚了了的陈继峰和吕文明则用迷惑的目光看着他。

“这是你从那个科研中心拿出来的超弦计算机吗？”首长指着那个大手提箱问。

“偷出来的。”白冰说。

“呵，没关系，宇宙大爆炸的镜像模拟软件一定在里面吧？”

“是的。”

“做做看。”

创世游戏

白冰点点头，把箱子提到桌面上打开了它。除了显示设备外，箱子中还装着一个圆柱体容器，超弦计算机的主机其实只有一个烟盒大小，但原子电路需要在超低温下运行，所以主机浸在这个绝热容器里的液氮中。白冰将液晶显示器支起来，动了一下鼠标，处于休眠状态下的超弦计算机立刻苏醒过来，液晶屏亮起来，像睁开了一只惺忪的睡眼，显示出一个很简单的接口，仅由一个下拉文本框和一个小小的标题组成，标题是：

请选择创世起爆参数

白冰点了一下文本框旁边的箭头，下拉出一行行资料组，每组约有十几个数据项，各行看上去差别很大。

“奇点的性质由十八个参数确定，参数的组合原则是无限的，但根据超弦理论的推断，能够产生创世爆炸的参数组的数量是有限的，但有多少组目前还是个谜。这里显示的只是其中的一小部分，我们随便选一组吧。”

白冰选中一组参数后，屏幕立刻变成了乳白色，正中凸现了两个醒目的大按钮。

引爆 取消

白冰点了“引爆”按钮，屏幕上只剩下一片乳白，“这白色象征虚无，这时没有空间，时间也还没有开始，什么都没有。”

屏幕的左下角出现了一个红色数字“0”。

“这个数字是宇宙演化的时间，0的出现说明奇点已经生成，它没有大小，所以我们看不到。”

红色数字开始飞快增长。

“注意，宇宙大爆炸开始了。”

屏幕中央出现了一个蓝色的小点，很快增大为一个球体，发出耀眼的蓝光。球体急剧膨胀，很快占满了整个屏幕，软件将视野拉远，球体重新缩为遥远处的一点，但爆炸中的宇宙很快又充满了整个屏幕。这个过程不断重复着，频率很快，仿佛是一首宏伟乐曲的节拍。

“宇宙现在正处于膨胀阶段，它的膨胀速度远超过光速。”

随着球体膨胀速度的降低，视野拉开的频率渐渐慢了下来，随着能量密度的降低，球体的颜色由蓝向黄红转变，后来宇宙的色彩在红色上固定下来，并渐渐变暗，屏幕上的视野不再拉远，变成黑色的球体在屏幕上很缓慢地膨胀着。

“好，现在距大爆炸已经一百亿年了，这个宇宙处于稳定的演化阶段，我们进去看看吧。”白冰说完动了动鼠标，球体迅速前移，屏幕完全黑了下来，“好，现在我们就在这个宇宙的太空中了。”

“什么也没有啊？”吕文明说。

“我看看……”白冰说着，按动鼠标右键弹出了一个很复杂的接口，一个程序开始统计这个宇宙中的物质总量，“呵，这个宇宙中只有十一个基本粒子。”他又调出了一大堆信息仔细读着，“有十个粒子结成了五个粒子对，互相环绕对方运行，不过每个粒子对中的两个粒子相距几千万光年，要上百万年才能相对运动一毫米；还有一个粒子是自由的。”

“十一个基本粒子？！说了半天还是什么都没有。”吕文明说。

“有空间啊，近千亿光年直径的空间！还有时间，一百亿年的时间！时空是最实在的存在！要说这个宇宙，还是创造得比较成功的，以前创造的相当多的宇宙连空间都很快湮灭了，只剩时间。”

“无聊。”陈继峰哼了一声，转身不再看屏幕。

“不，很有意思，”首长高兴地说，“再来一次。”

白冰退回到引爆接口，重选了一组参数，再次启动了大爆炸。这个新宇宙诞生的过程看上去与刚才基本相同，也是一个在膨胀中渐渐暗下来的球体。在创世后的一百五十亿年，球体完全变黑，宇宙的演化稳定下来，白冰让视点进入宇宙内部，这时，连最不感兴趣的陈继峰也惊叹起来。广漠的黑色太空下，一张银色的大膜向各个方向延伸至无穷远处，大膜上点缀着各种色彩的小球体，像滚动在广阔镜面上的多彩露珠。

白冰又调出了分析接口，看了一会儿后说：“运气好，这是一个丰富多彩的宇宙，半径约四百亿光年，其中一半是液体一半是空间。也就是说，这个宇宙就是一个深度和表面半径都是四百亿光年的大洋！宇宙中的固体星球就浮在洋面上！”白冰将画面推向洋面，可以看到银色的洋面在缓缓波动着，画面中出现了一个星球的近景，“这个漂浮着的星球有……我看看，木星那么大吧，哇，它还在自转耶！看它表面的那些山脉，在出水和入水时是何等的壮观！我们就把这液体叫水吧。看那被山脉甩到轨道上的水，在洋面形成了一个半圆的彩虹环耶！”

“是很美，但这个宇宙是违反物理学基本定律的。”首长看着屏幕说，“别说四百亿光年深的海洋，就是四光年，那水体也早在引力下坍缩成黑洞了。”

白冰摇摇头说：“您忘了最基本的一点。这不是我们的宇宙，这个宇宙有自己的一套物理定律，与我们宇宙中的完全不同。在这个宇宙中，万有引力常数、普朗克常数、光速等基本物理常数与我们的宇宙完全不同；在这个宇宙中，一加一甚至都不等于二。”

在首长的鼓励下白冰继续做下去，第三个宇宙被创造出来，进入其中后屏幕上出现了一堆极其混乱的色彩和形状，白冰立刻将它关掉了。“这是一个六维宇宙，我们无法观察它，其实大多数情况都是这样，我们创造的前两个都是三维宇宙只是运气好而已，宇宙从高能状态冷却后，被释放到宏观的维数为三的概率只有3：11。”

第四个宇宙出现时，所有的人都很迷惑：宇宙呈现一个无际的黑色平面，有无数根银光闪闪的直线与黑色平面垂直相交。看过分析资料后，白冰说：“这个宇宙与上面相反，维数比我们的低，是一个二点五维的宇宙。”

“二点五维？”首长很吃惊。

“您看，这个黑色的没有厚度的二维平面就是这个宇宙的太空，直径约五千亿光年；那些与平面垂直的亮线就是太空中的恒星，它们都有几亿光年长，但无限细的就只有一维。分数维的宇宙很少见，我要把这组创世参数记下来。”

“有个问题，”首长说，“如果你用这组参数再次启动大爆炸，所得到的宇宙与这个完全一样吗？”

“是的，而且其演化过程也完全一样，一切在大爆炸时就决定了，您看，物理学穿过量子迷雾之后，宇宙又显示出了因果链和决定论的本

性。”白冰依次看向每个人，郑重地说：“我请各位都牢记这一点，如果要理解我们后面将要面对的那些可怕的事，这是关键。”

“真的很有意思，做上帝的体验，超脱而空灵，很长时间没有这种感觉了。”首长感叹道。

“我的感觉同您一样，”白冰离开了计算机，站起来来回走着，“所以，我就一遍又一遍地玩着创世游戏，到现在为止，我已经启动了一千多次大爆炸，那一千多个宇宙，其神奇壮观，很难用语言形容，我像吸毒似的上了瘾……本来我可以这样一直玩儿下去，我们之间将永远素不相识，不会有任何关系，我们双方的生活都会按正常的轨迹进行下去，但……唉，真他妈的……那是今年年初一个下雪的晚上，已经午夜两点了，很静很静，我启动了那天的最后一次大爆炸，在超弦计算机中诞生了第1207号宇宙，就是这一个……”

白冰回到计算机前，将文本框下拉到底，选择了最后的一组创世参数，启动了宇宙大爆炸。新生的宇宙在蓝光中急剧膨胀后熄灭为黑色。白冰移动鼠标，在创世之后的一百九十亿年进入了这个他编号为1207的宇宙。

这一次，屏幕上出现了灿烂的星海。

“1207的半径约200亿光年，宏观维数是三；在这个宇宙中，万有引力常数是1.6×10^{-11}，真空中的光速是每秒30万公里；这个宇宙中，电子电量是1.602×10^{-19}库仑；这个宇宙中，普朗克常数是6.626……”白冰凑近首长，用令人胆寒的目光逼视着他，“这个宇宙中，1+1=2。”

“这是我们的宇宙。”首长点点头，他仍很沉着，但额头有些潮湿了。

历史检索

“得到1207号宇宙后，我花了一个多月的时间做了一个搜索引擎，以模式识别为基础。然后，我就从天文资料中查到银河系与仙女座、大小麦哲伦等相邻星系的几何构图，在全宇宙范围内查询这种构图，得到了八万多个结果。然后我就在这个范围内，用银河系和邻近星系本身的形状进行查询，很快在宇宙中定位了银河系。”以漆黑的太空为背景，一个银色的大漩涡在屏幕上显示出来，“太阳的定位就更容易了，我们已经知道它在银河系中的大至范围——”白冰用鼠标在大漩涡的一个旋臂顶端拉出一个小矩形框，“仍用模式识别的方法，在这个范围中很快就定位了太阳。”屏幕上出现了一个耀眼的光球，光球周围环绕着一个雾蒙蒙的大环。“哦，这时太阳系的行星还没有诞生，这个星际尘埃构成的环就是构成它们的原材料。”白冰在屏幕下方调出了一个滚动条，“看，用这个来移动时间。”他将滑块缓缓前移，越过了两亿年的漫漫时光，太阳周围的尘埃环消失了，“现在八大行星已经诞生。这是真实尺度的图像，不是天象演示，所以找到地球还要费些事，我把以前存贮的坐标调出来吧。”于是原始地球在屏幕上出现了一个灰蒙蒙的球体。白冰转动鼠标的滚轮，“我们降低高度，好，现在，大约是一万米高吧。”下面大陆仍笼罩在迷雾之中，但雾中纵横交错的发着红光的网线显现出来，像胚胎上的血管。白冰指着那些网线说：“这是岩浆河。”他继续转动鼠标滚轮，穿过浓浓的酸雾，褐色的海面出现了，紧接着视点扎入海中，一片浑浊，有几个微小的悬浮物，它们大多是圆形的，也有其他较复杂的形状。与其他悬浮物最明显的区别是，它们自己在运动，而不是随水流漂移。

“生命，刚出现的生命。”白冰用鼠标点点那些微小的东西说。他很快地反向转动滚轮，将视点重新升到太空中，再次显示出古地球的全貌，然后移动时间滚动条，亿万年时光又飞逝而过，笼罩在地球表面的浓雾消失了，海洋在变蓝，大陆在变绿，后来，巨大的冈瓦纳古陆像初春的冰块分崩离析。

“如果愿意，我们可以看到生命进化的全过程，包括几次大灭绝和随之而来的生命大爆发，但是算了吧，省些时间，我们就要看到关系到咱们命运的谜底了。”古陆的各个碎块继续漂移，终于，一幅熟悉的世界构图出现了。白冰改变了时间滚动条的比例，开始以较慢的速度移动时间，并在一点停住了，“好了，在这里，人类出现了。”他又将滑块小心地向前移动一小段，“现在，文明出现了。”

“对于上古的历史，一般只能宏观地看看，检索具体事件不太容易，具体人物就更难了。一般的历史检索是靠两个参数：地点和时间。这两点在上古历史记载中很难准确，我们做一次看看吧，来，我们下去了！”白冰说着，将鼠标在地中海范围的一个位置双击了一下，视点高度令人目眩地急剧降低，最后，一个荒凉的海滩出现了，黄沙的尽头，是一片连绵的橄榄丛。

“古希腊时代的特洛伊海岸。”白冰说。

“那……你能移到木马屠城的时间吗？”吕文明兴奋地问。

“从来就没有过什么木马。”白冰淡淡地说。

陈继峰点点头，“那种东西像儿戏，在实际的战争中是不可能的。”

“从来没有过特洛伊战争。”白冰说。

首长很惊奇，“这么说，特洛伊城是因为别的原因毁灭的？”

“从来没有过特洛伊城。”

另外三个人惊奇地互相看看。

白冰指着屏幕说：“现在显示的就是应该发生那场战争时特洛伊海岸的真实情景，我们再往后移动五百年……”白冰小心地微移鼠标，屏幕上的海岸在白昼和黑夜的高频转换中急剧闪动，树丛的形状也在飞快变化，沙滩的尽头出现过几个小棚屋，时而还能看到一闪而过的几个小小的人影，棚屋时多时少，但最多时也没有超过一个村庄的规模。“看到了吗，伟大的特洛伊城只在那些游吟诗人的想象中存在过。”

“怎么会呢？”吕文明惊叫起来，“本世纪初有考古发现证实啊！当时还挖出了……阿伽门农的黄金面具。”

“阿伽门农的面具？Kao！”白冰大笑一声。

“随着历史记载的增多并更加准确，往后的检索就越来越容易，再做一次。”

白冰将视点升回地球轨道，这次他没有使用鼠标，而是手工输入了时间和地理坐标，视点向亚洲西部降落。

很快，屏幕上显示出一片沙漠，在一处红柳丛的阴影下躺着几个人，他们穿着破旧的粗布袍，皮肤黝黑，头发很长且被沙尘和汗水弄成一缕缕的，远远看去像一堆破烂的废弃物。

白冰说：“这里离穆斯林村庄不远，但鼠疫流行，他们不敢去。”有一个身形瘦长的人坐了起来，四下看看，确认别人都睡熟了后，拿起旁边一个人的羊皮水囊喝了一通，又从另一个人的破行囊中拿出一块饼，掰下三分之一放到自己的包里，随后满意地躺下了。

“我用正常速度运行了两天，看到他五次偷别人的水喝，三次偷别人

的饼。”白冰用鼠标点着那个刚躺下的人说。

“他是谁？”

“马可波罗。检索到他可不容易，关押他的那个热那亚监狱的地点和时间都比较准确，我在那里定位了他，随后向回跟踪他经历了那次海战，提取了一些特征点，又向回跳过一大段时间跟到这里，这是在那时的波斯，现在的伊朗巴姆市附近，不过都白费劲儿了。”

“那他是在去中国的路上了，你应该能跟着他进入忽必烈的宫殿。”吕文明说。

“他没有进入过任何宫殿。”

“你是说，他在中国期间只是在民间待着？”

“马可波罗根本就没有来过中国，前面那些更加险恶的漫漫长路吓住了他，他就在西亚转悠了几年，后来他就把从那里道听途说来的传闻讲给了那位作家狱友，后者写成了那本伟大的游记。”

三个人再次惊奇地面面相觑。

“再往后，检索具体的人和事就更加容易了，再来一次，到近代吧。”

在一间很暗的大屋子里，一张很宽的木桌子上铺着一张大地图（海图？），桌旁围着几个身着清朝武官服的人，由于光线很暗，看不清他们的面容。

“这是北洋海军提督府的一次会议。”

有一个人在说话，画面传出的声音很模糊，且南方口音重，听不懂。白冰解释说：“这个人说，在近海防御中，不要一味追求大炮巨舰，就这么点儿钱，与其从西洋购买大吨位铁甲舰，不如买更多数量的蒸汽鱼雷快艇，每艘艇上可装载四至六枚瓦斯鱼雷，构成庞大的快艇攻击群，用灵活机动的航线避开日舰的炮火力，抵御攻击……我曾请教过多位海军专家和战史研究者，他们一致认为，如果在当时这人的想法得以实施，北洋水师将是甲午海战中的胜利者。这人的高明和超前之处在于，他是海战史上最早从出现的新式武器中发现传统大炮巨舰主义缺陷的人。”

“他是谁？邓世昌？”陈继峰问。

白冰摇摇头，“方伯谦。”

“什么？就是那个在黄海大海战中临阵脱逃的怕死鬼？”

“就是他。”

“直觉告诉我，这些才像真实的历史。”首长沉思着说。

白冰点点头，“是啊，到这一步，超脱和空灵消失了，我开始陷入郁闷中，我发现，我们基本上被自己所知道的历史骗了。那些名垂青史的英雄，有一大半是卑鄙的骗子和阴谋家，用他们的权势为自己树碑立传且成功了；而那些为正义和真理献身的人，有三分之二都默默地惨死在历史的尘埃中，没有人知道他们的存在；剩下的三分之一则在强有力的诬陷下遗臭万年，就像现在宋诚的命运；他们中只有极少数的人得到了历史正确的记忆，其比例连冰山的一角都不到。”

这时，人们才注意到一直沉默的宋诚，看到他已经悄悄振作起来，两眼放出光芒，像一个已经倒地的战士又更新站了起来，拿起武器并跨上一匹新的战马。

现实检索

“然后，你就进入了1207宇宙中的现实，是吗？”首长问。

“是的，我在那个镜像中将时间调到现在。”白冰说着，同时将屏幕时间滑标上的滑块推到尽头，这时视点又回到了太空中，蓝色的地球看上去与古代并没有什么不同。“这就是1207镜像中的现实。我们这个内地省份，经过了几十年不间断的能源和资源输出，除了矿产开采和电力之外，至今也未能建立起一个像样的工业体系，只留下了污染，农村的大片地区仍处于贫困线下，城市失业严重，治安状况恶化……我自然想看看领导和指挥着这一切的人是怎样工作的，最后看到了什么，我就不用说了。”

“你这样做的目的呢？”首长问。

白冰苦笑着摇摇头，“别以为我有他那样崇高的目的。”他指指宋诚，“我只是个普通老百姓，自得其乐地过日子，你们干什么，和我有什么关系？我本来根本不想惹你们的，但……我为这个超级模拟软件费了这么大劲儿，自然想通过它得些实惠，于是，我就给你们中的几个人打电话，想小小地敲一笔钱……”他说着突然变得恼怒起来，“你们干吗要有这么过激反应？！干吗非要除掉我？！其实给我那笔钱不就完了嘛！……好了，现在我把一切都讲清楚了。”

五个人陷入了长时间的沉默，他们都默默地盯着屏幕上的地球，这是现实中的地球的数字镜像，他们也在镜像中。

“你真的能够在这台计算机中观察到世界上发生过的一切？”陈继峰打破沉默问。

“是的，历史和现实的所有细节，都是这台计算机中运行的资料，资料是可以随意解析的，不管多么隐秘的事情，观察它们不过是从数据库中提取一些资料进行处理，这个数据库以原子级别存贮着整个世界的镜像，所有资料都是可以随意提取的。”

“能证明一下吗？”

“这很容易。你出去，随便到什么地方，随便干一件什么事，然后回来。”

陈继峰依次看了看首长和吕文明，转身走出了房间，两分钟后，他回来了，无言地看着白冰。

白冰移动鼠标，使视点从太空急剧下降，悬在这座城市上空，城市一览无遗地展现在屏幕上。白冰移动画面仔细寻找，很快找到了近郊的第二看守所，找到了他们所在的这幢三层楼房。视点随即进入了楼房内，在二楼空荡的走廊中移动，画面上出现了坐在走廊中长椅子上的两个便衣警察，其中的沉兵正在点上一支烟；最后，画面中出现了他们所在的办公室的门。

“现在的模拟画面，只比正在发生的现实滞后零点一秒，让我们后退几分钟。”白冰将时间滑标向后移了一点点。

屏幕上，门开了，陈继峰走了出来，坐在长椅上的两个人看到他后立刻站了起来，陈向他们摆摆手示意没事，就向另一个方向走去。视点紧跟着他，像有人用摄像机在跟踪拍摄。镜像画面上，陈继峰进了卫生间，从裤子口袋中掏出手枪，拉了一下枪栓后装回裤袋。白冰将这个画面定住，并使其像三维动画一样旋转至各个方位。陈继峰走出卫生间，画面跟着他回到了办公室，并显示出了正在等待中的另外四人。

首长不动声色地看着屏幕，吕文明则抬头警觉地看了陈继峰一眼。

“这东西确实厉害。”吕文明阴沉着脸说。

“下面我为您演示它更厉害的地方。”白冰说着，使屏幕上的画面静止了，“由于镜像模拟的宇宙是以原子级别存贮的，所以我们可以检索到这个宇宙中的每一个细节。下面，让我们看看陈局长上衣口袋中装着什么。”

白冰在静止画面上拉出一个方框，圈住陈继峰的上衣袋范围，然后弹出一个处理接口。经过一系列操作，上衣袋外侧的布被去除了，显示出放在衣袋中的一张折叠起来的小纸片。白冰使用拷贝键将纸片复制下来，然后启动了一个三维模型处理软件，将拷贝的资料粘贴到软件的处理桌面上，又经过几项操作，那张折叠的纸片被展开来，那是一张外汇支票，数额是二十五万美元。

“下面，我们就追踪这张支票的来源。”白冰说着关闭了图像处理软件，又回到四个人的静止画面上来。白冰在陈继峰上衣袋中那张已被选定的支票上按右键调出功能选项，选择了“trace”一项，支票闪动起来，画面也立刻活动了，时间在逆向流动，显示首长一行三人退出了办公室，又退出了大楼，直到退回到一辆汽车上，其中的陈继峰和吕文明戴上了耳机，显然是在监听白冰和宋诚的谈话。跟踪检索继续进行，场景不断变换，但那张闪动的支票作为检索键值一直处于画面的中央，陈继峰仿佛被它吸附着，穿过一个又一个场景。终于，那张支票跳出了陈继峰的上衣袋，钻进了一个小篮子，那个篮子又从陈继峰的手中跳到了另一个人的手中，在这个时刻，白冰使画面静止了。

“就从这里开始放吧。”白冰说着，以正常播放速度启动了画面，这好像是在陈继峰家的客厅里，屏幕上一个穿黑西装的中年人拎着一个水果篮站在那里，好像刚进来，陈继峰则坐在沙发上。

“陈局长，温总托我来看看您，也是表示一下上次的谢意。他本想亲自来的，但觉得为了免去一些闲话，这种走动还是少些好。”

陈继峰说：“你回去告诉温雄，现在他条件好了，一定要走正道，总是出格对谁都没好处，也别怪我不客气！”

“是！是！温哥怎么能忘记陈局的教诲呢？他现在不但积极为社会贡

献，在贫困地区建了四所小学，政治上也要求进步，已经当选市人大代表了！”来人说着，将果篮放到茶几上。

“东西拿走。”陈继峰挥挥手说。

“哪敢带什么好东西，那不是成心惹陈局长生气嘛，一点水果，表表心意。您是不知道，温总一说起您，都眼泪汪汪的，说您是我们的再生父母啊。”

来人走后，陈继峰关上门后回到茶几旁，将果篮的水果全倒出来，从篮底拿出那张支票放进上衣袋。

首长和吕文明都冷冷地看了陈继峰一眼，这些他们显然也都不知晓。温雄是利成集团的总裁，而利成集团是个包含着餐饮、长途客运等众多业务的庞大公司，其原始积累来自温雄黑社会体系的贩毒利润。他们使这座城市成为云南至俄罗斯毒品管道上一个重要的枢纽，现在温雄在合法商业上发展顺利，他的黑道毒品业务也在前者的补充滋养下更快地膨胀起来，致使这座内地城市毒品泛滥，治安恶化。而陈继峰这个后台是其生存的重要保证。

“收的是美元？一定准备给儿子汇去吧。”白冰笑着说，“您儿子在美国读书的钱可全是温雄出的……对了，想不想看看他现在在地球那一边干什么？很容易的，现在是波士顿的午夜，不过上两次我看到他时，他都还没有睡觉。”白冰将视点升到太空，将地球旋转了一百八十度，然后将北美大陆放大，在大西洋海岸找到了那座灯火灿烂的城市，然后很快定位了他以前显然找到过的一座公寓。视点进入公寓卧室后，显示出一幅令人尴尬的画面：那个黄皮肤男孩儿正在和一白一黑两个妓女鬼混。

“陈局长，看到儿子是怎样花你的钱了吗？”

陈继峰恼怒地将液晶显示屏反扣到箱子上。

被深深震撼了的几个人再次陷入长时间的沉默中，然后吕文明问："这些天，你为什么只是逃跑，没有想过通过更……正当的方式摆脱困境吗？"

"您是说我到纪委去举报？真是个好主意，我开始也这么想过，于是便在镜像中对纪委领导班子进行查询，"白冰抬头看了看吕文明，"您应该知道我都看到了什么，我不想落到您老同学这样的下场。那么我能去检察院和反贪局吗？郭院长和常局长对大部分重大举报肯定会严格秉公办理，对一小部分会小心地绕开，而我将举报的那些，一说出口他们就会同你们一起要了我的命。那么还能去哪儿呢？让媒体将这一切曝光吗？省里新闻媒体的那几个关键人物我想你们都清楚，首长的政绩不就是他们捧出来的吗？那些记者与妓女的唯一区别就是出卖的部位不同……这是一张互相联结在一起的大网，哪一根线都动不得啊，我没地方可去。"

"你可以去中央。"首长仔细观察着白冰，不动声色地说。

白冰点点头说："这是唯一的选择了，但我是个普通的小人物，所以首先来见见宋诚，找到一个稳妥可靠的渠道，也顾不得你们的追杀了。"白冰犹豫了一下，接着说，"但这个选择并不轻松，你们都是聪明人，知道这样做最终意味着什么。"

"意味着这项技术将公布于世。"

"很对，那时，笼罩在历史和现实上的所有迷雾将一扫而光，一切的一切，在明处和暗处的，过去和现在的，都将赤裸裸地展现于光天化日之下。到那时，光明与黑暗，将不得不进行一场史无前例的大决斗，世界将陷入一片混乱……"

"但最后的结果，是光明取得胜利。"一直沉默的宋诚终于说话了，他走到白冰面前，直视着他说，"知道黑暗的力量来自哪里吗？就是来自黑暗，也就是说来自它的隐蔽性，一旦暴露在明处，它的力量就消失了，如腐败之类的，大多如此。而你的镜像，就是使所有黑暗完全暴露的强光。”

首长和陈吕二人互相交换了一下目光。

沉默，超弦计算机的屏幕上，原子级别的地球镜像静静地悬浮在太空中。

“有一个机会，”首长突然站起身，对吕陈二人说，“好像有一个机会。”

首长接着扶着白冰的肩膀说：“为什么不将镜像中的时间标尺移向未来？”

白冰和陈吕二人不解地看着首长。

“如果我们能够准确地预见未来，就能够在现在改变它，这样我们就能控制未来历史的走向，也就控制了一切……年轻人，你认为这没有可能吗？也许，我们能够一起肩负起创造历史的使命。”

白冰明白过来，苦笑着摇摇头，站起身走到计算机前，用鼠标将时间标尺拉长，在零时标后面拉出了一个未来时段，然后对首长说：“您自己来试试吧。”

单程递归

首长扑向计算机，谁都没有见过他那么敏捷，如饥饿的鹰见到地面上的小鸡，令人恐惧。他熟练地移动鼠标，将时间滑标滑过零时点，在滑标

进入未来时段的瞬间，一个错误提示窗口跳了出来。

Stack Overflow……

白冰从首长手中拿过鼠标，“让我们启动错误跟踪程序，Step by step 吧。”

模拟软件退回到出错前，开始分步运行。当现实中的白冰将滑块移过零时点，镜像中虚拟的白冰也正在做着同样的事；错误跟踪程序立刻放大了镜像中的那台超弦计算机的屏幕，可以看到，在那台虚拟计算机的屏幕上，第二层的虚拟白冰也正在将滑块移过零时点；于是，错误跟踪程序又放大了第三层虚拟中的那台超弦计算机的屏幕……就这样，跟踪程序一层层地深入，每一层的白冰都在将滑块移过零时点。这是一套依次向下包容的永无休止的魔盒。

“这是递归，一种程序自己调用自己的算法。正常情况下，当调用进行到有限的某一层时会得到答案，多层自我调用的程序再逐层按原路返回。而我们现在看到的是无限调用自己，是一个永远得不到答案的单程递归。由于每次调用时都需将上层的现场资料存入堆栈，就造成了刚才看到的堆栈内存溢出；由于是无限递归调用，即使超弦计算机的终极容量也会被耗尽的。”

“哦。”首长点点头。

“所以，虽然这个宇宙中的一切早在大爆炸发生时就已经决定，但未来对我们来说仍是未知的，对讨厌由因果链而产生的决定论的人来说，这也是一个安慰吧。”

“哦——”首长又点点头，他“哦”的这一声很长很长。

镜像时代

白冰发现，首长发生了奇怪的变化，仿佛他身上的什么东西被抽走了似的，整个身躯在萎缩，似乎失去支撑自身的力量而摇摇欲坠；他脸色苍白，呼吸急促起来，双手撑着椅子慢慢地坐下，动作艰难而小心翼翼，好像怕压断自己的哪根骨头。

“年轻人，你，毁了我的一生。”首长缓缓地说，“你们赢了。”

白冰看看陈继峰和吕文明，发现他们也与自己一样不知所措，而宋诚，则昂然挺立在他们中间，脸上充满了胜利的光彩。

陈继峰缓缓站起来，从裤口袋中抽出握枪的手。

“住手。”首长说，声音不高，但威严无比，使陈继峰手中的枪悬在半空不动了。“把枪放下，”首长命令道，但陈仍然不动。

“首长，到了这一步，必须果断，他们死在这儿说得过去，不过是因拒捕和企图逃跑被击毙……”

“放下枪，你这条疯狗！”首长低沉地喝道。

陈继峰拿枪的手垂了下来，慢慢地转向首长，“我不是疯狗，是条好狗，一条知道报恩的狗！一条永远也不会背叛您的狗！！像我这样从最底层一步步爬上来的，对让自己有今天的上级，我具有值得信任的狗的道德，脑子当然没有那些一帆风顺的知识分子活。”

“你什么意思？”好长时间没有说话的吕文明站了起来。

“我的意思谁都明白，我不像有些人，每走一步都看好两三步的退路。我的退路在哪儿？到这个时刻我不自卫能靠谁？！”

白冰平静地说：“杀我没用的，如果你想把镜像公布于世，这是最快捷的办法。”

“傻瓜都能想到这类自卫措施，你真的失去理智了。”吕文明低声对陈继峰说。

陈继峰说：“我当然知道这小子不会那么傻，但我们也有自己的技术力量，投入全力是有可能彻底销毁镜像的。”

白冰摇摇头，“没有可能。陈局长，这是网络时代，隐藏和发布信息是很简单的事，我在暗处，跟我玩这个你赢不了的，就算你动用最出色的技术专家都赢不了，我就是告诉你那些镜像的备份在哪儿，我死后它如何发布，你也没办法。至于那组创世参数，就更容易隐藏和发布了，打消那个念头吧。”

陈继峰慢慢地将手枪放回裤袋，颓然地坐下了。

“你以为自己已经站在历史的山巅上了，是吗？”首长无力地对宋诚说。

“是正义站在历史的山巅了。”宋诚庄严地说。

“不错，镜像把我们都毁了，但它的毁灭性远不止于此。”

“是的，它将毁灭所有罪恶。”

首长缓缓地点点头。

“然后毁灭所有虽不是罪恶但肮脏和不道德的东西。”

首长又点点头，说：“它最后毁灭的，是整个人类文明。”

他这话使其他的人都微微一愣。

宋诚说："人类文明从来就没有面对过如此光明的前景，这场善恶大搏斗将洗去她身上的一切灰尘。"

"然后呢？"首长轻声问。

"然后，伟大的镜像时代将到来，全人类将面对着一面镜子，每个人的一举一动都能在镜像中精确地查到，没有任何罪行可以隐藏。每一个有罪之人，都不可避免地面临最后审判，那是没有黑暗的时代，阳光将普照到每个角落，人类社会将变得水晶般纯洁。"

"换句话说，那是一个死了的社会。"首长抬头直视着宋诚说。

"能解释一下吗？"宋诚带着对失败者的嘲笑说。

"设想一下，如果DNA从来不出错，永远精确地复制和遗传，现在地球上的生命世界会是什么样子？"

在宋诚思考之际，白冰替他回答了："那样的话，现在的地球上根本没有生命。生命进化的基础——变异，正是由DNA的错误产生的。"

首长对白冰点点头，"社会也是这样，它的进化和活力，是以种种偏离道德主线的冲动和欲望为基础的，水清则无鱼，一个在道德上永不出错的社会，其实已经死了。"

"你为自己的罪行进行的这种辩解是很可笑的。"宋诚轻蔑地说。

"也不尽然。"白冰紧接着说，他的话让所有人都有些吃惊，他犹豫了几秒钟，好像下了决心似的说下去，"其实，我不愿意将镜像模拟软件公布于世，还有另一个原因，我……我也不太喜欢有镜像的世界。"

"你像他们一样害怕光明吗？"宋诚质问道。

"我是个普通人，没什么阴暗的罪行，但说到光明，那要也看什么样的光明，如果半夜窗外有探照灯照你的卧室，那样的光明叫光污染……举个例子吧。我结婚才两年，已经产生了那种……审美疲劳，于是与单位新来的一个女大学生有了……那种关系，老婆当然不知道，大家过的都很好。如果镜像时代到来，我就不可能这样生活了。”

“你这本来就是一种不道德、不负责任的生活！”宋诚说，语气有些愤怒。

“但大家不都是这么过的吗？谁没有些见不得人的地方？这年头儿要想过得快乐，有时候就得人不人鬼不鬼的，像您这样一尘不染的圣人，能有几个？如果镜像使全人类都成了圣人，一点出轨的事儿都不能干，那……那他妈的还有什么劲啊！”

首长笑了起来，连一直脸色阴沉的吕陈二人都露出了些笑容。首长拍着白冰的肩膀说：“年轻人，虽然没有上升到理论高度，但你的思想比这位学者要深刻得多。”他说着转向宋诚，“我们肯定是逃不掉的，所以你现在可以将对我们的仇恨和报复欲望放到一边。作为一个社会哲学知识博大精深的人，你不会真浅薄到认为历史是善和正义创造的吧？”

首长这话像强力冷却剂，使处于胜利狂热中的宋诚沉静下来。“我的职责就是惩恶扬善、匡扶正义。”他犹豫了一下说，语气和缓了许多。

首长满意地点点头，“你没有正面回答，很好，说明你确实还没有浅薄到那个程度。”

首长说到这里，突然打了一个激灵，仿佛被冷水从头浇下，使他从恍惚中猛醒过来，虚弱一扫而光，那刚失去的某种力量似乎又回到了他的身上，他站起身，郑重地扣上领扣，又将衣服上的皱褶处仔细整理了一下，然后极其严肃地对吕文明和张继峰说：“同志们，从现在起，一切已在镜像中了，请注意自己的行为和形象。”

吕文明神情凝重地站了起来，像首长一样整理了一下自己的仪容，长叹一声说："是啊，从此以后，苍天在上了。"

陈继峰一动不动地低头站着。

首长依次看看每个人，说："好，我要回去了，明天的工作会很忙。"他转向白冰，"小白啊，你在明天下午六点钟到我办公室来一趟，把超弦计算机带上。"然后转向陈吕二人，"至于二位，好自为之吧。继峰，你抬起头来，我们罪不可赦，但不必自惭形秽，比起他们，"他指指宋诚和白冰，"我们所做的真不算什么了。"

说完，他打开门，昂头走了出去。

生日

第二天对于首长来说确实是很忙的一天。

一上班，他就先后召见省里主管工业、农业、财政、环保等领域的主要负责人，向他们交代了下一步的工作。虽然同每位领导谈的时间都很短，凭借丰富的工作经验，首长还是言简意赅地讲明了工作重点和最需要注意的问题，同时，他以老道的谈话技巧，让每个人都以为这只是一次普通的工作交代，没发现任何异常之处。

上午十点半钟，送走了最后一位主管领导后，首长静下心来，开始写一份材料，向上级阐明自己对本省经济发展和解决省内国有大中型企业面临的问题的意见。材料不长，不到两千字，但浓缩了自己这几十年的工作经验和思考。那些熟悉首长理念的人看到这份材料应该很吃惊，这与他以前的观点有很大差别。这是他在拥有高端权力的这么长时间里，第一次纯粹从党和国家的最高利益的角度，在完全不掺杂私心的情况下发表自己的意见。

材料写完后已经是中午十二点多了，首长没有吃饭，只是喝了一杯茶，便接着工作。

这时，镜像时代的第一个征兆出现了，首长得知陈继峰在自己的办公室里开枪自杀，吕文明则变得精神恍惚，不断地系领口的扣子，整理自己的衣服，好像随时都有人给他拍照似的。对这两件事，首长一笑置之。

镜像时代还没有到来，黑暗已经在崩溃了。

首长命令反贪局立刻成立一个项目组，在公安和工商有关部门的配合下，立刻查封自己的儿子拥有的大西商贸集团，审查儿媳拥有的北原公司的全部账目和经营资料，并依法控制这些实体的法人，对自己其他亲戚和亲信拥有的各类经济实体也照此办理。

下午四点半，首长开始草拟一份名单。他知道，镜像时代到来后，省内各系统落马的处级以上干部将数以千计，现在最紧要的是物色各系统重要岗位的合适接任人选，他的这份名单就是向省委组织部和上级提出的建议。其实，在镜像出现之前，这份名单在他的心中已存在了很长时间，那都是他计划清除、排挤和报复的人。

这时已是下午五点半，该下班了，他感到从未有过的欣慰，自己至少做了一天的人。

宋诚走进了办公室，首长将一份厚厚的材料递给他，“这就是你那份关于我的调查材料，尽快上报中纪委吧。我昨天晚上写了一份自首材料，也附上了，里面除了确认你们调查的事实外，还对一些遗漏做了补充。”

宋诚接过材料，神情严肃地点点头，没有说话。

“过一会儿，白冰要来这里，带着超弦计算机。你应该告诉他，镜像软件马上就要上报上级。一开始，上级领导会考虑到各方面的因素谨慎使用它，要防止镜像软件提前泄漏到社会上，那样会产生很大的副作用和危险，基于这个原因，你要让他立刻将自卫所用的备份，在网上或什么其他地方的，全部删除；还有那个创世参数，如果告诉过其他人，让他列出名单。他相信你，会照办的。一定要确认他把备份删除干净。”

“这正是我们想要做的。”宋诚说。

“然后，”首长直视着宋诚的眼睛，“杀了他，并毁掉那台超弦计算机。现在，你不会认为我这还是为自己着想吧。”

宋诚楞过后，摇头笑了起来。

首长也露出笑容，“好了，我该说的都说完了，以后的事情与我无关。镜像已经记下了我说的这些话，在遥远未来，也许有那么一天，会有人认真听这些话的。”

首长对宋诚挥了挥手让他走，然后仰在椅子的靠背上长长地出了一口气，沉浸在一种释然和解脱中。

宋诚走后，下午六点整。白冰准时走进了办公室，他的手里提着那个箱子，提着历史和现实的镜像。

首长招呼他坐下，看着放在办公桌上的超弦计算机，说：“年轻人，我有一个请求，能不能让我在镜像中看看自己的一生？”

“当然可以，这很容易的！”白冰说着，打开箱子启动了计算机。镜像模拟软件启动后，他首先将时标设定到现在，定位了这间办公室，屏幕上显示出两个人的实时影像后，白冰复制了首长的影像，按动鼠标右键启动了跟踪功能。这时，画面急剧变幻起来，速度之快使整块屏幕看起来一片模糊，但作为跟踪键值的首长的影像一直处于屏幕中央，仿佛是世界的中心，首长的影像也在急剧变化，可以看到他越变越年轻。

“现在是逆时跟踪搜索，模式识别软件不可能根据您现在的形象识别和定位早年的您，它需要根据您随年龄逐渐变化的形象一步步追踪到那时。”

几分钟后，屏幕停止了闪动，显示出一个初生儿湿漉漉的脸蛋儿，产科护士刚刚把他从盘秤上取下来，这个小生命不哭不闹，睁着一双动人的小眼睛好奇地打量着这个世界。

“呵呵，这就是我了，母亲多次说过，我一生下来就睁开眼睛了。”首长微笑着说，他显然在故作轻松地掩盖自己心中的波澜，但这次很例外地，他做得不太成功。

“您看这个，”白冰指着屏幕下方的一个功能条说，“这些按钮是用来调整图像的焦距和角度的。这是时间滚动条，镜像软件将一直以您为键值进行显示，如果您想检索某个时间或事件，就如同在文字处理软件中查阅大文件时使用滚动条差不多，先用较大时间跨度走到大概的位置，再进行微调，借助您熟悉的场景前后移动滚动条，一般总能找到，这也类似于影碟的快进退操作，当然这张碟正常播放将需……”

“近五万小时吧。”首长替白冰算出来，然后接过鼠标，将图像的焦距拉开，显示出产床上的年轻母亲和整间病房，这里摆放着那个年代式样朴素的床柜和灯，窗子是木制的，引起他注意的是墙上的一块橘红色光斑，“我出生时是傍晚，时间和现在差不多，这可能是最后一抹夕阳了。”

首长移动时间滚动条，画面又急剧闪动起来，时光在飞逝，他在一个画面上停住了，一盏吊在天花板上的裸露的电灯照着一张小圆桌，桌旁，他那戴着眼镜、衣着简朴的母亲正在辅导四个孩子学习，还有一个更小的孩子，也就是三四岁，显然是他本人，正笨拙地捧着一个小木碗吃饭。“我母亲是小学教师，常常把学习差的学生带回家里来辅导，这样就不会耽误从幼儿园接我了。”首长看了一会儿，一直看到幼年的自己不小心将木碗儿中的粥倒了一身，母亲赶紧起身拿毛巾擦时，才再次移动了时间滚动条。

时光又跳过了许多年，画面突然亮起了一片红光，好像是一个高炉的出钢口，几个穿着满是尘污的石棉工作服的人影在晃动，不时被炉口的火焰吞没又重现。

首长指着其中的一个说：“我父亲，一名炉前工。”

“可以把画面的角度调一下，调到正面。”白冰说着，要从首长手中拿过鼠标，但被首长谢绝了。

“哦不不，这年厂里创高产加班，那时要家属去送饭，是我去的。这是第一次看到父亲工作，就是从这个角度，从此以后，他在炉火前的这个背影在我脑子里印得很深。”

时光又随着滚动条的移动而飞逝，在一个晴朗的日子停止了，一面鲜红的队旗在蓝天的背景上飘扬，一个身穿白衣蓝裤的男孩子在仰视着她，一双手给男孩儿系上红领巾，孩子右手扬上头顶，激动地对世界宣布他时刻准备着，他的眼睛很清澈，如同那天如洗的碧空。

“我入队了，小学二年级。”

时光跳过，又一面旗帜出现了，是团旗，背景是一个烈士纪念碑，一小群少年对着团旗宣誓，他站在后排，眼睛仍像童年那样清澈，但多了几分热诚和渴望。

“我入团，初一。”

滚动条移动，他一生中的第三面红色旗帜出现了，这次是党旗。这好像是在一间很大的阶梯教室中，首长将焦距调向那六个宣誓中的年轻人中间的那个，他的脑海里充满了画面。

“入党，大二。”首长指指画面，“你看看我的眼睛，能看出些什么。”

那双年轻的眼睛中，仍能看到童年的清澈、少年的热诚和渴望，但多了一些尚不成熟的睿智。

“我觉得，您……很真诚。”白冰看着那双眼睛说。

“说的对，直到那时，我对那个誓词还是真诚的。”首长说完，从眼睛上抹了一下，动作很轻微，没有被白冰注意到。

时间滚动条又移动了几年，这次移得太过了，经过几次微调，画面上出现了一条林荫道，他站在那里看着一位刚刚转身离去的姑娘。那姑娘回头看了他一眼，眼睛含着晶莹的泪，一副让人心动的冰清玉洁的样子，然后在两排高大的白杨间渐行渐远……白冰知趣地站起身想离开，但首长拦住了他。

“没关系，这是我最后一次见到她了。”说完，他放下了鼠标，目光离开了屏幕，“好了，谢谢，把机器关了吧。”

“您为什么不继续看呢？”

“值得回忆的就这么多了。”

“……我们可以找到现在的她，很容易的！”

“不用了，时间不早了，你走吧，谢谢，真的谢谢。”

白冰走后，首长给保卫处打了个电话，让机关院内站岗的哨兵到办公室来一下。很快，那名武警哨兵进来，敬礼。

“你是……哦，小杨吧？”

“首长记性真好。”

“我叫你上来，也没什么事，就是想告诉你，今天是我的生日。”

哨兵立刻变得手足无措起来，话也不会说了。

首长宽容地笑笑，“向战士们问好，去吧。”在哨兵敬礼后转身要走之际，他像突然想起来似的说：“哦，把枪留下。”

哨兵愣了一下，还是抽出手枪，走过去小心地放在宽大的办公桌的一端，再次敬礼后走了出去。

首长拿起枪，取出弹夹，把子弹一颗颗地退出来，只留下一颗在弹夹里，再把弹夹推上堂。下一个拿到这枪的人可能是他的秘书，也可能是天黑后进来打扫的勤杂工，那时空枪总是安全些。

他把枪放到桌面上立着的，把退出来的子弹在玻璃板上摆成一小圈，像生日蛋糕上的蜡烛。然后，他踱到窗前，看着城市尽头即将落下的夕阳，它在市郊的工业烟尘后面呈一个深红色的圆盘，他觉得它像镜子。

他做的最后一件事，就是将自己胸前的”为人民服务”的小标牌摘下来，轻轻地放到桌面上小幅国旗和党旗的基座上。

然后，他在办公桌旁坐下，静静地等候着最后一抹夕阳照进来。

未来

当天夜里，宋诚来到气象模拟中心的主机房，找到了白冰，他正一个人静静地看着已经启动的超弦计算机的屏幕。

宋诚走过去拍拍他的肩说："小白，我已经向你的单位领导打了招呼，马上有一辆专车送你去北京。你把超弦计算机交给一位中央领导，听你汇报的除了这位领导，可能还有几名这方面的技术专家。由于这项技术非同寻常的性质，让人完全理解和相信可不是一件容易的事，你讲解和演示的时候要耐心……白冰，你怎么了？"

白冰没有转过身来，仍静坐在那里，屏幕上的镜像宇宙中，地球太空中悬浮着，它的极地冰盖形状有些变化，海洋的颜色也由蓝转灰了些，但这些变化并不明显，宋诚是看不出来的。

"他是对的。"白冰说。

"什么？"

"首长是对的。"白冰说着，缓缓转身面对宋诚，他的双眼布满血丝。

"这是你思考了一天一夜的结果？"

"不，我完成了镜像的未来递归运算。"

"你是说……镜像能模拟未来了？！"

白冰无力地点点头，“只能模拟很遥远的未来。我在昨天晚上想出了一种全新的算法，避开较近的未来，这样就避免了因得知未来而改变现实对因果链的破坏，使镜像直接跳到了遥远的未来。”

“那是什么时间？”

“三万五千年后。”

宋诚小心翼翼地问：“那时的社会是什么样子？镜像在起作用吗？”

白冰摇摇头，“那时没有镜像了，也没有社会了，人类文明消亡了。”

震惊使宋诚说不出话来。

屏幕上，视点急剧下降，在一座沙漠中的城市上空悬停。

“这就是我们的城市，是一座空城，已死去两千多年了。”

死城给人的第一印象是一个正方形的世界，所有的建筑都是标准的正立方体，且大小完全一样，这些建筑横竖都整齐地排列着，构成了一个标准的正方形城市。只有方格状的街道上不时扬起的黄色沙尘，才使人不至于将城市误认为是画在教科书上的抽象几何图形。

白冰移动视点，进入了一幢正立方体建筑内部的一个房间，里面的一切已经被漫长岁月积累的沙尘埋没了。在窗边，积沙呈一个斜坡升上去，已接上了窗台。沙中有几个鼓包，像是被埋住的家电和家具，从墙角伸出几根枯枝似的东西，那是已经被锈蚀的金属衣帽架。白冰将图像的一部分拷贝下来，粘贴到处理软件中，去掉了上面厚厚的积沙，露出了锈蚀得只剩空架子的电视和冰箱，还有一张写字台样的桌子，桌上有一个已放倒的相框，白冰调整视点，使相框中的那张小照片铺满了屏幕。

这是一张三口之家的合影，但照片上三人的外貌和衣着几乎完全一

样，仅能从头发的长短看出男女，从身材的高低看出年龄。他们都穿着样式完全一样的类似于中山装的衣服，整齐而呆板，扣子都是一直扣到领口。宋诚仔细看看，发现他们的容貌还是有差别的，之所以产生一样的感觉，是因为他们那完全一致的表情，一种麻木的平静、呆滞的庄严。

“我发现的所有照片和残存的影像资料上的人都是这样的表情，没有见过其他表情，更没有哭或笑的。”

宋诚惊恐地说：“怎么会这样呢？你能查查留下来的历史资料吗？”

“查过了，我们以后的历史大略是这样的：镜像时代在五年后就开始了，在前二十年，镜像模拟只应用于司法部门，但已经对社会产生了实质性的影响，人类社会的形态发生了重大变化。而后，镜像渗透到了社会生活的各个角落，历史上称为镜像纪元。在新纪元的前五个世纪，人类社会还是在缓慢发展之中。完全停滞的迹象最初出现在镜像六世纪中叶，首先停滞的是文化，由于人性已经像一汪清水般纯洁，没有什么可描写和表现的，文学先就消失了，接着是整个人类艺术都停滞和消失了。接下来，科学和技术也陷入了彻底的停滞。这种进步停滞的状态持续了三万年，这段漫长的岁月，史称‘光明的中世纪’。”

“以后呢？”

“以后就很简单了，地球资源耗尽，土地全部沙漠化，人类仍没有进行太空移民的技术能力，也没有能力开发新的资源，在五千年的时间里，一切都慢慢结束了……就是我们现在显示的这个时候，各大陆仍有人在生活，不过也没什么看头了。”

“哦——”宋诚发出了像首长那样的长长的一声。过了很长时间，他才用发颤的声音问道：“那……我们该怎么办？我是说现在，销毁镜像吗？”

白冰抽出两根烟，递给宋诚一根，将自己的点着后深深地吸了一口，将白色的烟雾吐在屏幕上那三个呆滞的人像上。“镜像我肯定要销毁，留到现在就是想让你看看这些。不过，现在我们干什么都无所谓了，有一点可以自我安慰：以后发生的一切与我们无关。”

“还有别人生成了镜像？”

“它的理论和技术都具备了，而根据超弦理论，创世参数的组合虽然数量巨大，但是有限，不停试下去总能碰上那一组……三万多年后，直到文明的最后岁月，人们还在崇拜和感谢一个叫尼尔·克里斯托夫的人。”

“他是谁？”

“按历史记载，他是虔诚的基督教徒、物理学家、镜像模拟软件的创造者。”

镜像时代

五年后，普林斯顿大学宇宙学实验中心。

当灿烂的星海在50块屏幕中的一块上出现时，在场的科学家和工程师们都欢呼起来。这里放置着5台超弦计算机，每台中又设置了10台虚拟机，共有50个创世模拟软件在日夜不停地运行，现在诞生的虚拟宇宙是第32961号。

只有一个中年男人不动声色，他浓眉大眼，气宇轩昂，胸前那枚银色的十字架在黑色的套衫上格外醒目，他默默地划了一个“十字”，问：

“万有引力常数？”

“1.6×10^{-11}！”

“真空光速？”

“每秒29.98公里！”

“普朗克常数？”

“6.626！”

“电子电量？”

“1.602×10^{-19}库仑。”

“1加1？”他庄重在吻了一下胸前的十字架。

“等于2，这是我们的宇宙，克里斯托夫博士！”

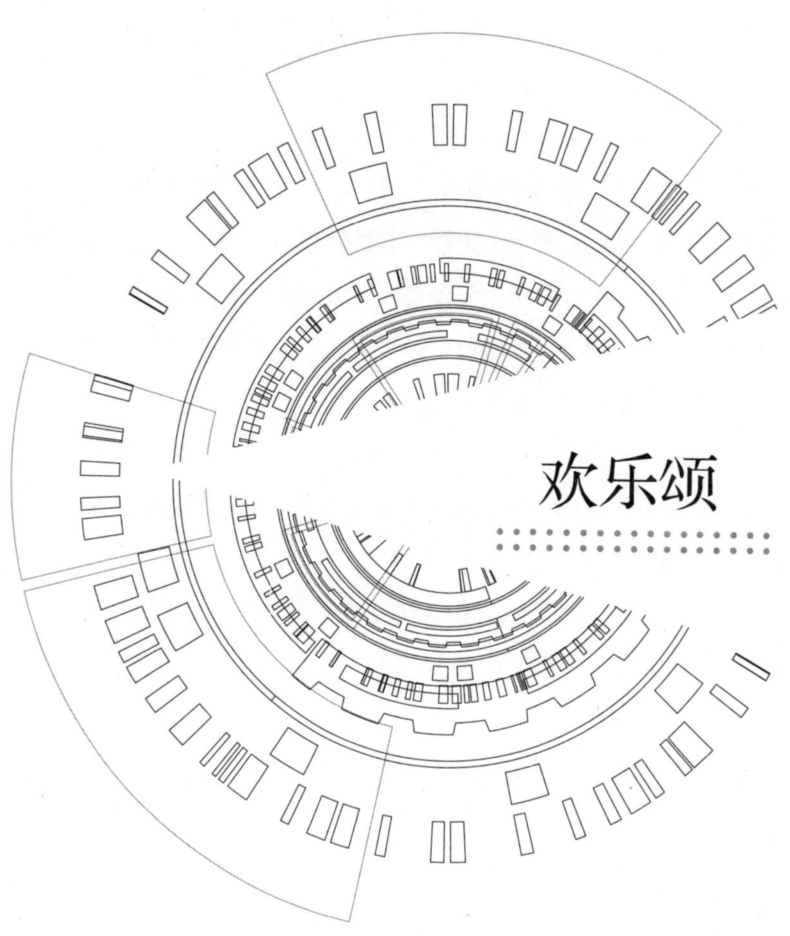

欢乐颂

音乐会

为最后一届联合国大会闭幕举行的音乐会是一场阴郁的音乐会。

自本世纪初某些恶劣的先例之后，各国都对联合国采取了一种更加实用的态度，认为将她作为实现自己利益的工具是理所当然的，进而对联合国宪章都有了自己更为实用的理解。中小国家纷纷挑战常任理事国的权威，而每一个常任理事国都认为自己在这个组织中应该有更大的权威，结果联合国丧失了一切权威……当这种趋势发展了十年后，所有的拯救努力都已失败，人们一致认为，联合国和她所代表的理想主义都不再适用于今天的世界，是摆脱它们的时候了。

最后一届联合国大会是各国首脑到的最齐的一届，他们要为联合国举行一场最隆重的葬礼，这场在大厦外的草坪上举行的音乐会是这场葬礼的最后一项活动。

太阳已落下去好一会儿了，这是昼与夜最后交接的时候，也是一天中最迷人的时候。这时，让人疲倦的现实细节已被渐浓的暮色掩盖，夕阳的余晖把世界最美的一面映照了出来，草坪上充满了嫩芽的气息。

联合国秘书长最后来到草坪，在走进草坪时，他遇到了今晚音乐会的主要演奏者之一克莱德曼，并很高兴地与他交谈起来。

“您的琴声使我陶醉。”他微笑着对钢琴王子说。

克莱德曼穿着他喜欢的那身雪白的西装，看上去很不安，“如果真是这样我万分欣喜，但据我所知，对于请我来参加这样的音乐会，人们有些看法……”

其实不仅仅是看法，教科文组织的总干事，并是一名艺术理论家，公开说克莱德曼顶多算是一名街头艺人，他的演奏是对钢琴艺术的亵渎。

秘书长抬起一只手制止他说下去，“联合国不能像古典音乐那样高高在上，如同您架起古典音乐通向大众的桥梁一样，它应把人类最崇高的理想播撒到每个普通人身边，这是今晚请您来的原因。请相信，我曾在非洲炎热肮脏的贫民窟中听到过您的琴声，那旋律使我在阴沟里有仰望星空的感觉，它真的使我陶醉。”

克莱德曼指了指草坪上的元首们，“我觉得这里充满了家庭的气氛。”

秘书长也向那边看了一眼，“至少在今夜的这块草坪上，乌托邦还是现实的。”

秘书长走进草坪，来到了观众席的前排。本来，在这个美好的夜晚，他打算把自己作为政治家的第六感关闭，做一个普通的听众，但这不可能做到。在走向那里时，他的第六感注意到了一件事：正在同美国总统交谈的中国国家主席抬头看了一眼天空。这本来是一个十分平常的动作，但秘书长注意到他仰头观看的时间稍长了一些，也许只长了一两秒钟，但他注意到了。当秘书长同前排的国家元首依次握手致意后坐下时，旁边的中国主席又抬头看了一眼天空。这证实了刚才的猜测，国家元首的举止看似随意，实际上都十分精确。在正常情况下，后面这个动作是绝对不会出现的，美国总统也注意到了这一点。

“纽约的灯火使星空暗淡了许多，华盛顿的星空比这里更灿烂。”总统说。

中国主席点点头，没有说话。

总统接着说："我也喜欢仰望星空，在变幻不定的历史进程中，我们这样的职业最需要一个永恒稳固的参照物。"

"这种稳固只是一种幻觉。"中国主席说。

"为什么这么说呢？"

中国主席没有回答，指着空中刚刚出现的群星说："您看，那是南十字座，那是大犬座。"

总统笑着说："您刚刚证明了星空的稳固。在一万年前，如果这里站着一位原始人，他看到的南十字座和大犬座的形状一定与我们现在看到的完全一样，这形象的名字可能就是他们首先想出来的。"

"不，总统先生，事实上，昨天这里的星空都可能与今天不同。"中国主席第三次仰望星空，他脸色平静，但眼中严峻的目光使秘书长和总统都暗暗紧张起来，他们也抬头看天，这与他们见过无数次的宁静的星空，没有什么异样，他们都询问地看着主席。

"我刚才指出的那两个星座，应该只能在南半球看到。"主席说，他没有再次向他们指出那些星座，也没有再看星空，双眼沉思着平视前方。

秘书长和总统迷惑地看着主席。

"我们现在看到的，是地球另一面的星空。"主席平静地说。

"您……开玩笑？！"总统差点失声惊叫起来，但他控制住了自己，声音反而比刚才更低了。

"看，那是什么？"秘书长指指天顶说，为了不惊动其他人，他的手只举到与眼睛平齐。

"当然是月亮。"总统向正上方看了一眼说，看到旁边的中国主席缓缓地摇了摇头，他又抬头看，这次对自己的判断产生了怀疑：初看去，天

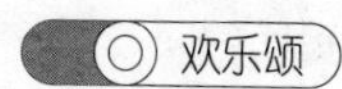

空正中那个半圆形的东西很像半盈的月亮，但它呈蔚蓝色，仿佛是白昼的蓝天退去时被粘下了一小片。总统仰头仔细观察太空中的那个蓝色半圆，一旦集中注意力，他那敏锐的观察力就表现出来了。他伸出一根手指，用它作为一把尺子量着这个蓝月亮，说："它在扩大。"

他们三人都仰头目不转睛地盯着看，不再顾及是否惊动了别人。两边和后面的国家元首们都注意到了他们的动作，有更多的人抬头向那个方向看，露天舞台上乐队调试乐器的声音也戛然而止。

这时已经可以肯定那个蓝色的半球不是月亮，因为它的直径已膨胀到月亮的一倍左右，它的另一个处在黑暗中的半球也显现出来，呈暗蓝色。在明亮的半球上可以看清一些细节，人们发现它的表面并非全部是蓝色，还有一些黄褐色的区域。

"天啊，那不是北美洲吗？！"有人惊叫，他是对的，人们看到了那熟悉的大陆形状，它此时正处在球体明亮与黑暗的交界处，不知是否有人想到，这与他们现在所处的位置是一致的。接着，人们又认出了亚洲大陆，认出了北冰洋和白令海峡……

"那是……是地球！！"

美国总统收回了手指，这时太空中蓝色球体的膨胀不借助参照物也能看出来，它的直径现在至少三倍于月球了！开始，人们都觉得它像一个在太空中即将被吹胀的气球，但人群中的又一声惊呼立刻改变了人们的这个想象。

"它在掉下来！！"

这话给人们看到的景象提供了一个合理的解释，不管是否正确，他们都立刻对眼前发生的事有了新的感觉：太空中的另一个地球正在向他们砸下来！那个蓝色球体在逼近，它已占据了三分之一的天空，其表面的细节可以看得更清楚了：褐色的陆地上布满了山脉的皱纹，一片片云层好像是紧贴着大陆的残雪，云层在大地上投下的影子给它们镶上了一圈黑边；北极也有一层白色，它们的某些部分闪闪发光，那不是云，是冰层；在蔚蓝色的海面上，有一个旋涡状物体，懒洋洋地转动着，雪白雪白的，看上柔弱而美丽，像一朵贴在晶莹蓝玻璃瓶壁上的白绒花，那是一处刚刚形成的台风……当那蓝色的巨球占据了一半天空时，几乎在同一时刻，人们的视觉再次发生了奇妙的变化。

"天啊，我们在掉下去！"

这感觉的颠倒是在一瞬间发生的，这个占据半个天空的巨球表面突然产生了一种高度感，人们感觉到脚下的大地已不存在，自己处于高空中，正向那个地球掉下去、掉下去……那个地球表面可以看得更细了，在明暗交界线黑暗一侧的不远处，视力好的人可以看到一条微弱的荧光带，那是美国东海岸城市的灯光，其中较为明亮的一小团荧光就是纽约，是他们所在的地方。来自太空的地球迎面扑来，很快占据了三分之二的天空，两个地球似乎转眼间就要相撞了，人群中传出了一两声惊叫，许多人恐惧地闭上了双眼。

就在这时，一切突然静止，天空中的地球不再下落，或者脚下的地球不再向下坠。这个占据三分之二天空的巨球静静地悬在上方，大地笼罩在它那蓝色的光芒中。

这时，市区传来喧闹声，骚乱开始出现了。但草坪上的人们毕竟是人类中面对意外事件神经最坚强的一群，面对这噩梦般的景象，他们很快控制住了自己的惊慌，默默思考着。

"这是一个幻象。"联合国秘书长说。

"是的，"中国主席说，"如果它是实体，应该能感觉到它的引力效应，我们离海这么近，这里早就被潮汐淹没了。"

“远不是潮汐的问题，”俄罗斯总统说，“两个地球的引力足以互相撕碎对方了。”

“事实上，物理定律不允许两个地球这么待着！”日本首相说，他接着转向中国主席，“那个地球出现前，你谈到了我们上方出现了南半球的星空，这与现在发生的事有什么联系吗？”他这么说，等于承认刚才偷听了别人的谈话，但现在也顾不了这么多了。

“也许我们马上就能得到答案！”美国总统说，他这时正拿着一部移动电话说着什么，旁边的国务卿告诉大家，总统正在与国际空间站联系。于是，所有的人都把期待的目光会聚到他身上。总统专心地听着手机，几乎不说话，草坪陷入一片寂静之中，在天空中另一个地球的蓝光里，人们像一群虚幻的幽灵。就这么等了约两分钟，总统在众人的注视下放下电话，登上一把椅子，大声说：

“各位，事情很简单，地球的旁边出现了一面大镜子！”

镜子

它就是一面大镜子，很难再被看成别的什么东西。它的表面能对可见光进行毫不衰减、毫不失真的全反射，也能反射雷达波。这面宇宙巨镜的面积约一百亿平方千米，如果拉开足够的距离看，镜子和地球，就像一个棋盘正中放着的一枚棋子。

本来，对于奋进号上的宇航员来说，得到这些初步的信息并不难。他们中有一名天文学家和一名空间物理学家，他们还可借助包括国际空间站在内的所有太空设施进行观测，但航天飞机险些因他们暂时的精神崩溃而坠毁。国际空间站是最完备的观测平台，但它的轨道位置不利于对镜子的观测，因为镜子悬于地球北极上空约450公里的高度，其镜面与地球的自转轴几乎垂直。而此时，奋进号航天飞机已变轨至一条通过南北极上空的轨道，为完成一项对极地上空臭氧空洞的观测，它的轨道高度升至280公里，正从镜子与地球之间飞过。

那情形真是一场噩梦，航天飞机在两个地球之间爬行，仿佛飞行在由两道蓝色的悬崖构成的大峡谷中。驾驶员坚持认为这是幻觉，是他在三千小时的歼击机飞行时间中遇到过两次的倒飞幻觉[①]，但指令长坚持认为确实有两个地球，并命令根据另一个地球的引力参数调整飞行轨道，而那名天文学家及时制止了他。他们初步控制了自己的恐慌后，通过观测航天飞机的飞行轨道得知，两个地球中有一个没有质量。大家都倒吸了一口冷气，如果按两个地球质量相等来调整轨道，奋进号此时已变成北极冰原上空的一颗火流星了。

宇航员们仔细观察那个没有质量的地球，目测可知，航天飞机距那个地球要远许多，但它的北极与这个地球的北极好像没有什么不同，事实上它们太相像了。宇航员们看到，在两个地球的北极点上空都有一道极光，这两道长长的暗红色火蛇在两个地球的同一位置以完全相同形状缓缓扭动着。后来他们终于发现了一件这个地球没有的东西，那个零质量地球上空有一个飞行物，通过目测，他们判断那个飞行物是在零质量地球上空约300公里的轨道上运行。他们用机载雷达探测它，想得到它精确的轨道参数，但雷达波在100多公里处像遇到一堵墙一样弹了回来，零质量地球和那个

① 一种飞行幻觉，飞行员在幻觉中误认为飞机在倒飞。

飞行物都在墙的另一面。指令长透过驾驶舱的舷窗用高倍望远镜观察那个飞行物，看到那也是一架航天飞机，它正沿低轨道越过北极的冰海，看上去像一只在蓝白相间的大墙上爬行的蛾子。他注意到，在那架航天飞机的前部舷窗里有一个身影，看得出那人正举着望远镜向这里看，指令长挥挥手，那人也同时挥挥手。

于是他们得知了镜子的存在。

航天飞机改变轨道，向上沿一条斜线向镜子靠近，一直飞到距镜子3公里处，在视距6公里远处宇航员们可以清楚看到奋进号在镜子中的映像，尾部发动机喷出的火光使它像一只缓缓移动的萤火虫。

一名宇航员进入了太空，进行人类同镜子的第一次接触。太空服上的推进器拉出一道长长的白烟，宇航员很快越过了这3公里距离，他小心翼翼地调整着推进器的喷口，最后悬浮在与镜子相距10米左右的位置。在镜子中，他的映像异常清晰，毫不失真；由于宇航员是在轨道上运行，而镜子与地球处于相对静止状态，所以宇航员与镜子之间有高达每秒近十公里的相对速度，他实际上是在闪电般掠过镜子表面，但从镜子上丝毫看不出这种运动。

这是宇宙中最平滑、最光洁的表面了。

在宇航员减速时，曾把推进器的喷口长时间对着镜子，苯化物推进剂形成的白雾向镜子飘去。以前在太空行走中，当这种白雾接触航天飞机或空间站的外壁时，会立刻在上面留下一片由霜构成的明显的污痕。他由此断定，白雾也会在镜子上留下痕迹。由于相互间的高速运动，这痕迹将是长长的一道，就像他童年时常用肥皂在浴室的镜子上划出的一样。但航天飞机上的人没有看到任何痕迹，那白雾在接触镜面后就消失了，镜面仍是那样令人难以置信地光洁。

由于轨道的形状，航天飞机和这名宇航员能与镜子这样近距离接触的时间不多，这就使宇航员焦急地做下一件事。得知白雾在镜面上消失，几乎是下意识地，他从工具袋中掏出一把空心扳手，向镜子掷过去。扳手刚出手，他和航天飞机上的人都惊呆了，他们这时才意识到扳手与镜面之间的相对速度，这速度使扳手具有一颗重磅炸弹的威力。他们恐惧看着扳手翻滚着向镜面飞去，恐惧地想象着在接触的一瞬间，蛛网状致密的裂纹从接触点呈放射状在镜面平原上闪电般扩散，巨镜化为亿万片在阳光中闪烁的小碎片，在漆黑的太空中形成一片耀眼的银色云海……但扳手接触镜面后立刻消失了，没留下一丝痕迹，镜面仍光洁如初。

其实，很容易得知镜子不是实体，没有质量，否则它不可能以与地球相对静止的状态悬浮在北半球上空（按它们的大小比例，更准确的说法应该是地球悬浮在镜面的正中）。镜子不是实体，而是一种力场类的东西，刚才与其接触的白雾和扳手证明了这一点。

宇航员小心地开动推进器，喷口的微调装置频繁地动作，最后使他与镜面的距离缩短为半米。他与镜子中的自己面对面地对视着，再次惊叹映像的精确，那是现实的完美拷贝，给人的感觉甚至比现实更精细。他抬起一只手，伸向前去，与镜面中的手相距不到1厘米的距离，几乎合到一起。耳机中一片寂静，指令长并没有制止他，他把手向前推去，手在镜面下消失了，他与镜中人的两条胳膊从手腕连在一起，他的手在这接触过程中没有任何感觉。他把手抽回来，举在眼前仔细看，太空服、手套完好无损，也没有任何痕迹。

宇航员和下面的航天飞机正在飘离镜面，他们只能不断地开动发动机和推进器保持与镜面的近距离，但由于飞行轨道的形状，飘离变得越来越快，很快将使这种修正成为不可能。再次近距离接触只能等绕地球一周转回来时，那时谁知道镜子还在不在？想到这里，他下定决心，启动推进器，径直向镜面冲去。

宇航员看到镜中自己的映像迎面扑来，最后，映像中的太空服头盔上那个像大水银泡似的单向反射面罩充满了视野。在与镜面相撞的瞬间，他努力使自己没有闭上双眼。相撞时没有任何感觉，这一瞬间后，眼前的一切消失了，空间黑了下来，他看到了熟悉的银河星海。他猛地回头，在下面也是完全一样的银河景象，但有一样上面没有的东西：渐渐远去的他自己的映像。映像是从下向上看，只能看到他的鞋底，他和映像身上的两个推进器喷出的两条白雾平滑地连接在一起。

他已穿过了镜子，镜子的另一面仍然是镜子。

在他冲向镜子时，耳机中响着指令长的声音，但穿过镜面后，这声音像被一把利刀切断了，这是镜子挡住了电波。更可怕的是镜子的这一面看不到地球，周围全是无际的星空。宇航员感到自己被隔离在了另一个世界，心中一阵恐慌。他调转喷口，刹住车后向回飞去。这一次，他不像来时那样使身体与镜面平行，而是与镜面垂直，头朝前像跳水那样向镜面冲去。在即将接触镜面前，他把速度降到了很低，与镜中的映像头顶头地连在一起，在他的头部穿过镜子后，他欣慰地看到了下方蓝色的地球，耳机中也响起了指令长熟悉的声音。

他把飘行的速度降到零，这时，他只有胸部以上的部分穿过了镜子，身体的其余部分仍在镜子的另一面。他调整推进器的喷口方向，开始后退，这使得仍在镜子另一面的喷口喷出的白雾溢到了镜子这一面，白雾从他周围的镜面冒出，他仿佛是在沉入一个白雾缭绕的平静湖面。当镜面升到鼻子的高度时，他又发现了一件令人吃惊的事：镜面穿过太空服头盔的面罩，充满了他的脸和面罩间的这个月牙形的空间。他向下看，这个月牙形的镜面映着他那惊恐的瞳仁。镜面一定整个切穿了他的头颅，但什么也感觉不到。他把飘行速度减到最低，比钟表的秒针快不了多少，一毫米一毫米地移动，终于使镜面升到自己的瞳仁正中。这时，镜子从视野中完全消失了，周围的一切都恢复了原状：一边是蓝色的地球，另一边是灿烂的银河。但这个他熟悉的世界只存在了两三秒钟，飘行的速度不可能完全降到零，镜面很快移到了他双眼的上方，一边的地球消失了，只剩下另一边的银河。在眼睛的上方，是挡住地球的镜面，一望无际，伸向十几万公里的远方。由于角度极偏，镜面反射的星空图像在他眼中变了形，成了这镜面平原上的一片银色光晕。他将推进器反向，向相反的方向漂去，使镜面向眼睛降下来，在镜面通过瞳仁的瞬间，镜子再次消失，地球和银河再次同时出现。这之后，银河消失了，地球出现了，镜子移到了眼睛的下方，镜面平原上的光晕变成了蓝色的，他就这样以极慢的速度来回漂移着，使瞳仁在镜面的两侧浮动，感到自己仿佛穿行于隔开两个世界的一张薄膜间。经过反复努力，他终于使镜面较长时间地停留在瞳仁的正中，镜子消失了。他睁大双眼，想从镜面所在的位置看到一条细细的直线，但什么也没看出来。

“这东西没有厚度！”他惊叫。

“也许它只有几个原子那么厚，你看不到而已。这也是它的到来没有被地球觉察的原因，如果它以边缘对着地球飞来，就不可能被发现。”航天飞机上的人评论说，他们在看着传回的图像。

但最让他们震惊的是，这面可能只有几个原子的厚度，但面积有上百个太平洋的镜子，竟绝对平坦，以至于镜面与视线平行时完全看不到它，这是古典几何学世界中的理想平面。

由绝对的平坦可以解释它绝对的光洁，这是一面理想的镜子。

在宇航员们心中，孤独感开始压倒了震惊和恐惧，镜子使宇宙变得陌生了，他们仿佛是一群刚出生就被抛在旷野的婴儿，无力地面对着这个不可思议的世界。

这时，镜子说话了。

音乐家

“我是一名音乐家，”镜子说，“我是一名音乐家。”

这是一个悦耳的男音，在地球的整个天空响起，所有的人都能听得到。一时间，地球上熟睡的人都被惊醒，醒着的人则都如塑像般呆住了。

镜子接着说：“我看到了下面在举行一场音乐会，观众是能够代表这颗星球文明的人，你们想与我对话吗？”

元首们都看着秘书长，他一时茫然不知所措。

“我有事情要告诉你们。”镜子又说。

“你能听到我们说话吗？”秘书长试探着说。

镜子立即回答：“当然能，如果愿意，我可以分辨出下面的世界里每个细菌发出的声音，我感知世界的方式与你们不同，我能同时观察每个原子的旋转，我的观察还包括时间维，可以同时看到事物的历史，而不像你们，只能看到时间的一个断面，我对一切明察秋毫。”

“那我们是如何听到你的声音呢？”美国总统问。

“我在向你们的大气发射超弦波。”

“超弦波是什么？”

“一种从原子核中解放出来的强互作用力，它振动着你们的大气，如同一只大手拍动着鼓膜，于是你们听到了我的声音。”

“你从哪里来？”秘书长问。

“我是一面在宇宙中流浪的镜子，我的起源地在时间和空间上都太遥远，谈它已无意义。”

“你是如何学会英语的？”秘书长问。

“我说过，我对一切明察秋毫。这里需要声明，我讲英语，是因为听到这个音乐会上的人们在交谈中大都用这种语言，这并不代表我认为下面的世界里某些种族比其他种族更优越，这个世界没有通用语言，我只能这样。”

“我们有世界语，只是很少使用。”

“你们的世界语，与其说是为世界大同进行的努力，不如说是沙文主义的典型表现：凭什么世界语要以拉丁语系而不是这个世界的其他语系为基础？”

最后这句话在元首们中引起了极大的震动，他们紧张地窃窃私语起来。

“你对地球文明的了解让我们震惊。”秘书长由衷地说。

“我对一切明察秋毫，再说，透彻地了解一粒灰尘并不困难。”

美国总统看着天空说：“你是指地球吗？你确实比地球大很多，但从宇宙尺度来说，你的大小与地球是同一个数量级的，你也是一粒灰尘。”

“我连灰尘都不是，”镜子说，“很久很久以前我曾是灰尘，但现在我只是一面镜子。”

“你是一个个体呢，还是一个群体？”中国主席问。

“这个问题无意义，文明在时空中走过足够长的路时，个体和群体将同时消失。”

“镜子是你固有的形象呢，还是你许多形象中的一种？”英国首相问。秘书长把问题接下去，“就是说，你是否有意对我们显示出这样一个形象呢？”

“这个问题也无意义，文明在时空中走过足够长的路时，形式和内容将同时消失。”

“你对最后两个问题的回答我们无法理解。”美国总统说。

镜子没说话。

“你到太阳系来有目的吗？”秘书长问出了最关键的问题。

“我是一个音乐家，要在这里举行音乐会。”

“这很好！”秘书长点点头说，“人类是听众吗？”

“听众是整个宇宙，虽然最近的文明世界也要在百年后才能听到我的琴声。”

“琴声？琴在哪里？！”克莱德曼在舞台上问。

这时，人们发现，占据了大部分天空的地球映像突然向东方滑去，速度很快。天空的这种变幻看上去很恐怖，给人一种天在塌下来的感觉，草坪上有几个人不由自主地捂住了脑袋。很快，地球映像的边缘已接触到了东方的地平线，几乎与此同时，一片光明突然出现，使所有人的眼睛一片晕花，什么都看不清了。当他们的视力恢复后，看到太阳突然出现在刚才地球映像腾出来的天空中，灿烂的阳光瞬间撒满大地，周围的世界毫发毕现，天空在瞬间由漆黑变成明亮的蔚蓝。地球的映像仍然占据东半部天空，但上面的海洋已与蓝天融为一体，大陆像是天空中一片片褐色的云层。这突然的变化使所有的人目瞪口呆，过了好一阵儿，秘书长的一句话才使大家对这不可思议的现实多少有了一些把握。

“镜子倾斜了。”

是的，太空中的巨镜倾斜了一个角度，使太阳也进入了映像，把它的光芒反射到地球这黑夜的一侧。

“它转动的速度真快！”中国主席说。

秘书长点点头，“是的，想想它的大小，以这样的速度转动，它的边缘可能已接近光速了！”

“任何实体物质都不可能经受这样的转动所产生的应力，它只是一个力场，这已被我们的宇航员证明了。作为力场，接近光速的运动是很正常的。”美国总统说。

这时，镜子说话了：“这就是我的琴，我是一名恒星演奏家，我将弹奏太阳！”

这气势磅礴的话把所有的人镇住了，元首们呆呆地看着天空中太阳的映像，好一阵儿才有人敬畏地问怎样弹奏。

“各位一定知道，你们使用的乐器大多有一个音腔，它们是由薄壁所包围的空间区域，薄壁将声波来回反射，这样就将声波禁锢在音腔内，形成共振，发出动听的声音。对电磁波来说恒星也是一个音腔，它虽没有有形的薄壁，但存在对电磁波的传输速度梯度，这种梯度将折射和反射电磁波，禁锢在恒星内部，产生电磁共振，奏出美妙的音乐。”

“那这种琴声听起来是什么样子呢？”克莱德曼向往地看着天空问。

“在九分钟前，我在太阳上试了试音，现在，琴声正以光速传来，当然，它是以电磁形式传播的，但我可以用超弦波在你们的大气中把它转换成声波，请听……”

长空中响起了几声空灵悠长的声音，很像钢琴的声音，这声音有一种魔力，一时攫住了所有的人。

“从这声音中，您感到了什么？”秘书长问中国主席。

主席感慨地说：“我感到整个宇宙变成了一座大宫殿，一座有二百亿光年高的宫殿，这声音在宫殿中缭绕不止。”

“听到这声音，您还否认上帝的存在吗？”美国总统问。

主席看了总统一眼说，“这声音来自现实世界，如果这个世界就能够产生出这样的声音，上帝就变得更无必要了。”

节拍

“演奏马上就要开始了吗？”秘书长问。

“是的，我在等待节拍。”镜子回答。

“节拍？”

“节拍在四年前就已启动，它正以光速向这里传来。”

这时，天空发生了惊人的变化，地球和太阳的映像消失了，代之以一片明亮的银色波纹，这波纹跃动着，盖满了天空，地球仿佛沉入了一个超级海洋中，天空就是从水下看到的阳光照耀下的海面。

镜子解释说：“我现在正在阻挡着来自外太空的巨大辐射，我没有完全反射这些辐射，你们看到有一小部分透了过去，这辐射来自一颗四年前爆发的超新星。”

“四年前？那就是人马座了。”有人说。

“是的，人马座比邻星。”

“可是据我所知，那颗恒星完全不具备成为超新星的条件。”中国主席说。

“我使它具备了。”镜子淡淡地说。

人们这时想起了镜子说过的话，他说为这场音乐会进行了四年多的准备，那指的就是这件事了，镜子选定太阳为乐器后立刻引爆了比邻星。从镜子刚才对太阳试音的情形看，它显然具有超空间的作用能力，这种能力使它能在一个天文单位的距离之外弹振太阳，但对四光年之遥的恒星，它是否仍具有这种能力还不得而知。镜子引爆比邻星可能通过两种途径：在太阳系通过超空间作用，或者通过空间跳跃在短时间内到达比邻星附近引爆它，再次跳跃回到太阳系。不管通过哪种方式，对人类来说这都是神的力量。但不管怎样，超新星爆发的光线仍然要经过四年时间才能到达太阳系。镜子说过演奏太阳的乐声是以电磁形式传向宇宙的，那么对于这个超级文明来说，光速就相当于人类的声速，光波就是他们的声波，那他们的光是什么呢？人类永远不得而知。

“对你操纵物质世界的能力，我们深感震惊。”美国总统敬畏地说。

“恒星是宇宙荒漠的石块，是我的世界中最多最普通的东西。我使用恒星，有时把它当作一件工具，有时是一件武器，有时是一件乐器……现在我把比邻星做成了节拍器，这与你们的祖先使用石块没什么本质的区别，都是用自己世界中最普通的东西来扩大和延伸自己的能力。”

然而草坪上的人们看不出这两者有什么共同点，他们放弃与镜子在技术上进行沟通的尝试，人类离理解这些还差得很远，就像蚂蚁离理解国际空间站差得很远一样。

天空中的光波开始暗下来，渐渐地，人们觉得照在上面这个巨大海面上的不是阳光而是月光了，超新星正在熄灭。

秘书长说：“如果不是镜子挡住了超新星的能量，地球现在可能已经是一个没有生命的世界了。”

这时天空中的波纹已经完全消失了，巨大的地球映像重现，仍占据着大部分夜空。

“镜子说的节拍在哪里？”克莱德曼问，这时他已从舞台上下来，与元首们站在一起。

“看东面！”这时有人喊了一声，人们发现东方的天空中出现了一条笔直的分界线。这条线横贯整个天空，分界线两侧的天空是两个不同的景象：分界线西面仍是地球的映像，但它已被这条线切去了一部分；分界线东面则是灿烂的星空，有很多人都看出来了，这是北半球应有的星空，不是南半球星空的映像。分界线在由东向西庄严地移动，星空部分渐渐扩大，地球的映像正在由东向西被抹去。

“镜子在飞走！”秘书长喊道。人们很快知道他是对的，镜子在离开地球上空，它的边缘很快消失在西方地平线下，人们又站在了他们见过无数次的正常的星空下。这之后人们再也没有见到镜子，它也许飞到它的琴——太阳附近了。

草坪上的人们带着一丝欣慰看着周围他们熟悉的世界，星空依旧，城市的灯火依旧，甚至草坪上嫩芽的芳香仍飘散在空气中。

节拍出现。

白昼在瞬间降临，蓝天突现，灿烂的阳光洒满大地，周围的一切都明亮凸现出来；但这白昼只持续了一秒钟就熄灭了，刚才的夜又恢复了，星空和城市的灯火再次浮现；这夜也只持续了一秒钟，白昼再次出现，一秒钟后又是夜；然后，白昼、夜、白昼、夜、白昼、夜……以与脉搏相当的频率交替出现，仿佛世界是两片不断切换的幻灯片映出的图像。

这是白昼与黑夜构成的节拍。

人们抬头仰望，立刻看到了那颗闪动的太阳，它没有大小，只是太空中一个刺目的光点。

“脉冲星。”中国主席说。

这是超新星的残骸，一颗旋转的中子星。中子星那致密的表面有一个裸露的热斑。随着星体的旋转，中子星成为一座宇宙灯塔，热斑射出的光柱旋转着扫过广漠的太空。当这光柱扫过太阳系时，地球的白昼就短暂地出现了。

秘书长说：“我记得脉冲星的频率比这快得多，它好像也不会发出可见光。”

美国总统用手半遮着眼睛，艰难地适应着这疯狂的节拍世界。“频率快是因为中子星聚集了原恒星的角动量，镜子可以通过某种途径把这些角动量消耗掉；至于可见光嘛……你们真认为镜子还有什么做不到的事？”

“但有一点，”中国主席说，“没有理由认为宇宙中所有生物的生命节奏都与人类一样，它们的音乐节拍的频率肯定各不相同，比如镜子，它的正常节拍频率可能比我们最快的电脑主频都快……”

“是的，”总统点点头，“也没有理由认为它们可视的电磁波段都与我们的可见光相同。”

“你们是说，镜子是以人类的感觉为基准来演奏音乐的？”秘书长吃惊地问。

中国主席摇摇头说：“我不知道，但肯定要有一个基准的。”

脉冲星强劲的光柱庄严地扫过冷寂的太空，像一根长达四十万亿公里，还在以光速不断延长的指挥棒。在这一端，太阳在镜子那无形手指的弹拔下发出浑厚的、以光速向宇宙传播的电磁乐音。

太阳音乐会开始了。

太阳音乐

一阵沙沙声，像是电磁噪声干扰，又像是无规则的海浪冲刷沙滩的声音，从这声音中有时能听出一丝荒凉和广漠，但更多的是混沌和无序。这声音一直持续了十多分钟毫无变化。

“我说过，我们无法理解它们的音乐。”俄罗斯总统打破沉默说。

“听！”克莱德曼用一根手指指着天空说，其他人过了好一会儿才听出了他那经过训练的耳朵听到的旋律，那是结构最简单的旋律，只由两个音符组成，好像是钟表的嘀嗒声。这两个音符不断出现，但有很长的间隔。后来，又出现了另一个双音符小节，然后出现了第三个、第四个……这些双音符小节在混沌的背景上不断浮现，像一群暗夜中的萤火虫。

一种新的旋律出现了，它有四个音符。人们都把目光转向克莱德曼，他在注意地听着，好像感觉到了些什么，这时四音符小节的数量也增加了。

“这样吧，”他对元首们说，“我们每个人记住一个双音符小节。”于是大家注意听着，每人努力记住一个双音符小节，然后凝神等着它再次出现以巩固自己的记忆。

过了一会儿，克莱德曼又说：“好啦，现在注意听一个四音符小节，得快些，不然乐曲越来越复杂，我们就什么也听不出来了……好，就这个，有人听出什么来了吗？”

“它的前两个音符是我记住的那一对音符！”巴西元首高声说。

“后一半是我记住的那一对！”加拿大元首说。

人们接着发现，每个四音符小节都是由前面两个双音符小节组成的。随着四音符小节数量的增多，双音符小节的数量在减少，似乎前者在消耗后者。再后来，八音符小节出现了，结构与前面一样，是由已有的两个四音符小节合并而成的。

“你们都听出了什么？”秘书长问周围的元首们。

“在闪电和火山熔岩照耀下的原始海洋中，一些小分子正在聚合成大分子……当然，这只是我完全个人化的想象。”中国主席说。

“想象请不要拘泥于地球，”美国总统说，“这种分子的聚集也许是发生在一片映射着恒星光芒的星云中，也许正在聚集组合的不是分子，而是恒星内部的一些核能旋涡……”

这时，一个多音符旋律以高音凸现出来，它反复出现，仿佛是这昏暗的混沌世界中一道明亮的小电弧。

“这好像是在描述一个质变。”中国主席说。

一个新的乐器的声音出现了，这连续的弦音很像小提琴发出的。它用另一种柔美的方式重复着那个凸现的旋律，仿佛是后者的影子。

“这似乎在表现某种复制。”俄罗斯总统说。

连续的旋律出现了，是那种类似小提琴的乐音，它平滑地变幻着，好像是追踪着某种曲线运动的目光。

英国首相对中国主席说：“如果按照您刚才的思路，现在已经有某种东西在海中游动了。”

不知不觉中，背景音乐开始变化了，这时人们几乎忘记了它的存在，它从海浪声变幻为起伏的沙沙声，仿佛是暴雨在击打着裸露的岩石；接着又变了，变成一种与风声类似的空旷的声音。美国总统说：“海中的游动者在进入新环境，也许是陆上，也许是空中。”

所有的乐器突然一声短暂的齐奏，形成了一声恐怖的巨响，好像是什么巨大的实体轰然坍塌，然后，一切戛然而止，只剩下开始那种海浪似的背景声在荒凉地响着。然后，那简单的双音节旋律又出现了，又开始了缓慢而艰难的组合，一切重新开始……

“我敢肯定，这描述了一场大灭绝，现在我们听到的是灭绝后的复苏。”

又经过漫长而艰难的过程，海中的游动者又开始进入世界的其他部分。旋律渐渐变得复杂而宏大，人们的理解也不再统一。有人想到一条大河奔流而下，有人想到广阔的平原上一支浩荡的队伍在跋涉，有人想到漆黑的太空中向黑洞涡旋而下的滚滚星云……但大家都同意，这是在表现一个宏伟的进程，也许是进化的进程。这一乐章很长，不知不觉一个小时过去了，音乐的主题终于发生了变化。旋律渐渐分化成两个，这两个旋律在对抗和搏斗，时而疯狂地碰撞，时而扭缠在一起……

“典型的贝多芬风格。”克莱德曼评论说，这之前很长时间人们都沉浸在宏伟的音乐中没有说话。

秘书长说：“好像是一支在海上与巨浪搏斗的船队。”

美国总统摇了摇头，“不，不是的，您应该能听出这两种力量没有本质的不同，我想是在表现一场蔓延到整个世界的战争。”

“我说，”一直沉默的日本首相插进来说，“你们真的认为自己能够理解外星文明的艺术？也许你们对这音乐的理解，只是牛对琴的理解。”

克莱德曼说："我相信我们的理解基本上正确。宇宙间通用的语言，除了数学可能就是音乐了。"

秘书长说："要证实这一点也许并不难：我们能否预言下一乐章的主题或风格？"

经过稍稍思考，中国主席说："我想下面可能将表现某种崇拜，旋律将具有森严的建筑美。"

"您是说像巴赫？"

"是的。"

果然如此，在接下来的乐章中，听众们仿佛走进一座高大庄严的教堂，听着自己的脚步在这宏伟的建筑内部发出空旷的回声，对某种看不见但无所不在的力量的恐惧和敬畏压倒了他们。

再往后，已经演化得相当复杂的旋律突然又变得简单了，背景音乐第一次消失了。在无边的寂静中，一串清脆短促的打击声出现了，一声，两声，三声，四声……然后，一声，四声，九声，十六声……一条条越来越复杂的数列穿梭而过。

有人问："这是在描述数学和抽象思维的出现吗？"

接下来音乐变得更奇怪了，出现了由小提琴奏出的许多独立的小节，每小节由三到四个音符组成，各小节中音符都相同，但其音程的长短出现了各种组合；还出现了一种连续的滑音，它渐渐升高然后降低，最后回到起始的音高。

人们凝神听了很长时间，希腊元首说："这，好像是在描述基本的几何形状。"

人们立刻找到了感觉，他们仿佛看到在纯净的空间中，一群三角形和四边形匀速地飘过，至于那种滑音，让人们看到了圆、椭圆和完美的正圆……渐渐地，旋律开始出现变化，表现为直线的单一音符都变成了滑音，但根据刚才乐曲留下的印象，人们仍能感觉到那些飘浮在抽象空间中的几何形状，但这些形状都扭曲了，仿佛浮在水面上……

“时空的秘密被发现了。”有人说。

下一个乐章是以一个不变的节奏开始的，它的频率与脉冲星打出的节拍由昼与夜构成的节拍相同。好像音乐已经停止了，只剩下节拍在空响。但很快，另一个不变的节奏也加入进来，频率比前一个稍快。之后，不同频率的节奏在不断地加入，最后出现了一个气势磅礴的大合奏，但在时间轴上，乐曲是恒定不变的，像一堵平坦的声音高墙。

对这一乐章，人们的理解惊人的一致：“一部大机器在运行。”

后来，出现了一个纤细的新旋律，如银铃般晶莹地响着，如梦幻般变幻不定，与背后那堵呆板的声音之墙形成鲜明对比，仿佛是飞翔在那部大机器里的一个银色小精灵。这个旋律仿佛是一滴小小的但强有力的催化剂，在钢铁世界中引发了奇妙的反应：那些不变的节奏开始波动变幻，大机器的粗轴和巨轮渐渐变得如橡皮泥般柔软，最后，整个合奏变得如那个精灵旋律一样轻盈有灵气。

人们议论纷纷：“大机器具有智能了！”

“我觉得，机器正在与它的创造者相互接近。”

……

太阳音乐在继续，已经进行到一个新的乐章了。这是结构最复杂的一个乐章，也是最难理解的一个乐章。它首先用类似钢琴的声音奏出一个悠远空灵的旋律，然后以越来越复杂的合奏不断地重复演绎这个主题，每次重复演绎都使得这个主题在上次的基础上变得更加宏大。

在这种重复进行了几次后，中国主席说：“以我的理解，是不是这样的：一个思想者站在一个海岛上，用他深邃的头脑思索着宇宙；镜头向上升，思想者在镜头的视野中渐渐变小，当镜头从空中把整个海岛都纳入视野后，思想者像一粒灰尘般消失了；镜头继续上升，海岛在渐渐变小，镜头升出了大气层，在太空中把整个行星纳入视野，海岛像一粒灰尘般消失了；太空中的镜头继续远离这颗行星，把整个行星系纳入视野，这时，只能看到行星系的恒星，它在漆黑的太空中看去只有台球般大小，孤独地发着光，而那颗有海洋的行星，也像一粒灰尘般消失了……”

美国总统聆听着音乐，接着说：“……镜头以超光速远离，我们发现在我们的尺度上空旷而广漠的宇宙，在更大的尺度上却是一团由恒星组成的灿烂的尘埃。当整个银河系进入视野后，那颗带着行星的恒星像一粒灰尘般消失了；镜头接着跳过无法想象的距离，把一个星系团纳入视野，眼前仍是一片灿烂的尘埃，但尘埃的颗粒已不再是恒星而是恒星系了……”

秘书长接着说：“……这时银河系像一粒灰尘般消失了，但终点在哪儿呢？”

地球上的人们重新把全身心沉浸在音乐中，乐曲正在达到它的顶峰。在音乐家强有力的思想推动下，那个拍摄宇宙的镜头被推到了已知的时空之外，整个宇宙都被纳入视野，那个包含着银河系的星系团也如一粒灰尘般消失了。人们凝神等待着终极的到来，宏伟的合奏突然消失了，只有开始那种类似钢琴的声音在孤独地响着，空灵而悠远。

“又返回到海岛上的思想者了吗？”有人问。

克莱德曼倾听着摇了摇头，“不，现在的旋律与那时完全不同。”

这时，全宇宙的合奏再次出现，不久停了下来，又让位于钢琴独奏。这两个旋律就这样交替出现，持续了很长时间。

克莱德曼凝神听着，突然恍然大悟，“钢琴是在倒着演奏合奏的旋律！”

美国总统点点头，“或者说，它是合奏的镜像，哦，宇宙的镜像，这就是镜子了。”

音乐显然已近尾声，全宇宙合奏与钢琴独奏同时进行，钢琴精确地倒奏着合奏的每一处，它的形象凸现在合奏的背景上，但两者又那么和谐。

中国主席说：“这使我想起了一个现代建筑流派，叫光亮派。为了避免新建筑对周围传统环境的影响，把建筑的表面全部做成镜面，使它通过反射环境来与周围达到和谐，同时也以这种方式表现了自己。”

“是的，当文明达到了一定的程度，它可能也会通过反射宇宙来表现自己的存在。”秘书长若有所思地说。

钢琴突然由反奏变为正奏，这样它立刻与宇宙合奏融为了一体，而后太阳音乐结束了。

欢乐颂

镜子说：“一场完美的音乐会，谢谢欣赏它的所有人类，好，我走了。”

“请等一下！”克莱德曼高喊一声，“我们有一个最后的要求，你能否用太阳弹奏一首人类的音乐？”

“可以，哪一首呢？”

元首们互相看了看。“弹贝多芬的《命运》吧。”德国总理说。

“不，不应该是《命运》，”美国总统摇摇头说，“现在已经证明，人类不可能扼住命运的喉咙，人类的价值在于我们明知命运不可抗拒，死亡必定是最后的胜利者，却仍能在有限的时间里专心致志地创造着美丽的生活。”

“那就唱《欢乐颂》吧。”中国主席说。

镜子说：“你们唱吧，我可以通过太阳把歌声向宇宙传播出去，我保证，音色会很好的。”

这二百多人唱起了《欢乐颂》，歌声通过镜子传给了太阳，太阳再次振动起来，把歌声用强大的电磁脉冲传向太空的各个方向。

……

欢乐啊，美丽神奇的火花，

来自极乐世界的女儿。

天国之女啊，我们如醉如狂，

踏进了你神圣的殿堂。

被时尚无情分开的一切，

你的魔力又把它们重新联结。

……

五小时后，歌声将飞出太阳系；四年后，歌声将到达人马座；十万年后，歌声将传遍银河系；二十多万年后，歌声将到达最近的恒星系大麦哲伦星云；六百万年后，歌声将传遍本星系团的四十多个恒星系；一亿年之后，歌声将传遍本超星系团的五十多个星系群；一百五十亿年后，歌声将传遍目前已知的宇宙，并向继续膨胀的宇宙传出去，如果那时宇宙还膨胀的话。

……

在永恒的大自然里，

欢乐是强劲的发条，

在宏大的宇宙之钟里，

是欢乐，在推动着指针旋跳。

它催含苞的鲜花怒放，

它使艳阳普照穹苍。

甚至望远镜都看不到的地方，

它也在使天体转动不息。

……

歌唱结束后，在音乐会的草坪上，所有人都陷入长时间的沉默，元首们都在沉思着。

“也许，事情还没到完全失去希望的地步，我们应该尽自己的努力。”中国主席首先说。

美国点点头，“是的，世界需要联合国。”

“与未来所避免的灾难相比，我们各自所需做出的让步和牺牲是微不足道的。”俄罗斯总统说。

“我们所面临的，毕竟只是宇宙中一粒沙子上的事，应该好办。”英国首相仰望着星空说。

各国元首纷纷表示赞同。

“那么，各位是否同意延长本届联合国大会呢？”秘书长满怀希望地问道。

“这当然需要我们同各自的政府进行联系，但我想问题应该不大。”美国总统微笑着说。

“各位，今天真是一个值得纪念的日子！”秘书长无法掩饰自己的喜悦，“现在，让我们继续听音乐吧！”

《欢乐颂》又响了起来。

镜子以光速飞离太阳，它知道自己再也不会回来，在那十几亿年的音乐家生涯中，他从未在一个恒星重复演奏过，就像人类的牧羊人从不重掷同一块石子。飞行中，他听着《欢乐颂》的余音，那永恒平静的镜面上出现了一圈难以觉察的涟漪。

“嗯，是首好歌。”

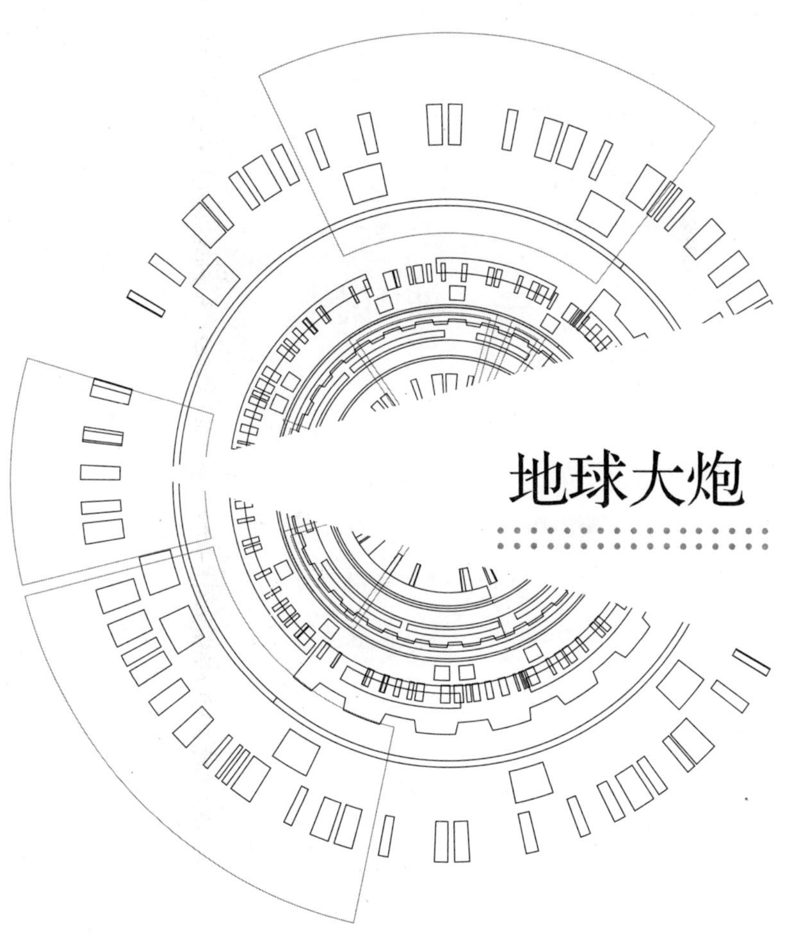

地球大炮

随着各大陆资源的枯竭和环境的恶化，世界把目光投向南极洲。南美突然崛起的两大强国在世界政治格局中取得了与他们在足球场上同样的地位，使南极条约成了一纸空文。但人类的理智在另一方面取得了胜利，全球彻底销毁核武器的最后进程开始了。随着全球无核化的实现，人类对南极大陆的争夺变得安全了一些。

一　新固态

走在这个巨洞中，沈华北如同置身于没有星光的夜空下的黑暗平原上。脚下，在核爆的高温中熔化的岩石已经冷却凝固，但仍有强劲的热力透过隔热靴底使脚板出汗。远处洞壁上还没有冷却的部分散发出在黑暗中刚能看到的红光，如同这黑暗平原尽头的朦胧晨曦。走在沈华北左边的是他的妻子赵文佳，前面是他们八岁的儿子沈渊，这孩子在笨重的防辐射服中仍蹦蹦跳跳。在他们周围，是联合国核查组的人员，他们密封服头盔上的头灯在黑暗中射出许多道长长的光柱。

全球核武器的最后销毁采用了两种方式：拆卸和地下核爆炸。这是位于中国的地下爆炸销毁点之一。

核查组组长凯文斯基从后面赶上来，他的头灯在洞底投下前面三人晃动的长影子。“沈博士，您怎么把一家子都带来了？这里可不是郊游的好去处。”

沈华北停下脚步，等着这位俄罗斯物理学家赶上来。“我妻子是销毁行动指挥中心的地质工程师，至于儿子，我想他喜欢这种地方。”

“我们的儿子总是对怪异和极端的东西着迷。”赵文佳对丈夫说，透过防辐射面罩，沈华北看到了她脸上忧虑的表情。

小男孩儿在前面手舞足蹈地说：“这个洞开始时才只有菜窖那么大点儿呢，两次就给炸成这么大了！想想原子弹的火球像个被埋在地下的娃娃，哭啊叫啊蹬啊踹啊，真的很有趣儿呢！”

沈华北和赵文佳交换了一下眼色，前者面露微笑，后者脸上的忧虑又加深了一些。

“孩子，这次是八个娃娃！”凯文斯基笑着对沈渊说，然后转向沈华北，“沈博士，这正是我现在想要同您谈的。这次销毁的是八颗巨浪型潜射导弹的弹头，每颗当量十万吨级，这八颗核弹放在一个架子上呈正立方体布置……”

“有什么问题吗？”

“起爆前我从监视器中清楚地看到，在这个由核弹头构成的立方体正中，还有一个白色的球体。”

沈华北再次停住脚步，看着凯文斯基说：“博士，销毁条约规定了向地下放的东西不能少于多少，好像不禁止多放进去些什么。既然爆炸的当量用五种观测方式都核实无误，其他的事情应该是无所谓的。”

凯文斯基点点头：“这正是我在爆炸后才提这个问题的原因，只是出于好奇心。”

“我想您听说过‘糖衣’吧。”

沈华北的话如同一句咒语，使这巨洞中的一切都僵滞不动了，所有的人都停下了脚步，指向各个方向的头灯光柱也都不再晃动了。由于谈话是通过防辐射服里的无线电对讲系统进行的，远处的人也都能清楚地听到沈华北的话。短暂的静止后，核查组的成员们从各个方向会聚过来，这些不同国籍的人大部分都是核武器研究领域的精英。

“那东西真的存在？”一个美国人盯着沈华北问，后者点点头。

据传说，20世纪中叶，在得知中国第一次核试验完成的消息后，毛泽东的第一个问题是：“那是核爆炸吗？”不知是有意还是无意，这个问题问得很内行。裂变核弹的关键技术是向心压缩，核弹引爆时，裂变物质被包裹着它的常规炸药的爆炸力压缩成一个致密的球体，达到临界密度而引发剧烈的链式反应，产生核爆炸。这一切要在百万分之一秒内发生，对裂变物质的向心压缩必须极其精确，向心压力极微小的不平衡都可能在裂变物质还没有达到临界密度前将其炸散，那样的话所发生的只是一次普通的化学爆炸。自核武器诞生以来，研究者们用复杂的数学模型设计出各种形状的压缩炸药，近年来，又尝试用最新技术通过各种手段得到精确的向心压缩，“糖衣”就是这类技术设想中的一种。

“糖衣”是一种纳米材料，它用来在裂变弹中包裹核炸药，外面再包裹一层常规炸药。“糖衣”具有自动平衡分配周围压应力的功能，即使外层炸药爆炸时产生的压应力不均匀，经过“糖衣”的应力平衡分配，它包裹的核炸药仍能得到精确的向心压缩。

沈华北说：“你们看到的由八颗核弹头围绕的那个白色球体，是用‘糖衣’包裹的一种合金材料，它将在核爆中受到巨大的向心压力。这是我们计划在整个销毁过程中进行的一项研究，这毕竟是一个难得的机会，当核弹全部消失后，短时期内地球上很难再产生这么大的瞬间压力了。在如此巨大的向心压力下试验材料会变成什么，会发生些什么，将是一件很有意思的事，我们希望通过这项研究，为‘糖衣’技术在民用领域找到一个光明的前景。”

一位联合国官员说：“你们应该把石墨包在‘糖衣’中放进去，那样我们每次爆炸都能得到一大块钻石，耗资巨大的核销毁工程说不定变得有利可图呢。”

耳机里听到几声笑，没有技术背景的官员在这种场合总是受到轻蔑的。“八十万吨级核爆炸产生的压力，不知比将石墨转化为金刚石的压力大多少个数量级。”有人说。

沈渊清亮的童音突然在大家的耳机中响起：“这大爆炸产生的当然不是金刚石，我告诉你们是什么吧：是黑洞！一个小小的黑洞！它将把我们都吸进去，把整个地球吸进去！通过它，我们将钻到一个更漂亮的宇宙中！”

“呵呵，孩子，那这次核爆炸的压力又太小了……沈博士，您儿子的小脑袋真的不同寻常！”凯文斯基说，“那么试验结果呢？那块合金变成了什么？我想你们多半找不到它了吧？”

“我也还不知道呢，我们去看看吧。”沈华北向前指指说。核爆炸使这个巨洞呈规则的球形，因而洞的底面是一个小盆地，在盆地的正中央，晃动着几盏头灯，“那是‘糖衣’试验项目组的人。”

大家向盆地中央走去，感觉像走下了一道长长的山坡。这时，凯文斯基突然站住了，接着蹲下来把双手贴着地面，“地下有振动！”

其他人也感觉到了：“不会是核爆炸诱发的地震吧？”

赵文佳摇摇头，“销毁点所在地区的地质结构是经过反复勘测的，绝对不会诱发地震，这振动不是地震，它在爆炸后就出现了，持续不断直到现在，邓伊文博士说它与‘糖衣’试验有关，具体的我也不清楚。”

随着他们接近盆地中心，由地层深处传来的震动渐渐增强，直到使脚底发麻，仿佛大地深处有一个粗糙的巨轮在疯狂旋转。当他们来到盆地中心时，那一小群人中有一个站起身来，他就是赵文佳刚才提到的邓伊文，材料核爆压缩试验项目的负责人。

“你手里拿的什么？”沈华北指着邓伊文手中一大团白色的东西问。

“钓鱼线，”邓博士说着，分开围成一圈蹲在地上的那群人，他们正盯着地上的一个小洞看，那个洞出现在熔化后又凝结的岩石表面，直径约十厘米，呈很规则的圆形，边缘十分光滑，像钻机打的孔，邓伊文手中的钓鱼线正源源不断地向洞中放下去，“瞧，已经放了一万多米了，还远没到底儿呢。经雷达探测，这洞已有三万多米深，还在不断延长。”

“它是怎么来的？”有人问。

“那块被压缩后的试验合金钻出来的，它沉到地层中去了，就像石块在海面上沉下去一样，这震动就是它穿过致密的地层时传上来的。”

“哦，天啊，这可真是奇迹！”凯文斯基惊叹地说，“我还以为那块合金会被核爆的高温蒸发掉呢。”

邓伊文说：“如果没有包裹‘糖衣’的话会是那样的结果，但这次它还没来得及被蒸发，就被‘糖衣’聚焦的向心压力压缩成了一种新的物质形态，也许称它为超固态比较合适，但物理学中已经有了这个名称，我们就叫它新固态吧。”

“您是说，这东西的比重与地层的比重相比，就如同石块与水的比重一样？”

“比那要大得多，石块在水中下沉主要是因为水是液体，水结冰后比重变化不大，但放在上面的石块就沉不下去。现在新固态物质竟然在固态的岩石中下沉，可见它的密度是多么惊人！”

“您是说它成了中子星物质？”

邓伊文摇摇头，“我们现在还没有精确测定，但可以肯定它的密度比中子星的简并态物质小得多，这从它的下沉速度就可以看出来。如果真是一块中子星物质，那么它在地层中的下沉将如同陨石坠入大气层一样快，那会引起火山爆发和大地震。它是介于普通固态和简并态之间的一种物质形态。”

“它会一直沉到地心吗？”沈渊问。

“也许会吧，孩子，因为在下沉到一定深度后，地层物质将变成液态的，那将更有利于它的下沉！”

“真好玩儿，真好玩儿！”

在人们都把注意力集中到那个洞上的时候，沈华北一家三口悄悄地离开了人群，远远地走到黑暗之中。除了脚下地面的震动外，这里很静，他们头灯的光柱照不了多远就融入了黑暗中，仿佛他们只是无际虚空中三个抽象的存在。他们把对讲系统调到私人频道，在这里，小沈渊将做出一个影响一生的选择：是跟着爸爸还是跟着妈妈。

沈渊的父母面临着一个比离婚更糟的处境：他的爸爸现在已是血癌晚期。沈华北不知道他的病是否与所从事的核科学研究有关，但可以肯定自己已活不过半年了。幸运的是人体冬眠技术已经成熟，他将在冬眠中等待治愈血癌的技术出现。沈渊可以和父亲一起冬眠，然后再一同醒来，也可以同妈妈一起继续生活。从各方面考虑，显然后者是一个明智的选择，但孩子倾向于同爸爸一起到未来去，现在沈华北和赵文佳再次试图说服他。

“妈妈，我和你留下来，不同爸爸去睡觉了！”沈渊说。

“你改变主意了？！”赵文佳惊喜地问。

“是的，我觉得不一定非要去未来，现在就很好玩儿，比如刚才那个沉到地心去的东西，多好玩儿！”

“你决定了？”沈华北问，赵文佳瞪了他一眼，显然怕孩子又改变主意。

“当然！我去看那个洞了……”小沈渊说着向远处那头灯晃动的盆地中心跑去。

赵文佳看着孩子的背影，忧虑地说：“我不知道能不能带好他，这孩子太像你了，整日生活在自己的梦中，也许未来真的更适合他。”

沈华北扶着妻子的双肩说：“谁也不知道未来是什么样，再说像我有什么不好，总要有爱做梦的那一类人。”

“生活在梦中没什么可怕，我就是因为这个爱上你的，但你难道没有发现这孩子的另一面？他在学校竟然同时当上了两个班的班长！”

“这我也是刚知道，真不明白他是怎么做到的。”

“他的权力欲像刀子一样锋利，而且不乏实现它的能力和手段，这与你是完全不同的。”

“是啊，这两种性格怎么可能融为一体呢？”

“我更担心的是这种融合将来会发生什么？”

这时孩子的身影已完全融入远方那一群头灯中，他们将目光收回，都关掉头灯，将自己完全融入黑暗中。

沈华北说：“不管怎样，生活还得继续。我所等待的技术，也许在明年就能出现，也许要等上一个世纪，也许……永远也不会出现。你再活四十年没有问题，一定要答应我一个请求：如果四十年后那项技术还没出现，也一定要让我苏醒一次，我想再看看你和孩子，千万不要让这一次分别成为永别。”

黑暗中赵文佳凄凉地笑笑，“到未来去见一个老太婆妻子和一个比你大十岁的儿子？不过，像你说的，生活还得继续。”

他们就在这核爆炸形成的巨洞中默默地渡过了在一起的最后时光。明天，沈华北将进入无梦的长眠，赵文佳将和他们那个生活在梦中的孩子一起，继续沿着莫测的人生之路，走向不可知的未来。

二　苏醒

他用了一整天时间才真正醒来，意识初萌时，世界在他的眼中只是一团白雾，十个小时后这团白雾中出现了一些模糊的影子，也是白色的，又过了十个小时，他才辨认出那些影子是医生和护士。冬眠中的人是完全没有时间感的，所以沈华北这时绝对肯定自己的冬眠时间仅是这模糊的一天，他认定冬眠维持系统在自己刚失去知觉后就出了故障。视力进一步恢复后，他打量了一下这间病房，很普通的白色墙壁，安在侧壁上的灯发出柔和的光芒，形状看上去也很熟悉，这些似乎证实了他的感觉。但接下来他知道自己错了。病房白色的天花板突然发出明亮的蓝光，并浮现出醒目的白字：

您好！承担您冬眠服务的大地生命冷藏公司已于2089年破产，您的冬眠服务已全部移交绿云公司，您现在的冬眠编号是WS368200402-118，并享有与大地公司所签订合同中的全部权益。您已经完成全部治疗程序，您的全部病症已在苏醒前被治愈，请接受绿云公司对您获得新生的祝贺。

您的冬眠时间为74年5个月7天零13小时，预付费用没有超支。

现在是2125年4月16日，欢迎您来到我们的时代。

又过了三个小时他才渐渐恢复听力，并能够开口说话，在七十四年的沉睡后，他的第一句话是："我妻子和儿子呢？"

站在床边的那位瘦高的女医生递给他一张折叠的白纸。"沈先生，这是您妻子给您的信。"

我们那时已经很少有人用纸写信了……沈华北没把这话说出来，只是用奇怪的目光看了医生一眼，但当他用还有些麻木的双手展开那张纸后，得到了自己跨越时间的第二个证据：纸面一片空白，接着发出了蓝荧荧的光，字迹自上而下显示出来，很快铺满了纸面。他在进入冬眠前曾无数次想象过醒来后妻子对他说的第一句话，但这封信的内容超出了他最怪异的想象。

亲爱的，你正处于危险中！（大字体）

看到这封信时，我已不在人世。给你这封信的是郭医生，她是一个你可以信赖的人，也许是这个世界上你唯一可以信赖的人，一切听她的安排。

请原谅我违背了诺言，没有在四十年后苏醒你。我们的渊儿已成为一个你无法想象的人，干了你无法想象的事。作为他的母亲，我不知如何面对你，我伤透了心，已过去的一生对于我毫无意义，你保重吧。

“我儿子呢？沈渊呢？！”沈华北吃力地支起上身问。

“他五年前就死了。”医生的回答极其冷酷，丝毫不顾及这消息带给这位父亲的刺痛，接着她似乎多少觉察到这一点，安慰说：“您儿子也活了七十八岁。”

郭医生掏出一张卡片递给沈华北。“这是你的新身份卡，里面存贮的信息都在刚才那封信上。”

沈华北翻来覆去地看那张纸，上面除了赵文佳那封简短的信外什么都没有。当他翻动纸张时，折皱的部分会发出水样的波纹，很像用手指按压液晶显示器时发生的现象。郭医生伸手拿过那张纸，在右下角按了一下，纸上显示被翻过一页，出现了一个表格。

“对不起，真正意义上的纸张已经不存在了。”

沈华北抬头不解地看着她。

“因为森林已经不存在了。”她耸耸肩说，然后逐项指着表格上的内容，“你现在的名字叫王若，出生于2097年，父母双亡，也没有任何亲属，你的出生地在呼和浩特，但现在的居住地在这里——这是宁夏一个很偏僻的山村，是我能找到的最理想的地方，不会引人注意……不过你去那里之前需要整容……千万不要与人谈起你儿子，更不要表现出对他的兴趣。”

“可我出生在北京，是沈渊的父亲！”

郭医生直起身来，冷冷地说：“如果你到外面去这样宣布，那你的冬眠和刚刚完成的治疗就全无意义了。你，活不过一个小时。”

“到底发生了什么？！”

医生笑笑，“这个世界上大概只有你不知道……好了，我们要抓紧时间，你先下床练习行走吧，我们要尽快离开这里。”

沈华北还想问什么，突然响起了震耳的撞门声，门被撞开后，有六七个人冲了进来，围在他的床边。这些人年龄各异，衣着也不相同，他们的共同点是都有一顶奇怪的帽子，或戴在头上或拿在手中。这种帽子有齐肩宽的圆沿，很像过去农民戴的草帽；他们的另一个共同之处就是都戴着一个透明的口罩，其中有些人进屋后已经把它从嘴上扯了下来。这些人齐盯着沈华北，脸色阴沉。

“这就是沈渊的父亲吗？”问话的人看上去是这些人中最老的一位，留着长长的白胡须，像是有八十多岁了，不等医生回答，他朝周围的人点点头，“很像他儿子。医生，您已经尽到了对这个病人的责任，现在他属于我们了。”

“你们是怎么知道他在这儿的？”郭医生冷静地问。

不等老者回答，病房一角的一位护士说：“我，是我告诉他们的。”

“你出卖病人？！”郭医生转身愤怒地盯着她。

“我很高兴这样做。”护士说，她那秀丽的脸庞被狞笑扭曲了。

一个年轻人揪住沈华北的衣服把他从床上拖了下来，冬眠带来的虚弱使他瘫在地上，一个姑娘一脚踹在他的小腹上，那尖尖的鞋头几乎扎进他的肚子里，剧痛使他在地板上像虾似的弓起身体。那个老者用有力的手抓住他的衣领把他拎了起来，像竖一根竹竿似的想让他站住，看到不行后一松手，沈华北又仰面摔倒在地，后脑撞到地板上，眼前直冒金星，他听到有人说：

“真好，那个杂种欠这个社会的，也算能够偿还一部分了。”

“你们是谁？”沈华北无力地问，他在那些人的脚中间仰视着他们，好像在看着一群凶恶的巨人。

“你至少应该知道我，”老者冷笑着说，从下面向上看去，他的脸十分怪异，让沈华北胆寒，“我是邓伊文的儿子，邓洋。”

这个熟悉的名字使沈华北心里一动，他翻身抓住老者的裤脚，激动地喊道：“我和你父亲是同事和最好的朋友，你和我儿子还是同班同学，你不记得了？天啊，你就是洋洋？！真不敢相信，你那时……”

“放开你的脏爪子！”邓洋吼道。

那个拖他下床的人蹲下来，把凶悍的脸凑近沈华北说：“听着小子，冬眠的年头儿是不算岁数的，他现在是你的长辈，你要表现出对长辈的尊敬。”

“要是沈渊活到现在，他就是你爸爸了！”邓洋大声说，引起了一阵哄笑，接着他挨个指着周围的人向他介绍，“在这个小伙子四岁时，他的父母同时死于中部断裂灾难；这姑娘的父母也同时在螺栓失落灾难中遇难，当时她还不到两岁；这几位，在得知用毕生的财富进行的投资化为乌有时，有的自杀未遂，有的患了精神分裂症……至于我，被那个杂种诱骗，把自己的青春和才华都扔到那个该死的工程中，现在得到的只是世人的唾骂！”

躺在地板上的沈华北迷惑地摇着头，表示他听不懂。

“你面对的是一个法庭，一个由南极庭院工程的受害者组成的法庭！尽管这个国家的每个公民都是受害者，但我们要独享这种惩罚的快感。真正的法庭当然没有这么简单，事实上比你们那时还要复杂得多，所以我们才不会把你送到那里去，让他们和那些律师扯淡一年之后宣布你无罪，就像他们对你儿子那样。我们会让你得到真正的审判，当一小时后这个审判执行时，你会发现如果七十多年前就死于白血病是一件多么幸运的事。”

周围的人又齐声狞笑起来。接着有两个人架起沈华北的双臂把他向门外拖去，他的双腿无力地拖在地板上，连挣扎的力气都没有。

“沈先生，我已经尽力了。”在他被拖出门前，郭医生在后面说。沈华北想回头再看看她，看看这个被妻子称为他在这个冷酷的时代唯一可以信任的人，但这种被拖着的姿势使他无力回头，只听到她又说：“其实，你不必太沮丧，在这个时代，活着也不是一件容易的事。”

当他被拖出门后，听到医生在喊：“快把门关上，把空净器开大，你们要把我呛死吗？！”听她的口气，显然不再关心他的命运。

出门后，他才明白医生最后那句话的意思：空气中有一种刺鼻的味道，让人难以呼吸。他被拖着走过医院的走廊，出了大门后，那两个人不再拖着他，而是把他的胳膊搭到肩上架着走。来到外面后他如释重负地深深地吸了一口气，但吸入的不是他想象的新鲜空气，而是比医院大楼内更污浊更呛人的气体，他的肺里火辣辣的，爆发出持续不断的剧烈咳嗽，就在他咳到要窒息时，听到旁边有人说：“给他戴上呼吸膜吧，要不在执行前他就会完蛋。”接着有人给他的口鼻罩上了一个东西，虽然只是一种怪味代替了另一种，他至少可以顺畅地呼吸了。又听到有人说：“防护帽就不用给他了，反正在他能活的这段时间里，紫外线什么的不会导致第二次白血病的。”这话又引起了其他的人一阵怪笑。当他喘息稍定，因窒息而流泪的双眼视野清晰后，他抬起头来第一次打量未来世界。

他首先看到街道上的行人，他们都戴着被称为呼吸膜的透明口罩和叫作防护帽的大草帽。他还注意到，虽然天气很热，但人们穿得都很严实，没有人露出皮肤。接着他看到了周围的世界，这里仿佛处于一个深深的峡谷中，这峡谷是由高耸入云的摩天大楼构成的，说高耸入云一点都不夸张，这些高楼全都伸进半空中的灰云里，在狭窄的天空上，他看到太阳呈一团模糊的光晕在灰云后出现，那光晕带动着黑色的烟纹，他这才知道这遮盖天空的不是云而是烟尘。

“一个伟大的时代，不是吗？”邓洋说。他的那些同伙又哈哈大笑起来，好像很久没有这么开心了。

他被架着向不远处的一辆汽车走去，形状有些变化，但他肯定那是汽车，大小同过去的小客车一样，能坐下这几个人。接着有两个人超过了他们，向另一个方向走去，他们戴着头盔，身上的装束与过去有很大的不同，但沈华北还是一眼就认出了他们的身份，并冲他们大喊起来：

“救命！我被绑架了！救命！！”

那两个警察猛地回头，跑过来打量着沈华北，看了看他的病号服，又看了看他光着的双脚，其中一个问：“您是刚苏醒的冬眠人吧？”

沈华北无力地点点头，“他们绑架我……”

另一名警察对他点点头说：“先生，这种事情是经常发生的，这一时期苏醒的冬眠人数量很多，为安置你们占用了大量的社会保障资源，因而你们经常受到仇视和攻击。”

“好像不是这么回事……”沈华北说，但那警察挥手打断了他。

“先生，您现在安全了。”然后那名警察转向邓洋一伙人，“这位先生显然还需要继续治疗，你们中的两个人送他回医院，这位警官将一同去了解情况，我同时通知你们，你们七个人已经因绑架罪被逮捕。”说着他抬起手腕对着上面的对讲机呼叫支援。

邓洋冲过去制止他，“等一下警官，我们不是那些迫害冬眠人的暴徒，你们看看这个人，不面熟吗？”

两个警察仔细地盯着沈华北看，还短暂地摘下他的呼吸膜以更好地辨认，“他……好像是米西西！”

“不是米西西，他是沈渊的父亲！”

两个警察瞪大双眼在邓洋和沈华北之间来回看着，像是见了鬼。中部断裂灾难留下的孤儿把他们拉到一边低声说着，这个过程中两个警察不时抬头朝沈华北这边看看，每次的目光都有变化，在最后一次朝这边投来的目光中，沈华北绝望地读出这些人已是邓洋一伙的同谋了。

两个警察走过来，没有朝沈华北看一眼，其中一位警惕地环视四周做放哨状，另一名径直走到邓洋面前说，压低了声音说：“我们就当没看见吧，千万不要让公众注意到他，否则会引起一场骚乱的。”

让沈华北恐惧的不仅仅是警察话中的内容，还有他说这话时的样子，他显然不在乎让沈华北听到这些，好像他只是一件放在旁边的没有生命的物件。

那些人把沈华北塞进汽车，他们也都上了车，在开车的同时车窗的玻璃都变得不透明了，车是自动驾驶的，没有司机，前面也看不到可以手动的操纵杆件。一路上车里没有人说话，仅仅是为了打破这令人窒息的沉默，沈华北随口问："谁是米西西？"

"一个电影明星，"坐在他旁边的螺栓失落灾难留下的孤女说，"因扮演你儿子而出名，沈渊和外星撒旦是目前影视媒体上出现最多的两个大反派角色。"

沈华北不安地挪挪身体，与她拉开一条缝，这时他的手臂无意间触碰了车窗下的一个按钮，窗玻璃立刻变得透明了。他向外看去，发现这辆车正行驶在一座巨大而复杂的环状立交桥上，桥上挤满了汽车，车与车的间距只有不到两米的样子。这景象令人恐惧之处是：这时并不是处于塞车状态，就在这塞车时才有的间距下，所有的车辆都在高速行驶，时速可能超过了每小时一百公里！这使得整个立交桥像一个由汽车构成的疯狂大转盘。他们所在的这辆车正在以令人目眩的速度冲向一个岔路口，在这辆车就要撞入另一条车流时，车流中正好有一个空档在迎接它，这种空档以令人难以觉察的速度在岔路口不断出现，使两条湍急的车流无缝地合为一体。沈华北早就注意到车是自动驾驶的，人工智能已把公路的利用率发挥到了极限。

后面有人伸手又把玻璃调暗了。

"你们真想在我对这一切都一无所知的情况下杀死我吗？"沈华北问。

坐在前排的邓洋回头看了他一眼，懒洋洋地说："那我就简单地给你讲讲吧。"

三　南极庭院

“想象力丰富的人在现实中往往手无缚鸡之力，相反，那些把握历史走向的现实中的强者，大多只有一个想象力贫乏的大脑，你儿子，是历史上少有把这两者合为一体的人。在大多数时间，现实只是他幻想海洋中的一个小小的孤岛，但如果他愿意，可以随时把自己的世界翻转过来，使幻想成为小岛而现实成为海洋，在这两个世界中他都是最出色的……”

“我了解自己的儿子，你不必在这上面浪费时间。”沈华北打断邓洋说。

“但你无论如何也不会想到沈渊在现实中爬到了多高的位置，拥有了多大的权力，这使他有能力把自己最变态的狂想变成现实。可惜，社会没有及早发现这个危险。也许历史上曾有过他这样的人，但都像擦过地球的小行星一样，没能在这个世界上释放自己的能量就消失在茫茫太空中，不幸的是，历史给了你儿子用变态狂想制造灾难的机会。

“在你进入冬眠后的第五年，世界对南极大陆的争夺有了一个初步结果：这个大陆被确定为全球共同开发的区域，但各个大国都为自己争得了大面积的专属经济区。尽早使自己在南极大陆的经济区繁荣起来，并尽快开发那里的资源，是各大国摆脱因环境问题和资源枯竭而带来的经济衰退的唯一希望，‘未来在地球顶上’成为当时尽人皆知的口号。

“就在这时，你儿子提出了那个疯狂设想，声称这个设想的实现将使南极大陆变为这个国家的庭院，那时从北京去南极将比从北京去天津还方便。这不是比喻，是真的，旅行的时间要比去天津还要短，消耗的能源和造成的污染也比去天津还要少。那次著名的电视演讲开始时，全国观众都笑成一团，像在看滑稽剧，但他们很快安静下来，因为他们发现这个设想真的能行！这就是南极庭院设想，后来根据它开始了灾难性的南极庭院工程。”

说到这里，邓洋莫名其妙地陷入沉默。

“接着说呀，南极庭院的设想是什么？”沈华北催促道。

“你会知道的。”邓洋冷冷地说。

“那你至少可以告诉我，我与这一切有什么关系？”

“因为你是沈渊的父亲，这不是很简单吗？”

“现在又盛行血统论了？”

“当然没有，但你儿子的无数次表达血统论适合你们。当他变得举世闻名时，他曾真诚地宣称他的思想和人格的绝大部分是在八岁前从父亲那里形成的，以后的岁月不过是进行一些知识细节方面的补充而已。他还声明，南极庭院设想的最初创造者也是父亲。”

“什么？！我？南极……庭院？！这简直是……”

“再听我说完最后一点：你还为南极庭院工程提供了技术基础。”

“你指的什么？！”

“当然是新固态材料，没有它，南极庭院设想只是一个梦呓，而有了它，这个变态的狂想立刻变得现实了。”

沈华北困惑地摇摇头，他实在想象不出，那超高密度的新固态材料如何能把南极大陆变成这个国家的庭院。

这时车停了。

四　地狱之门

下车后，沈华北迎面看到一座奇怪的小山，山体呈单一的铁锈色，光秃秃的看不到一棵草。邓洋向小山一偏头说："这是一座铁山，"看到沈华北惊奇的目光，他又加上一句，"就是一大块铁。"

沈华北举目四望，发现这样的铁山在附近还有几座，它们以怪异的色彩突兀地出现在这广阔的平原上，使这里有一种异域的景色。

沈华北这时已恢复到可以行走了，他脚步蹒跚地随着这伙人走向远处一座高大的建筑物，那个建筑物呈一个完美的圆柱形，有上百米高，表面光滑，自成一体，没有任何开口。他们走近后，看到一扇沉重的铁门轰隆隆地向一边滑开，露出一个入口，一行人走了进去，门在他们身后密实地关上了。

在暗弱的灯光下，沈华北看到他们身处一个像是密封舱的地方，光滑的白色墙壁上挂着一长排像太空服一样的密封装。人们各自从墙上取下一套密封装穿了起来，在两个人的帮助下他也穿上了其中的一件。在这个过程中他四下打量，看到对面还有一扇紧闭的密封门，门上亮着一盏红灯，红灯旁边有一个发光的数码显示，他看出显示的是大气压值。当他那沉重的头盔被旋紧后，在面罩的右上角出现了一块透明的液晶显示区，显示出飞快变化的数字和图形，他猜测那是这套密封服内部各个系统的自检情况。接着，他听到外面响起低沉的嗡嗡声，像是什么设备启动了，然后注意到对面那扇门上方显示的大气压值在迅速减小，在大约三分钟后减到零，旁边的红灯转换为绿灯，门开了，露出这个密封建筑物黑洞洞的内部。沈华北证实了自己的猜测：这是一个由大气区域进入真空区域的过渡舱，如此说来，这个巨大圆柱体的内部是真空的。

一行人走进了那个入口，门又在后面关上了，他们身处浓浓的黑暗之中，有几个人密封服头盔上的灯亮了，黑暗中出现几道光柱，但照不了多远。一种熟悉的感觉出现了，沈华北不由打了个寒战，心里有一种莫名的恐惧。

“向前走。”他的耳机中响起了邓洋的声音，头灯的光晕在前方照出了一座小桥，不到一米宽，另一头伸进黑暗中，所以看不清有多长，桥下漆黑一片。沈华北迈着颤抖的双腿走上了小桥，密封服沉重的靴子踏在薄铁板桥面上发出空洞的声响。他走出几米，回过头来想看看后面的人是否跟上来了，这时所有人的头灯同时灭了，黑暗吞没了一切。但这只持续了几秒钟，小桥的下面突然出现了蓝色的亮光。沈华北回头看，只有他上了桥，其他人都挤在桥边看着他，在从下向上照的蓝光中，他们像一群幽灵。他扶着桥边的栏杆向下看去，几乎使血液凝固的恐惧攫住了他。

他站在一口深井上。

这口井的直径约十米，井壁上每隔一段距离就有一个环绕光圈，在黑暗中标示出深井的存在。他此时正站在横过井口的小桥的正中央，从这里看去，井深不见底，井壁上无数的光圈渐渐缩小，直至成为一点，他仿佛在俯视着一个发着蓝光的大靶标。

“现在开始执行审判，去偿还你儿子欠下的一切吧！”邓洋大声说，然后用手转动安装在桥头的一个转轮，嘴里念念有词，“为了我被滥用的青春和才华……”小桥倾斜了一个角度，沈华北抓住另一面的栏杆努力使自己站稳。

接着邓洋把转轮让给了中部断裂灾难留下的孤儿，后者也用力转了一下，“为了我被熔化的爸爸妈妈……”

小桥倾斜的角度又增加了一些。

转轮又传到螺栓失落灾难留下的孤女手中，姑娘怒视着沈华北用力转动转轮，“为了我被蒸发的爸爸妈妈……”

因失去所有财富而自杀未遂者从螺栓失落灾难留下的孤女手中抢过转轮，“为了我的钱、我的劳斯莱斯和林肯车、我的海滨别墅和游泳池，为了我被毁的生活，还有我那在寒冷的街头排队领救济的妻儿……”

小桥已经转动了九十度，沈华北此时只能用手抓着上面的栏杆坐在下面的栏杆上。

因失去所有财富而患精神分裂症的人也扑过来同因失去所有财富而自杀未遂者一起转动转轮，他的病显然还没好利索，没说什么，只是对着下面的深井笑。小桥完全倾覆了，沈华北双手抓着栏杆吊在深井上方。

这时的他并没有多少恐惧，望着脚下深不见底的地狱之门，自己不算长的一生闪电般地掠过脑海：他的童年和少年时代是灰色的，在那些时光中记不起多少快乐和幸福；走向社会后，他在学术上取得了成功，发明了“糖衣”技术，但这并没有使生活接纳他；他在人际关系的蛛网中挣扎，却被越缠越紧，他从未真正体验过爱情，婚姻只是不得已而为之；当他打定主意永远不要孩子时，孩子来到了人世……他是一个生活在自己思想和梦想世界中的人，一个令大多数人讨厌的另类，从来不可能真正地融入人群。他的生活是永远的离群索居，永远的逆水行舟。他曾寄希望于未来，但这就是未来了：已去世的妻子、已成为人类公敌的儿子、被污染的城市、这些充满变态仇恨的人……这一切已使他对这个时代和自己的生活心灰意冷。本来他还打定主意，要在死前知道事情的真相，现在都无关紧要了，他是一个累极了的行者，唯一的渴望就是解脱。

在井边那群人的欢呼声中，沈华北松开了双手，向那发着蓝光的命运的靶标坠下去。

他闭着眼睛沉浸在坠落的失重中，身体仿佛变得透明，一切生命不能承受之重已离他而去。在这生命的最后几秒钟，他的脑海中突然响起了一首歌，那是父亲教给他的一首古老的苏联歌曲。在他冬眠前的时代已没有人会唱了，后来他作为访问学者到莫斯科去，在那里希望找到知音，但这首歌在俄罗斯也失传了，所以这成了他自己的歌。在到达井底之前他也只能在心里吟唱一两个音符，但他相信，当自己的灵魂最后离开躯体时，这首歌会在另一个世界继续的……不知不觉中，这首旋律缓慢的歌已在他的心中唱出了一半，时间过去了好长，这时意识猛然警醒，他睁开双眼，看到自己在不停地飞快地穿过一个又一个的蓝色光环。

坠落仍在继续。

“哈哈哈哈……”他的耳机中响起了邓洋的狂笑声，“快死的人，感觉很不错吧？！”

他向下看，看到一串扑面而来的发着蓝光的同心圆，他不停地穿过最大的一个圆，在圆心处不断有新的小圆环出现并很快扩大；向上看，也是一个同心圆，但其运动是前一个画面的反演。

“这井有多深？”他问。

“放心，您总会到底的，井底是一块坚硬平滑的钢板，“叭叽”一下，你摔成的那张肉饼会比纸还薄的！哈哈哈哈……”

这时，他注意到面罩右上角的那块液晶显示区又出现了，有一行发着红光的字：

您现在已到达100公里深度，速度1.4公里/秒，您已经穿过莫霍不连续面，由地壳进入地幔。

沈华北再次闭上双眼，这次他的脑海中不再有歌声，而是像一台冷静的计算机般飞快地思索着，当半分钟后他再次睁开眼睛时，已经明白了一切：这就是南极庭院工程，那块坚硬平滑的井底钢板并不存在，这口井没有底。

这是一条贯穿地球的隧道。

五　大隧道

“它是走切线，还是穿过地心？”沈华北问，只是思维以语言的形式冒了一下头。

“聪明的头脑，这么快就想到了！”邓洋惊叹道。

“很像他儿子。”有人跟着说，听上去可能是中部断裂灾难留下的孤儿。

“是穿过地心，由中国的漠河穿过地球到达南极大陆最东端的南极半岛。”邓洋回答沈华北说。

“刚才那座城市是漠河？！”

“是的，它因作为地球隧道起点而繁荣起来。”

“据我所知，从那里贯穿地球应该到达阿根廷南部。”

“不错，但隧道有轻微的弯曲。”

“既然隧道是弯曲的，我会不会撞上井壁呢？”

“如果隧道笔直地直达阿根廷，你倒是肯定会撞上，那种笔直的地球隧道只有在贯穿两极之间的地轴上才能实现，这种与地轴成一定角度的隧道必须考虑地球的自转因素，它的弯曲正好能让你平滑地通过。”

“呵，伟大的工程！”沈华北由衷地赞叹道。

您现在已到达300公里深度，速度2.4公里/秒，已进入地幔黏性物质区。

他看到自己穿过光圈的频率正在加快，下面和上面那两个同心圆的密度增加了许多。

邓洋说：“关于建造穿过地球的隧道，不是什么新想法，十八世纪就有两个人提出了这个设想，一位是叫莫泊都的数学家，另一位则是举世闻名的伏尔泰。到后来，法国天文学家佛兰马利翁又把这个计划重新提了出来，并且首先考虑了地球的自转因素……”

沈华北打断他问：“那你怎么说这想法是从我这里来的呢？”

“因为前面那些人不过是在做思想试验，而你的设想影响了一个人，这人后来用自己魔鬼般的才能促成了这个狂想的实现。”

“可……我不记得向沈渊提起过这些。”

“真是个健忘的人，你做了一个后来改变人类历史进程的设想，却忘了。”

“我真的想不起来。”

“那你总能想起那个叫贝加多的阿根廷人，还有他送给你儿子的生日礼物吧？”

您现在已到达1500公里深度，速度5.1公里/秒，已进入地幔刚性物质区。

沈华北终于想起来了。那是沈渊六岁的生日，沈华北请在北京的阿根廷物理学家贝加多博士到家里做客。当时南美两强已经崛起，阿根廷对南极大陆的大片陆地提出领土要求，并向南极大量移民，同时快速发展核武器，让全世界大惊失色。在后来的全球无核化进程中，阿根廷自然是以有核国家的身份加入了联合国销毁委员会，沈华北和贝加多都是这个委员会中一个技术小组的专家。

那次贝加多给沈渊带来的礼物是一个地球仪，它是用一种最新的玻璃材料制成的，那种玻璃是阿根廷飞速发展的技术水平的一个体现，它的折射率与空气相同，因而看不出玻璃球的存在，地球仪上的大陆仿佛是悬浮在两极之间，沈渊很喜欢这个礼物。

在晚饭后的聊天中，贝加多拿出了一张国内的大报，让沈华北看上面的一幅政治漫画，画上一位阿根廷球星正在踢地球。

“我不喜欢这个，”贝加多说，“中国人对我的国家的了解好像只限于足球，并把这种了解引申到国际政治上，阿根廷在你们的眼中也成了一个充满攻击性的国家。”

“您要知道，阿根廷毕竟是在地球上与中国相距最远的一个国家，你的国家正好在地球的对面。”赵文佳微笑着说，从沈渊的手中拿过那个全透明的地球仪，在上面，中国和阿根廷隔着那个超透明的球体重叠在一起。

“其实我有个办法能够使两国更好地交流，”沈华北拿过地球仪说，“只需从中国挖一条通过地心贯穿地球的隧道就行了。”

贝加多说：“那个隧道也有一万两千多公里长，并不比飞机航线短多少。”

“但旅行时间会短许多的，想想您带着旅行包从隧道的这一端跳进去……”

沈华北的本意是想把话题从政治上引开，他成功了，贝加多却来了兴趣。“沈，你的思维方式总是与众不同……让我们想想看：我跳进去后会一直加速，虽然我的加速度会随坠落深度的增加而减小，但确实会一直加速到地心，通过地心时我的速度达到最大值，加速度为零；然后开始减速上升，这种减速度的值会随着上升而不断增加，当到达地球的另一面阿根廷的地面时，我的速度正好为零。如果我想回中国，只需从那面再跳下去就行了，如果我愿意，可以在南北半球之间做永恒的简谐振动，嗯，妙极了，可是旅行时间……”

“让我们计算一下吧。”沈华北打开电脑。

计算结果很快出来了，以地球理想的平均密度，从中国跳进地球隧道，穿过直径一万两千多公里的地球，坠落到阿根廷，需四十二分钟十二秒。

“快捷的旅行！”贝加多高兴地说。

……

您现在已到达2800公里深度，速度6.5公里/秒，您正在穿过古腾堡不连续面，进入地核。

坠落中的沈华北又听到邓洋说：“在那个晚上，你一定没有注意到，你的儿子瞪圆了那双充满灵气的大眼睛，出神地听着你的话。你更不可能知道，他盯着床头的那个透明地球一夜没睡。当然，你对儿子的这种影响可能有过无数次，你在沈渊的心灵中播下了许多狂想的种子，这只是其中开出花朵的一颗。”

沈华北凝视着周围距自己四五米远处的那一圈飞速上升的井壁，高频掠过的环绕光圈使井壁的表面有些模糊。

“这是新固态材料吗？”他问。

“还能是其他什么？有什么别的材料具有建造这样的隧道的强度呢？”

“这样巨量的新固态物质是如何生产出来的？这种比重大得能沉入地层的材料怎样搬运和加工呢？”

“只能最简略地说说：新固态物质是通过连续不断的小型核爆炸生产出来的，核心技术当然是你的‘糖衣’，其生产线是庞大而复杂的。新固态材料有多种密度级别，较低密度的材料不会沉入地层，用它造出一个面积较大的基础，将高密度材料放置于其上，其压强被基础分散，就能够浮在地面上了。用类似的原理，也可以进行这种材料的运输。至于新固态材料的加工，技术更加复杂，以你的知识水平可能无法理解。总之新固态材料已经是一个庞大的产业，其经济规模超过了钢铁，它并不只是用于南极庭院工程。”

“那么这条隧道是如何建成的呢？”

“首先告诉你一点：建构隧道的基本构件是井圈，每个井圈长约100米，整条隧道是由大约24万个井圈连接而成。至于具体的施工过程，你是个聪明人，也许自己能想出来。”

您现在已到达4100公里深度，速度米7.5公里/秒，正处于液态地核中部。

“沉井？”

“是的，是用沉井工艺，首先从中国和南极将井圈沉入地层，并拼接成贯穿地球的一条线，第二步是将拼接后井圈中的地层物质掏出，隧道就形成了。你在隧道入口的外面看到的那些铁山，就是由从隧道的地核部分中掏出的铁镍合金堆成的。具体的施工要由地下船来进行，这种能在地层中行驶的机器也是由新固态材料制造的，有的型号能在地核深度行驶，它们能在地层中使下沉的井圈定位。”

“这样算下来，只需12万个井圈。”

“超固态物质承受地球深处的压力和高温是没有问题的，但地下还有许多流动体，较浅处是流动的岩浆，更危险的是地核中的液态铁镍流，它们对隧道会产生巨大的剪切冲击，新固态材料的强度能够承受这种冲击，但井圈之间的连接处就不行了，所以隧道由内外两层井圈构成，内层的井圈紧贴外层井圈，两层井圈间相互交错，这样就使隧道形成了足够的抗剪切强度。”

您现在已到达5400公里深度，速度为7.7公里/秒，正在接近固态地核。

“下面，我想你要告诉我南极庭院工程带来的灾难了。”

六　灾难

“南极庭院工程的第一次灾难发生于二十五年前，那时工程进入最后的勘探设计阶段，需要进行大量的地下航行。在一次勘探航行中，一艘名叫‘落日六号’的地下船在地幔中失事，并下沉到地核中，船上三名乘员中有两人遇难，只有一名年轻的女领航员幸存，她现在仍被封闭在地心中，将在狭窄的地下船中度过余生。那艘船上的中微子通信设备已失去发射功能，但仍能接收。顺便说一句：她的名字叫沈静，是您的孙女。”

沈华北的心抽搐了一下。

在这疯狂的速度下，井壁上的光圈在沈华北眼中已连为一体，使这巨井的井壁发出刺目的蓝光。正在其中飞速坠落的沈华北，仿佛在穿过时光隧道，进入那并不遥远但他不曾经历过的过去。

您现在已到达5800公里深度，速度7.8公里/秒，您已进入固态地核，正在接近地心！

“南极庭院工程进行到第六年，发生了惨烈的中部断裂灾难。前面说过，隧道是由内外两层相互交错的井圈构成，在装入内层井圈时，必须首先将已连接好的外层井圈中的地下物质掏空，以免两层井圈间混入杂质，影响它们之间贴合的紧密度。在施工中采用了掏空一段外井圈放入一个内井圈的工艺，这意味着在地核段的施工中，在一段外井圈被掏空而内井圈还未到位的这段时间里，包括接合部在内的两个外井圈将单独承受地核铁镍流的冲击。本来，两段井圈间的接合部采用十分坚固的铆接技术，在设计中，应该能够在相当长的时间里承受铁镍流的冲击。但在进入地核490多公里处，两段刚刚掏空的井圈处有一股异常强大的铁镍流，其流速是以前的大量勘探中观测到的最高值的5倍。强大的冲击力使两个井圈错位，高温高压的地核物质瞬时涌入隧道，并沿着已建成的隧道飞速上升。在得知断裂发生后，作为工程总指挥的沈渊立刻下令关闭了位于古腾堡不连续面处的安全闸门，它被称为古腾堡闸。当时在闸门下近500公里的隧道中，有2500多名工程人员在施工，在得知断裂发生后，他们同时乘坐隧道中的高速升降机撤离，共有130多部升降机，最后一辆升降机与沿隧道上升的铁镍流保持着30公里左右的距离。最后只有61部升降机来得及通过古腾堡闸，其余都在闸门关闭后被4000多度高温的地核激流吞没，1527人殒命地心。

“中部断裂灾难举世震惊，沈渊同时受到了两方面的强烈谴责：一方认为他完全可以等所有升降机都通过古腾堡闸时再关闭闸门，这时铁镍流距闸门还有30公里，虽然时间很短，但还是来得及的。即使这道闸门没来得及关闭，在上面的莫霍不连续面（地表和地幔的交界面）处还有一道安全闸——莫霍闸。那些遇难者们极端愤怒的家属控告沈渊故意杀人罪。对此，沈渊在媒体面前只有一句话：‘我怕出娄子啊！’这娄子确实出不得，有不止一部以南极庭院工程为题材的灾难片，其中最著名的是《铁泉》，在影片中有地核物质冲出地表的噩梦般的景象：一股铁镍液柱高高冲上同温层，在那个高度上散成一朵巨大的死亡之花，它发出的刺目白光使北半球的黑夜变成白昼，大地上下起了灼热的铁水的暴雨，整个亚洲大陆成了一口炼钢炉，人类最终面临恐龙的命运……这描述并不夸张，正因为如此，沈渊又面临着另一项与上面完全相反的指控：他应该更早些关闭古腾堡门，根本没有必要等那61部升降机通过。有更多的人支持这项指控，舆论给他安上了一项临时杜撰的罪名：因渎职而反人类罪。虽然在法律上两项指控最终都没有成立，但沈渊因此辞职，离开了南极庭院工程的指挥层，他拒绝了另外的任命，此后一直作为一名普通工程师在隧道中工作。”

这时，井壁发出的蓝光突然变成红色。

您现在已到达6300公里深度，速度8公里/秒，正在穿过地心！

耳机里响起了邓洋的声音："你现在已达到可以飞出地球的速度，却正处在这个星球的中心，地球正在围着你旋转，所有的海洋和大陆，所有的城市和所有的人，都在围着你旋转。"

沐浴在这庄严的红光中，沈华北的脑海中又响起了音乐，这次是一首宏伟的交响曲，他以第一宇宙速度穿过这发着红光的地心隧道，仿佛漂行在地球的血管中，这使他热血沸腾。

邓洋又说："虽然新固态材料有良好的绝热性能，现在你周围的温度仍超过了1500度，你的密封服中的冷却系统正在全功率运行。"

井壁的红光只延续了十多秒钟，又变回宁静的蓝光。

您已通过地心，现在正在上升，并开始减速。您已经上升了500公里，速度7.8公里/秒，仍在固态地核中。

蓝光使沈华北冷静下来，他已适应了失重，现在缓缓地转动身体，使头部向着前进的方向，以找到上升的感觉。他问邓洋："好像还有第三次灾难？"

"螺栓失落灾难发生在五年前，那时南极庭院工程已经完工，地球隧道已投入了正式运营，每时每刻都有地心列车穿行于其中。地心列车的车厢是直径为八米，长为五十米的圆柱体，每列地心列车最多可由200节车厢组成，可运载2万吨货物或近万名乘客，穿过地球的单程需42分钟，运输过程只是自由坠落，不消耗任何能源。

当时，在漠河起点站，一名维修工人不小心将一颗直径不到10厘米的螺栓掉进隧道，这枚螺栓是用一种能够吸收电磁波的新材料制造的，因而没有被安全监测系统的雷达检测到。螺栓在隧道中一直坠落，穿过地球到达南极站，又从那里向回坠落，在到达地心时击中了一列正在向南极上升的地心列车。螺栓与列车的相对速度高达16公里/秒，这样的动能使它像一颗炸弹。它穿透了头两节车厢，把沿路的一切都汽化了，这两节车厢的爆炸，使整列列车以8公里/秒的速度撞到井壁上，在一瞬间就被撕得粉碎。大量的碎片在隧道中来回运行，有的一次次穿过整个地球，而大部分则因撞击失去了部分速度，只是在地核附近摆动。用了1个月时间才把隧道中的碎片完全清整干净，列车上的3000名乘客的遗体没有找到，地核段的高温已把他们彻底火化了。”

您现在已从地心上升了2200公里，速度7.5公里/秒，已重新进入地核的液态部分。

“但最大的灾难还是这个超级工程本身，南极庭院工程在技术上是人类史无前例的壮举，而在经济上的愚蠢也是空前绝后的，直到现在，人们对这样一个在经济规划上近乎白痴的工程竟得以实施仍百思不得其解，沈渊那魔鬼般的才能固然起了作用，其根本原因可能还在于人们对开发新大陆的狂热和对技术的盲目崇拜。在经济学上，南极庭院工程的完工之日，也就是它的死亡之时。虽然通过地球隧道的运输极其快捷，且几乎不消耗能量。用当时人们的话说：‘扔下去就到了’或‘跳下去就到了’。但由于工程巨大的投资，使得地心列车的运输费用极其昂贵，这抵消了它快捷的长处，因而地心列车在与传统运输方式的竞争中没什么明显优势。”

您现在已从地心上升了3500公里，速度6.5公里/秒，正在穿过古腾堡不连续面，重新进入地幔。

“人类的南极梦很快破灭了，蜂拥而来的工业和过渡的开发很快毁掉了这个地球上仅存的洁净世界，使南极大陆与其他大陆一样成了一个弥漫着烟尘的垃圾场。南极上空的臭氧层被完全破坏，其影响波及全球，即使在北半球，强烈的紫外线已使人们必须加以防护才能出门，南极冰盖的加速融化也使全球的海平面急剧升高。在经历了一个痛苦的过程后，人类的理智再次占了上风，联合国所有的成员国签署了新的南极公约，使人类全面撤出南极大陆，再次把南极变成人迹罕至的地方，期望那里的环境能够慢慢恢复。随着向南极运输需求的骤减，在螺栓失落灾难后，地心列车完全停止了运营，地球隧道被封闭，到现在已有八年了。但南极庭院工程带来的经济灾难一直在持续，无数购买了南极庭院公司股票的人血本无归，引发了严重的社会动乱，投资的黑洞使国家经济到了崩溃的边缘，现在，我们还在这场灾难的低谷中痛苦地徘徊着……好了，这就是南极庭院工程的故事。”

随着速度的降低，井壁上本是稳定平滑的蓝光开始闪烁，渐渐地，周围的井壁能够分辨出单个的环绕光圈在掠过，向两个方向看，那密密的同心圆靶标又开始呈现出来。

您现在已从地心上升了4800公里，速度5.1公里/秒，正在穿过地幔的刚性物质区。

七　沈渊之死

“我儿子后来怎么样了？”沈华北问。

“隧道封闭后，沈渊作为留守人员待在漠河起点站。有一天我给他打了个电话，他只说了一句话‘我同女儿在一起’。后来我知道，他在这几年中一直过着一种不可思议的生活：每天都穿着密封服在地球隧道中来回坠落，睡觉都在里面，只有在吃饭和为密封服补充能量时才回到起点站。他每天要穿过地球30次左右，就这样日复一日，年复一年，在漠河和南极半岛间，做着周期为84分钟、振幅为12600公里的简谐振动。”

您现在已从地心上升了6000公里，速度2.4公里/秒，正在穿过地幔的黏性物质区。

“谁也不知道沈渊在这永恒的坠落中都干了些什么，但据他的同事说，每次通过地心时，他都会通过中微子通信设备与女儿打招呼，他更是常常在坠落中与女儿长谈，当然只是他一个人在说话，但生活在随着铁镍流在地核中运行的‘落日六号’中的沈静应该是能够听到的。

他的身体长时间处于失重状态中，但由于必须在起点站吃饭和给密封服充电，每天还要在地面经受两到三次的正常地球重力，这样的折腾使他年老的心脏变得很脆弱，他在一次坠落中死于心脏病，当时没人注意到，于是他的遗体又在地球隧道中运行了两天，密封服的能量耗尽，停止制冷，地球隧道成了他的火葬炉，遗体在最后一次通过地心时被烧成了灰。我相信，你儿子对于这个归宿是很满意的。”

您现在已从地心上升了6200公里，速度1.4公里/秒，已经穿过莫霍不连续面，进入地壳。注意，您正在接近地球隧道的南极顶点！

“这也是我的归宿，对吗？”沈华北平静地问。

“你也应该感到满足，临死前，你已经看到了自己想看的东西。本来我们是想在不穿密封服的情况下把你扔进地球隧道的，但现在让你穿上了，完整地看到了你儿子创造的东西。”

“是的，我很满足，此生足矣，我真诚地谢谢各位了！”

没有回答，耳机中的嗡嗡声骤然消失，地球另一端的那几个复仇者中断了通讯。

沈华北看到上方的同心圆已经很稀疏了，他两三秒才能穿过一个光圈，而且这间隔还在急剧地拉长，这时耳机中响起了一声蜂鸣，面罩上显示：

您已经到达地球隧道的南极顶点！

他看到同心圆的圆心变空了，不再有新的光圈浮现，中间那个光圈越来越大，终于，他穿过了最后一个蓝色光圈，以不太快的速度升向一道与隧道另一端一模一样的横过井口的小桥，小桥上站着几个穿密封服的人，在他升出井口时，这些人一起伸手抓住了他，把他拉上桥。

南极站的内部也处于黑暗之中，只有井壁上光圈的蓝光照上来。他抬起头，迎面看到上方悬着一个巨大的圆柱体，其直径比井口稍小，他走到小桥尽头的井边，再向上看，隐约看到上方有一排这样的圆柱体，他数出了四个，再后面的就隐没到高处的黑暗中了，他知道，这就是停运的地心列车。

八　南极

半小时后，沈华北同那几名救他命的警察一起，走出地球隧道的南极站，站在已没有积雪的南极平原上，远处可以看到被废弃的城市。低垂在地平线上的太阳把软弱无力的光芒投在这广阔而没有生气的大陆上。这里的空气比地球的另一端要好些，不用戴呼吸膜。

一名警官告诉沈华北，他们是在南极空城中留守的少数警务人员，接到郭医生的报警后，立刻赶到了南极站。当时井口是被封闭的，他们紧急联系地球隧道管理部门打开井盖，正好看见沈华北在蓝光中升向井口，仿佛从深海中浮出来一般。如果晚几秒钟，沈华北必死无疑，密封的井盖将挡住他，使他开始向北半球的另一次坠落，而在他再次通过地心之前，密封服的能量就会耗尽，他将像儿子一样在地心熔炉中化为灰烬。

“以邓洋为首的那几个家伙已经被逮捕，他们将被以杀人罪起诉，不过，”警官冷冷地盯着沈华北说，“我理解他们的感情。”

沈华北仍然沉浸在失重带来的眩晕中，他看着天边的太阳，长出一口气，又说了一句：“我此生足矣——”

“要是这样，您对自己今后的命运就比较容易接受了。”另一名警官说。

“命运？”沈华北清醒过来，扭头看着那名警官。

“您不能在这个时代生活，否则这样的事还会发生。好在政府有一个时间移民计划，为了减轻人口对环境的压力，强制一部分人口进入冬眠，让他们到未来去生活，现在政府已经决定，您将作为时间移民的一员，重新进入冬眠，这一次要多长时间才能被苏醒，我可说不准。”

沈华北好一会儿才理解了这话的意思，他对警官深深地鞠躬，“谢谢，谢谢，我怎么总是这样幸运？”

“幸运？”警官不解地看着他说，“即使是这个时代的冬眠移民，也不可能适应未来社会的生活，别说您这样来自过去的人了！”

沈华北的脸上浮现出微笑，“无所谓，关键是，我将看到地球隧道再次成为人类的骄傲！”

警官们发出了几声笑，“怎么可能呢？这个完全失败的超级工程，只能永远作为你们父子俩的耻辱柱。”

“哈哈哈哈……”沈华北大笑起来，失重的虚弱使他站立不稳，但在精神上他已亢奋到极点，“长城和金字塔都是完全失败的超级工程，前者没能挡住北方骑马民族的入侵，后者也没能使其中的法老木乃伊复活，但时间使这些都无关紧要，只有凝结于其上的人类精神永远光彩照人！”他指指身后高高耸立的地球隧道南极站，“与这条伟大的地心长城相比，你们这些哭哭啼啼的孟姜女是多么可怜！哈哈哈哈……”

沈华北张开双臂，让南极的寒风吹透自己的身体，“渊儿，我们此生足矣！”他幸福地说。

尾声

沈华北再次苏醒是半个世纪以后，他醒来后，几乎经历了与五十年前的那次苏醒时一样的事：被一群陌生人带上车，进入地球隧道的漠河站，穿上密封服（令他不可理解的是，这密封服竟然比五十年前的那身笨重了许多。），再次被扔进地球隧道开始漫长的坠落。四十年之后，地球隧道看上去没有什么变化，仍是一条由无数蓝色光圈标示出的不见底的深井。

不过这次，有一个人陪着他下坠，这是一个美丽的姑娘，她自我介绍说是他的导游。

“导游？对了，我的预感对了，地球隧道真的成为长城和金字塔了！”坠落中的沈华北兴奋地说。

“不，地球隧道没有成为长城和金字塔，它成了——”导游姑娘在失重中拉着沈华北的手，小心地与他在坠落中保持着同步。

“成了什么？”

“地球大炮！”

“什么？！”沈华北吃惊地打量着周围飞速掠过的井壁。

导游开始回忆，“在您冬眠后，全球的环境进一步恶化，污染和臭氧层破坏使各大陆最后的植被迅速消失，可呼吸的空气已成了商品……这时，要想拯救地球生态，只有关闭人类所有的重工业和能源工业。”

“那样也许能让地球生态恢复，却会使人类文明毁灭。”沈华北插嘴说。

“面对当时的惨状，真有许多人愿意做出这种选择。不过更多的人在寻找另外的出路，最可行的办法，是把地球上的所有工业转移到太空和月球上。”

“那么，你们建立了太空电梯？”

“没有，试了试才知道那比挖地球隧道还难。”

“那么，发明了反重力飞船？”

“更没有，倒是从理论上证明了它根本不可能。”

“核动力火箭？”

“这倒是有，但其运输成本与传统火箭不相上下。如果用这些手段向太空转移工业，就又会发生地球隧道式的经济灾难了。”

“那么你们什么也转移不了了，这么说，”沈华北咧嘴苦笑，“上面是后人类时代了？”

导游没有回答，两人在沉默中向那无底深渊继续坠下去，周围飞掠而过的光环越来越密，最后井壁成为发出蓝光的平滑的一体。又过了十分钟，蓝光变成红光，他们默默地以8公里/秒的速度通过地心，井壁很快又发出蓝光，导游姑娘灵巧地使身体旋转180度，变为头向上的上升姿态，沈

华北也笨拙地跟着这样做了。

“欧——”沈华北突然发出一声惊叫，从面罩右上角的显示中，他看到现在他们的速度是8.55公里/秒。

通过地心后，他们仍在加速！

让沈华北惊恐的另一件事是：他感到了重力，在这穿过地球的坠落过程中，本应自始至终是失重的，可他真的感到了重力！科学家的直觉很快告诉他，这不是重力，是推力，正是这推力使他们克服了不断增长的地球引力保持加速。

“一定还记得凡尔纳的登月大炮吧。”导游突然问。

“小时候看过的最愚蠢的一本书。”沈华北心不在焉地回答着，四下张望，想搞清楚这突然出现的怪事。

“一点儿都不愚蠢，用大炮进行发射，是人类大规模进入太空最理想最快捷的方式。”

“除非你想在炮弹中被压成肉泥。”

“被压成肉泥是因为加速度太大，加速度太大是因为炮管太短，如果有足够长的炮管，炮弹就能以温柔的加速度射出去，就像您现在感觉到的一样。”

“这么说，我们是在凡尔纳大炮里？”

“我说过，它叫地球大炮。”

沈华北仰望着发出蓝光的隧道，努力把它想象成一根炮管，由于速度太快，井壁看上去浑然一体，已没有任何运动感了，他们仿佛一动不动地悬浮在这发着蓝光的巨管中。

“在您冬眠后的第四年，我们又研制出一种新型的新固态材料，除了具有以前这类材料的性质外，它还是优良的导体。现在，在这一半的地球隧道外表面，就缠绕着一圈用这种材料制成的粗导线，使这一半地球隧道变为一根长达6300公里的电磁线圈。”

“线圈中的电流从哪里来？”

“地核中有强大丰富的电流，正是这些电流产生了地球的磁场。我们用地核船拖着那种新固态导线，在地核中拉了上百个大回路，每个回路都有几千公里长，用这些回路来采集地核中的电流，并将它汇聚到隧道线圈上，使隧道中充满了强磁场。我们的密封服的肩部和腰部有两个超导线圈，线圈中的电流产生方向相反的磁场，推力就是这样产生的。”

由于继续加速，上升段很快要走完了，井壁再次发出红光。

“注意，现在我们的速度已达到15公里/秒，超过了第二宇宙速度，我们就要飞出炮口了！”

这时，在地球隧道的南极出口，停放地心列车的高大建筑早已拆除，地球隧道的圆形出口直接面对着天空，上面有一个密封盖板。

扩音器中传出这样的声音：“游客们请注意，地球大炮将进行今天的第43次发射，请您戴上护目镜和耳塞，否则对您的视力和听觉将造成永久的损害。”

10秒钟后，隧道口的密封盖板哗地滑向一边，露出了直径10米的圆形井口，空气涌入真空的井内，发出尖利的呼啸声。一声巨响，井口喷出了一道长长的火舌，其亮度使南极天边低垂的太阳黯然失色。密封盖板又迅速滑回原位盖住井口，井内的抽气机发出低沉的轰鸣声，抽空刚才盖板打开的3秒钟进入井内的空气，以准备下一次发射。人们抬头仰望，只见两颗拖着火尾的流星正在急速上升，很快消失在南极深蓝色的苍穹中。

沈华北并没有像想象中的那样看到隧道出口迎面扑来，速度太快，他不可能看清，只看到，身处其中的那条发着红光似乎通向无限高处的隧道在瞬间消失，代之以南极的蓝天，两者之间没有任何过渡，快得像屏幕上两幅图像的切换。他猛地回头，看到脚下的大地正在急速退去，他认出了那座南极城市，那座城市很快变成了一块篮球场大小的长方形。抬起头，他看到天空的颜色正在迅速地由蓝变黑，速度之快像一块正在被调暗的屏幕。再低头，他看到了南极半岛狭长弯曲的形状，看到了围绕着半岛的大海。他的身后拖着一条长长的火尾，看到身上才发现密封服的表面在燃烧，他被裹在一层薄薄的火焰中。看看距他十几米处与他一起上升的导游，也被裹在火焰中，像一个拖着长长火尾的小怪物。巨大的空气阻力像一个巨掌狠狠地压在他的头上和肩上，但随着天空的变黑，这巨掌像被另一个更加强大的力量征服了，它的压力渐渐放松。低头看，南极大陆已显示出了完整的形状，沈华北惊喜地发现这块大陆又恢复了它的白色。向远处看，地球已显示出了弧形，太阳正从地球边缘移上来，在薄薄的大气层中散射出绚丽的曙光。再向上看，群星已在太空中出现，沈华北第一次见到如此晶莹灿烂的星星。身上的火光熄灭了，他们已冲出大气层，漂浮在寂静的太空中。沈华北有身轻如燕的感觉，他发现自己身上的密封服——太空服变薄了许多，表面的那层散热物质已在与大气的剧烈摩擦中蒸发了。这时，高速通过大气层时的通讯盲区已过，他的耳机中又响起了导游的声音。

“穿过大气层时的阻力消耗了一部分速度，但我们现在的速度仍超过了逃逸值，我们正在飞离地球。你看那儿……”

沈华北指着下面已经变得很小的南极半岛，他在地球隧道出口所在的位置看到了闪光，接着一颗拖着火尾的流星从半岛缓慢地飞升而上，在飞出大气层后火光熄灭了。

“那是地球大炮刚刚发射的一艘太空船，它将接我们回去。地球大炮的炮管中每时每刻都同时运行着五六颗‘炮弹’，这样它每过八到十分钟就射出一艘太空船，所以现在进入太空就如乘地铁一样便捷。在二十年前工业大迁移开始时，是发射最频繁的时期，炮管中往往同时有二十多颗‘炮弹’在加速，地球大炮以两三分钟一发的频率向太空急促地射击，一批批太空船组成了上升的流星雨，那是人类向命运的庄严挑战，真是壮观！”

这时，沈华北在群星中发现了许多快速移动的星星，它们的运动在静止的星空背景上很容易看出来，那些东西一定就在地球轨道上。再细看，它们中相当一部分可以看出形状，有环形的，圆柱形的，还有多个形状组合而成的不规则体，像漆黑太空上精美的小饰件。

“那是宝山钢铁公司，”导游指着一个发光的圆环说，然后又依次指着其他几个亮点，“那几个是中国石化，当然它们现在不销售石油了；那几个圆柱形的是欧洲冶金联合体；那些是用微波向地球供电的太阳能电站，发光的只是它们的控制中心，太阳能电池组和传输电能的天线阵列是看不到的……”

沈华北被这情景陶醉了，再看看下面蔚蓝色的地球，他的眼泪涌了出来，他现在最大的愿望，就是让参加过南极庭院工程的每一个人，故去的和健在的，都看看这些，他特别想到了其中的一个人，一个在所有人心目中永远年轻的女性。

“找到我的孙女了吗？”他问。

“没有，我们缺少在地核中进行远距离探测的技术，那是一个广阔的区域，谁也不知道铁镍流把她带到哪里了。”

“能不能把我们看到的这些用中微子发向地心？”

“一直在这么做呢，相信她会看到的。”

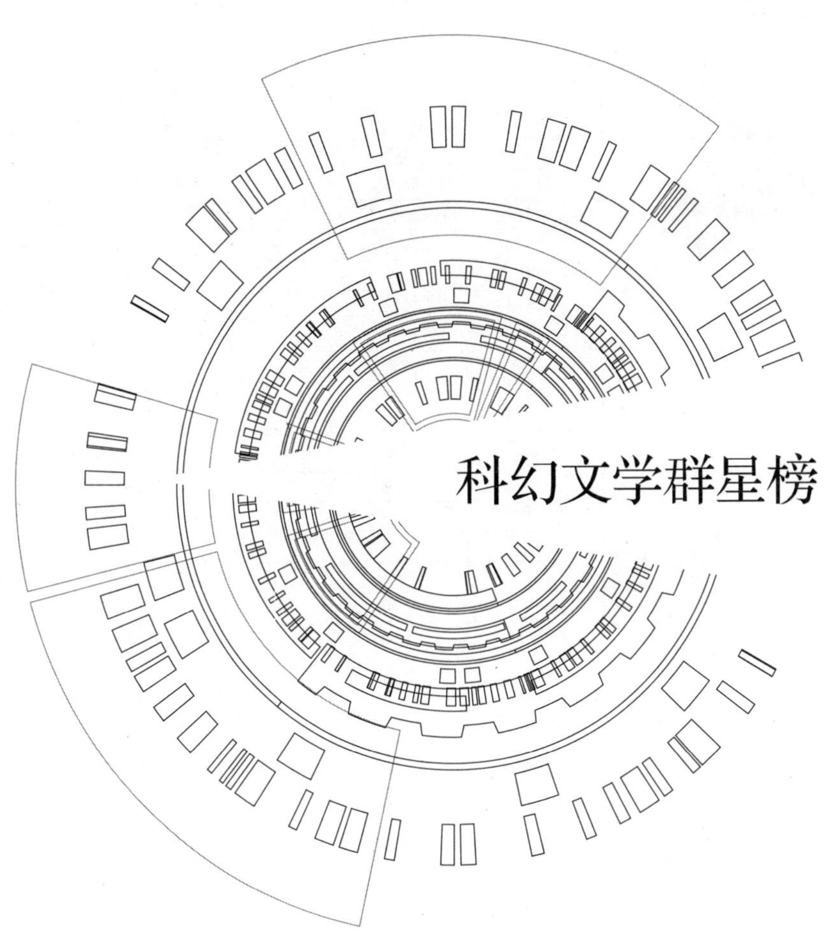

科幻文学群星榜

出版书目

序号	作者	书名
1	郑文光	侏罗纪
2	萧建亨	梦
3	刘兴诗	美洲来的哥伦布
4	童恩正	在时间的铅幕后面
5	张静	K 星寻父探险记
6	程嘉梓	古星图之谜
7	金涛	月光岛
8	王晋康	生死平衡
9	刘慈欣	纤维
10	潘家铮	子虚峡大坝兴亡记
11	韩松	青春的跌宕
12	星河	白令桥横
13	凌晨	猫
14	何夕	异域
15	杨鹏	校园三剑客
16	杨平	神经冒险
17	刘维佳	使命：拯救人类
18	潘海天	饿塔
19	拉拉	永不消逝的电波
20	赵海虹	月涌大江流
21	江波	自由战士
22	宝树	人人都爱查尔斯
23	罗隆翔	朕是猫
24	陈楸帆	动物观察者
25	张冉	灰城
26	梁清散	欢迎光临烤肉星
27	七月	撬动世界的人于此长眠
28	杨晚晴	天上的风
29	飞氘	讲故事的机器人
30	程婧波	第七种可能
31	万象峰年	点亮时间的人
32	长铗	674 号公路
33	迟卉	蛹唱
34	顾适	为了生命的诗与远方
35	陈茜	量产超人
36	刘洋	单孔衍射
37	双翅目	智能的面具
38	石黑曜	仿生屋
39	阿缺	收割童年
40	王诺诺	故乡明
41	孙望路	重燃
42	滕野	回归原点